A filha do DUQUE

©*A filha do Duque (As filhas 3)*
©Ediciones Beltrán L.C
Autor: Dama Beltrán
Imagem de capa: Miss Olalla Pons
Tradução e Revisão: R. M. Vieira e Ricardo Marques
Editor colaborador: Leabhar Books
©Imagem de capa: Adobe Stock
Todos os direitos reservados.

É proibida a reprodução total ou parcial deste livro, seu processamento por computador, transmissão de qualquer forma ou por qualquer meio, eletrônico, mecânico, por fotocópia, gravação ou outros meios, sem a permissão prévia por escrito do autor, o que, é claro, não o dará porque passei muitas horas e perdi muitos eventos familiares para escrever o romance.

Minha querida leitora, aqui está a história de George Laxton, amigo de Logan Bennett. Muitas me perguntaram quando publicaria a história, pois bem, ela chegou. Depois de dar mil voltas na cabeça, pois não sabia onde encaixar na série, podemos finalmente descobrir o que aconteceu com ele. Espero que gostem e desfrutem.

Sempre sua, Dama Beltrán.

Para minha mãe, a mulher mais sábia do meu mundo e a quem eu daria meu coração se ela me pedisse. Obrigado por sempre estar lá, por nos ajudar, por lutar e por nos ensinar que não devemos desperdiçar nossa única vida em bobagens.

Por muitos anos ao seu lado, mãe. Te amo!

A FILHA DO DUQUE

Merece um amor que te queira despenteada
Merece um amor que te ame despenteada,
aceitando as razões que a fazem acordar rapidamente
e com todos os demônios que não te deixam dormir.
Merece um amor que te faça se sentir segura,
Que a ajude a conquistar o mundo ao pegar em sua mão,
que sinta que seus abraços se encaixam perfeitamente com sua pele.
Merece um amor que queira dançar contigo,
que visite o paraíso cada vez que veja seus olhos
e que nunca fique entediado lendo suas expressões.
Merece um amor que a ouça cantar,
que apoie todas as suas loucuras,
que respeita sua liberdade,
que a acompanhe em seu voo,
que não a deixe cair.
Merece um amor que afaste as mentiras,
que te traga sonhos,
o café
e a poesia.

FRIDA KAHLO

PRÓLOGO

Londres, 14 de fevereiro de 1888, Hyde Park.
Não dava para acreditar! Aquilo era um pesadelo! Como o velho poderia ser capaz de fazê-lo passar por aquilo? Ele já não estava satisfeito com o abuso que lhe fizera sofrer por tanto tempo? Já não havia pago a dívida que durou até o fim de seus dias? Não, claro que não. O velho Oliver Burkes não poderia deixar este mundo sem impor suas ordens. Foi por isso que ele escreveu aquele testamento em que não havia meio termo: ou tudo ou nada. Essa conclusão veio depois de ouvir as palavras do advogado. Palavras que eternizariam a provação que ele viveu. Sonhou, enquanto seu tio agonizava, com uma vida diferente. Acreditava que não haveria mais humilhações, nem punições, mas que finalmente alcançaria a liberdade desejada.

Estava errado, como fez ao aceitar a proposta que Oliver lhe fez quando tinha apenas treze anos, quando se tornou um filho sem alma, uma criatura que ansiava por pais mortos. Ele achava que o parente desconhecido, cujo sorriso cobria seu rosto, poderia ajudá-lo a sobreviver em um mundo cheio de solidão. Mas não foi assim. Pelo contrário, afundou tanto, que uma vida não seria suficiente para se salvar do passado.

George dobrou os papéis que o advogado lhe deu e os colocou no bolso direito do casaco marrom.

—Espero que apodreça no inferno, maldito bastardo! —disse olhando para o céu. Então abaixou a cabeça, suspirou em resignação e começou a andar.

Tinha vinte e oito anos, dos quais quinze passou em Lambergury. Mais de uma década sujeita às exigências de um tirano, alguém que continuava sua opressão do além. Se, quando este viveu, imaginou que sofria um pesadelo, estava errado, porque o pesadelo acabava de começar. Ele levantou a gola do casaco e caminhou lentamente pela rua. Não prestou atenção nos veículos que estavam trafegando nas proximidades, nem nos murmúrios das pessoas. Sua mente permanecia focada no que guardava no bolso: uma cópia da última vontade do maior bastardo do mundo. Cerrou os punhos, pois era a única maneira de reduzir a agressividade que sentia em seu corpo. Não podia deixar sua raiva tomar conta, não poderia se tornar outro Oliver, porque tinha uma promessa a cumprir com Blanche. Ela, a única mulher que lhe deu naquele lar horrível um sorriso e milhares de abraços. A única que tentou afastá-lo do velho, sem sucesso. Na última vez que Blanche pediu para que o velho não o golpeasse mais, dizendo que ele era pequeno demais para sentir os açoites do cinto nas suas costas, ela acabou sofrendo, em sua própria carne, a ira do miserável. George não parou de andar, apesar de fechar os olhos e de ver Blanche rolar as escadas novamente. Ela estava deitada no chão, com os olhos abertos, as mãos na barriga e olhava para ele, enquanto suas roupas estavam manchadas de sangue. Seu tio não se aproximou para salvá-la, mas ele, um jovem imberbe e inútil, que desceu rapidamente. Chamaram o médico, que veio prontamente. Mas já era tarde demais, o bebê morrera no ventre de sua mãe. O que aconteceu depois foi confuso. Mesmo assim, ele se lembrava que Oliver a havia tirado da cama, a arrastado para a masmorra e a trancado. Ele queria descer, descobrir como ela estava, mas um dos criados o impediu, alegando que ela não queria que se colocasse em perigo por culpa dela. Três dias depois, seu pesadelo horrível se tornou realidade. Blanche morreu envolta em escuridão, suportando uma umidade horrível. Fria e... sozinha. Então os bastardos de Clarke e Madden apareceram e afirmaram, sob juramento, que Burkes cuidou dela até que morresse. Ninguém comentou a verdade, ninguém se atreveu a fazê-lo, incluindo ele. Desde a tarde em que a sepultaram com todos os filhos que nasceram mortos durante o casamento, ele permaneceu sozinho diante do diabo, diante daquele ser maligno e com uma promessa a cumprir.

Uma brisa fria, que congelou seu rosto, o trouxe de volta ao presente. O que devia fazer? Porque havia a possibilidade de abandonar tudo e começar de novo. Ele tinha alguns contatos, poucos, porque seu tio era responsável por eliminar todos àqueles que não pareciam adequados. Mas poderia conversar com eles e explicar a situação pela qual estava passando. Talvez alguém oferecesse a resposta que precisava. Embora houvesse também a possibilidade de rirem dele. Sim, havia essa possibilidade... Quantos jovens, pressionados por seus parentes, foram forçados a se casar para alcançar o poder e a riqueza que aspiravam? Mas eles não tinham vivido com um monstro. Ele ganhara, com suas lágrimas, seu suor e seu sangue, aquilo que agora não poderia alcançar se não encontrasse uma esposa de moralidade respeitável.

Pena que o bastardo acrescentou aquela maldita cláusula! Ele o conhecia tão bem a ponto de enfatizar que deviam ser mulheres decentes ou dignas? Se o velho não tivesse feito isso, naquele momento, visitaria o primeiro bordel que encontrasse no caminho e pediria a mão de uma das prostitutas em troca de uma boa quantia de dinheiro. Então, quando o advogado confirmasse esse casamento, e ele conseguisse o que lhe pertencia, se divorciaria da dita-cuja e... viveria! Mas isso era inviável. Oliver colocou a corda em volta do seu pescoço exigindo que, uma vez casados, tivessem que viver durante os primeiros três anos em Lambergury. Durante esse período, um herdeiro deveria nascer e que, se alguém o acusasse de ser um marido imoral, tudo o que herdara seria transferido ao primogênito. Em suma: ele não tinha voz nem voto em sua própria vida, a menos que renunciasse a tudo.

Soltou um palavrão e as pessoas que estavam por perto se viraram para ouvi-lo amaldiçoar. Sangue, morte, dor, feridas, desordem, império, controle, choro... essas eram as palavras que melhor definiam o título que alcançaria quando se ele se casasse. Valeria a pena tanto sacrifício? E se ele esquecesse a promessa? Blanche o perdoaria? «Não deixe que ele o destrua e o converta no próximo conde de Burkes. Quando conseguir, livre-se do mal que esse nome implica e transforme-o em algo bonito, próspero e digno. Sei que conseguirá, George, porque tenho muita fé em você». Como poderia realizar tal ato se o velho já havia decidido seu destino? Maldito tio! Malditos seus pais por morrerem! E... maldita promessa que precisava cumprir!

Enquanto ainda estava imerso em seus pensamentos, travando uma guerra entre o que deveria fazer e o que queria fazer, andou a esmo e não percebeu que uma jovem mulher que estava olhando para o céu estava indo na direção dele.

Nem sabiam da existência um do outro até que... colidiram.

Inadvertidamente, George estendeu os braços para que a pessoa que batera nele não caísse no chão.

Inadvertidamente, Tricia agarrou as lapelas do casaco do homem que a impedia de cair.

—Desculpe! Perdão! —Laxton disse quando os dois corpos pararam de se mover, quando ficaram parados... próximos um do outro.

Olhou para a pequena figura agitada, que ainda estava em seus braços, como se o tempo tivesse paralisado. A observou, a admirou e se refez. Fez isso mesmo! Mas não pôde, não quis e nem se propôs, deixar de se encantar com ela. Aquele corpinho, que permaneceu preso a ele, era tão delicado quanto as pétalas de uma flor. Seus olhos, abertos pela repentina sensação de tranquilidade, como se tivesse chegado a um lar tranquilo e acolhedor, continuou percorrendo-a de baixo para cima. Embora demorassem mais do que o permitido no leve decote.

—Não vai me olhar nos olhos, senhor? —a jovem o repreendeu.

Sem poder apagar um sorriso perverso, o típico que ele mostrava quando uma mulher bonita se despia diante dele, deslizou o olhar pelo pescoço, pelo queixo, pelos lábios... Pequenos lábios! Tão vermelhos e voluptuosos que queria saboreá-los naquele momento. O que saberia uma boca tão maravilhosa? Que sabor esconderia seu interior? Era uma iguaria, não havia dúvida sobre isso. Uma delícia saborosa que gostaria de comer quando estivesse com fome e, infelizmente para a jovem, ele estava com muita fome após se ausentar de sua amante por dois meses. Os mesmos dois meses que passou aos pés da cama de um demônio.

—Olá? O senhor é surdo? —a jovem persistiu quando ainda estava abraçada a ele, percebendo que o estranho não tirava os olhos da sua boca e como inspirava seu perfume, como se precisasse dele para viver.

E Tricia não estava errada. George estava prestes a colocar o nariz entre o pescoço e seu ombro para continuar vivendo o belo devaneio que ela proporcionava. Aquele cheiro de frutas silvestres fez com que sua mente o transportasse para o passado, aquele em que seus pais ainda estavam vivos. Ele viu a mãe, ao seu lado, brincando no jardim, rindo quando descobriu que o marido, de quem eles estavam se escondendo, os havia encontrado. Ela se jogou nos braços dele e o beijou, como costumava fazer toda vez que aparecia. A risada deles, a felicidade, a adoração que sentiam um pelo outro e... ele. A única testemunha daquele amor inabalável.

Tentou se afastar da estranha para pôr fim às suas belas lembranças. Mas não pôde. Todo o seu corpo ainda precisava reviver aquela experiência, aquela em que ele era feliz, em que tinha esperança, na qual nada nem ninguém importava, exceto permanecer sob a proteção dos pais aos que amava.

—Senhor? —perguntou Tricia preocupada.

—Peço novamente que me desculpe —disse George finalmente, abrindo os braços, libertando a jovem de sua presença, assim como ele se livrava daquele passado doloroso.

Mas no momento em que deu um passo para trás e olhou para o rosto dela, as nuvens que sobrevoavam sobre o céu de Londres despencaram repentinamente para ficar aos pés da jovem. Não havia escuridão, nem trevas, mas luz. A mesmo que exibiam aqueles olhos castanhos tão brilhantes e inocentes que podiam direcionar, no meio de uma noite opaca, um navio para o porto mais próximo.

—Está desculpado —ela respondeu com um sorriso.

E tudo ao seu redor deixou de existir...

—Estava distraído —disse ele, procurando a melhor maneira de se recuperar daquele choque repentino, daquele atordoamento absurdo.

—Eu também estava —a jovem assegurou, sem apagar aquele lindo sorriso de sua boca maravilhosa.

Confuso. Estava atordoado demais para ficar ali, olhando-a como se não houvesse outra mulher no mundo, exceto ela. Tinha que fugir daqueles olhos, daqueles lábios, daquele corpo do qual, desde que se afastara, sentia frio.

—Tenha um bom dia —disse ele, como meio de despedida, enquanto tocava a aba do chapéu.

—Sou Tricia, Tricia Manners —disse ela, agarrando seu forte antebraço esquerdo com a mão direita.

Por alguma estranha razão, o coração de Tricia apelou que o mantivesse ao seu lado por mais alguns momentos, o suficiente para descobrir o motivo pelo qual palpitava daquela forma tão agitada.

—Senhorita Manners, não deve falar com estranhos, muito menos agarrá-los assim em público. Não sabe o que poderiam pensar... —disse em um tom jocoso, porque era engraçado que ela fosse tão ousada, apesar da imagem de uma jovem ingênua e recatada que aparentava.

—Senhor...

—George Laxton, embora talvez me torne em breve Lorde Burkes —declarou como se aquela nomeação o fizesse sair do estado de frenesi em que estava. Mas não foi assim. Aquela jovem o olhou com tanto carinho que as aberrações que levaram a esse maldito título desapareceram inexplicavelmente. Independentemente do que estivesse acontecendo ao seu redor, George avançou o passo que havia dado anteriormente para se distanciar, estendeu a mão direita e acariciou sua bochecha esquerda com ternura. Ela, em vez de se afastar ou gritar com ele por um ato tão ousado ou impróprio, fechou os olhos e suspirou profundamente. —É uma delícia... —ele sussurrou, incapaz de desviar o olhar daquele rosto, daquela expressão de prazer e de ver como estava com a respiração agitada, enquanto seu peito subia e descia rapidamente.

A vida poderia lhe oferecer um resquício de paz? Um anjo? Ele merecia? Quando a jovem abriu os olhos lentamente, George queria que o tempo não avançasse, parasse para continuar se deliciando com a pureza daquele olhar.

—Milady! —Uma voz feminina gritou ao virar a esquina.

—Milady? —George repetiu, afastando sua mão. Retrocedeu novamente e quebrou a magia que viveram por alguns momentos.

—Sim, George. É assim que costumam me chamar, porque eu sou filha do duque de Rutland —explicou ela, um tanto acalorada. Ele a tocara em público! Acariciou o rosto dela! E o que ela fez? Permaneceu parada e sentiu aquela carícia...

—Rutland? É uma Rutland? —ele apagou do rosto qualquer expressão de sedução, flerte ou satisfação.

Que bonito soava seu nome naqueles lábios, naquela formosa boca. Mas se o que ouviu fosse verdade, o doce devaneio se tornaria um pesadelo a mais em sua vida.

—Sim —ela disse novamente. —Já ouviu falar do meu pai? O conhece? —Tricia perguntou com expectativa.

—Eu o conheço o suficiente para pedir que se esqueça deste encontro que tivemos. Para a senhorita eu não existo. Boa tarde, Lady Rutland —ele disse antes de sair e deixá-la no meio da rua sem que ela pudesse dizer mais nada. Atrás ficou o brilho daqueles olhos marrons, os mais bonitos que tinha visto...

Tricia não conseguiu dizer nada quando o viu se afastar. Ele não tinha educação? Sim, sim, que a tinha. Mas algo aconteceu quando ouviu o sobrenome de seu pai. Se conheciam? Se sim... desde quando? Porque ela nunca teria esquecido um rosto assim. Na verdade, não teria esquecido nada dele... Ela fechou os olhos, colocou as mãos cobertas com as luvas no nariz e inspirou o cheiro que George deixou impregnado nela. Em meio do torpor, abriu e olhou para o lugar por onde havia partido. Ele desapareceu como a névoa diante da chegada do sol, deixando-a fria e triste.

—Milady, quem era aquele cavalheiro? Por que permitiu que falasse com a senhorita sem a minha presença? —disse Ângela, sua agitada dama de companhia.

—Ninguém em quem devemos reparar —ela assegurou enquanto se virava para o lado oposto.

—E o seu chapéu? —perguntou, mudando de assunto.

—Não sei para onde foi, desapareceu diante dos meus olhos —disse ela, pensando em George.

Mas a perda de um complemento para seu cabelo era irrelevante. O que realmente lhe importava era descobrir mais sobre ele. Quem era George Laxton? O que fazia em Londres? Se encontrariam novamente? Sim. Claro que sim! Ela já cuidaria disso. O sangue Rutland corria por suas veias e, de acordo com seu pai, nada ia contra as decisões daqueles que possuíam sua linhagem.

I

Londres, 14 de março, residência do Hamberbawer.

—**Ainda** não concordo com a decisão que tomou —disse Beatrice à filha quando a carruagem estacionou no grande jardim de Hamberbawer.

Enquanto os lacaios dos anfitriões atendiam aos convidados que chegaram antes deles, a duquesa aproveitou o momento para descobrir por que Tricia havia decidido acompanhá-los à festa. Se suas suspeitas fossem verdadeiras, a menina estava tramando algo importante e, conhecendo-a como ela, tinha de se preparar para o que poderia acontecer.

—Por quê? —perguntou, virando-se para ela. —Desde que voltei, não insistiram para que participasse dos eventos sociais em que solicitavam a presença dos Rutland?

—Mas nisso, precisamente, foi solicitada a presença de seu pai e a minha —disse Beatrice.

— E, que problema há em que nos acompanhe? Os Hamberbawer terão prazer em vê-la novamente e, dessa forma, também farão desaparecer os boatos sobre a nossa filha caçula —disse Wiliam.

—Que boatos? —Tricia estalou, virando-se para o pai.

—Todos pensam que na Espanha sofreu de varíola e que não aparece em público porque as marcas dessa doença destruíram seu belo rosto Rutland —respondeu o duque depois de lhe dar um beijo suave na sua bochecha.

—William... —sua esposa o repreendeu por não ser capaz de raciocinar objetivamente quando o assunto a ser discutido era a caçula de suas filhas. Se Tricia lhe pedisse que pulasse de uma varanda e voasse, faria isso sem tirar do rosto aquele olhar de pai orgulhoso.

—Pelo amor de Deus! —Exclamou a jovem, revirando os olhos. Se só parei em nossa casa para dormir e tomar café da manhã! A única coisa que acontece é que prefiro conversar com minhas amizades a padecer a tortura que encontrarei ao lidar com gente tão aborrecida e soberba.

—Se realmente pensa assim, por que veio? O que tem essa festa de especial para você? —Beatrice insistiu em saber.

—Sabe que eu adoro os Hamberbawer... —Tricia começou a dizer com sua voz infantil e seu sorriso sincero para acalmar as preocupações de sua mãe.

—E? —A duquesa insistiu sem cair na armadilha.

—E, embora esse tipo de evento seja insuportável para mim, estou ciente de que preciso retomar a vida social que deixei antes de partir de Londres. Os Rutland devem continuar o legado de cortesia e bondade que nos caracteriza há séculos —disse ela sem piscar.

Não havia mentido para eles. Era verdade que queria começar uma nova etapa em sua vida. Uma em que, logicamente, George Laxton teria um papel muito importante.

Onde diabos ele esteve desde que se conheceram?

Quatro semanas desesperadas se passaram desde aquela tarde e, não importava o quanto tentasse, não se encontraram novamente. Descobriu quem ele era através do jornal da sociedade: filho do Sr. Laxton, um aristocrata que, depois de se casar com uma criada, deixou Londres para viver seu amor longe da depravada sociedade londrina. Após a morte de ambos, o filho único do casal estava sob a proteção do irmão mais velho do pai, o conde de Burkes. Para muitos, um monstro, para outros um exemplo de justiça e distinção digna de idolatria. Ele viveu em Lambergury, Brighton, até que o conde morreu. Como havia ouvido, porque ninguém conseguia parar de falar sobre ele, veio a Londres em busca de uma esposa e, para sua consternação, tudo apontava para o fato de ele a ter encontrado. Mas ele não poderia se casar sem tê-la conhecido primeiro, muito menos com a entediante Sarah Preston. Ela precisava acabar com essa loucura imediatamente! Por isso, compareceria na festa sem ser convidada afim de resolver o assunto. E, para seu infortúnio, sua mãe suspeitava que ela tramava algo... graças a Deus, não tinha ideia do que planejava fazer naquela noite. Se tivesse descoberto, a trancaria no quarto com vinte fechaduras e quarenta cadeados.

Tricia olhou para os pais e conteve um suspiro profundo. Pobrezinhos! Teriam uma síncope quando executasse seu plano! Mas não podia evitar, a atração que sentia por George era tão inexplicável que não lhe deixou outra escolha. Ela tentou, realmente queria esquecê-lo, mesmo que essa tentativa tenha durado apenas um segundo. Não podia, nem queria, parar de sentir o toque daquela mão forte em seu rosto, esquecer a química que emergiu quando estavam juntos, nem queria se livrar daquele cheiro peculiar e masculino... Ela até colocou as luvas sob o colchão. Não deixou ninguém tocá-las ou lavá-las! Apesar disso, o perfume cativante estava desaparecendo com o passar dos dias. No entanto, continuou se lembrando dele, ainda o respirando toda vez que aparecia em sua mente. Como eliminar de sua mente o sorriso malicioso, os lábios, os dentes perolados e um olhar cinza mais bonito que o espinélio[1]? Não! Claro, não poderia ficar em casa sem fazer nada!

—Tricia? —a pergunta do seu pai a tirou de seus pensamentos.

—De forma alguma —ela respondeu com um sorriso habitual.

O que perguntaram? O que devia responder? Olhou para sua mãe, que cruzou os braços e franziu a testa. Deus! Por que não conseguia se concentrar em nada além dele?

—Estava pensando em Amelie... —ela disse como desculpa.

—Em Amelie? O que ela tem a ver com a escolha desse vestido? —Beatrice retrucou surpresa.

—Nada —ela sorriu novamente. —Mas ela estava contando os dias até o nascimento do primeiro filho. Tem que ser uma experiência única, certo? Não deve haver nada no mundo tão maravilhoso quanto sentir dentro de você o crescimento de um profundo amor... Beatrice parou de respirar e William piscou várias vezes.

—Não consigo responder —disse o duque que, depois de ouvi-la, seu instinto paterno ficou alerta. —Mas sei que sua mãe sofreu uma verdadeira agonia quando ficou grávida de você. Vomitava sem parar, não podia sentir o cheiro de nada doce e quando me aproximava dela, me atacava sem piedade.

—Veja! —ela exclamou, incapaz de apagar o sorriso do rosto. Estendeu as mãos para os braços cruzados de sua mãe e os apertou com carinho. —Eu sempre fui um tormento para você...

—Não foi um tormento, Tricia, mas uma Rutland —Beatrice murmurou, embora tivesse que relaxar as feições duras de seu rosto enquanto contemplava o brilho que os olhos de sua pequena filha mostravam.

—E deve estar muito orgulhosa de sê-lo —disse o duque satisfeito. —Eu já resolvi todos os infortúnios que isso implicava antes de nossos filhos nascerem —acrescentou, dando à esposa um sorriso cúmplice.

—Oh, nem pense em falar daqueles tempos! —A duquesa o repreendeu.

—Que tempos? —Tricia disse, olhando um e depois outro.

—Refere-se àqueles em que o papai não conseguia tirar as mãos das suas amantes?

—Tricia! —Os dois gritaram ao mesmo tempo.

—O quê? Ainda existem pessoas que falam sobre esse assunto. E chegaram à conclusão de que, desde que o pai, tio Federith e tio Roger, se casaram, nenhum homem foi capaz de obter a nomeação de caveira que eles alcançaram.

Naquele momento, William soltou uma grande risada e seu peito influou tanto que seu colete ficou pequeno enquanto Beatrice o chutou no tornozelo esquerdo para que parasse de rir.

—Seu pai não gosta de se lembrar daquela época —Beatrice resmungou, olhando para ela.

—Não mudaria nada do que aconteceu naquele dia —disse William, olhando para a esposa. —Repetiria absolutamente tudo, apenas para encontrá-la novamente —ele acrescentou antes de entender a mão para encontrar as de sua esposa.

Tricia observou o olhar que seu pai ofereceu à mãe e como ela respondeu com a mesma intensidade e devoção. Ela queria isso e sabia que encontraria em George. Porque quando eles colidiram, aqueles olhos cinzentos expressaram o que ele não podia dizer em palavras.

Enquanto pensava em Laxton e no que aconteceria durante a noite, ela esperou o cocheiro abrir a porta. Como sempre, seu pai saiu primeiro. Então, se virou e estendeu a mão útil para a esposa. Nunca, desde que ela se entendia por gente, sua mãe sofreu um único tropeço ao sair de uma carruagem. A força daquele braço era mais que suficiente para salvá-la de qualquer tropeço.

Uma vez fora, Tricia olhou em volta. Chegara a hora. Por fim, colocaria em prática tudo o que pensou! Só esperava que sua intuição não estivesse errada.

—Não saia do nosso lado até encontrar alguém sensato para conversar —William disse à filha quando o criado o ajudou a tirar o casaco.

—Não vou me separar dela. Me tornarei sua sombra —disse a mãe, enredando o braço do marido e pedindo que andasse. —Tenho a impressão de que está mentindo para nós...

—Eu? Por favor mãe! Como pode pensar isso de mim? —Ela comentou com aparente arrependimento ao oferecer seu casaco ao criado.

—Porque é uma...
—Rutland! —Tricia bufou antes de se colocar estrategicamente atrás deles.

Se sua mãe não se distraísse, se a perseguisse como jurara fazer, não poderia fazer nada do que havia planejado. Teria de encontrar uma maneira de se afastar dela e poder ficar com George por alguns minutos, apenas para lhe dizer que Sarah não era a esposa que ele merecia, que depois de uma semana morreria de tédio.

Depois de anunciado, o casal Hamberbawer caminhou até eles para recebê-los. Enquanto cumprimentava os pais, ela observou o salão. Seus olhos se moveram de um lado para o outro, procurando por ele. E não parou até encontrá-lo. Foi quando tudo desapareceu para ela. Não havia música, nem vozes, nem presença humanas, exceto a dele. Ela respirou fundo, tanto que o espartilho grudou no torso, causando-lhe dor. Sua mãe havia perguntado por que o escolheu? Porque era o ideal para uma conquista, uma caçada, uma noite sem precedentes e era tão bonito que podia esquecer de respirar e continuar vivendo apenas olhando para ele...

Com descaramento, o mesmo que teve quando se conheceram, deliciou-se com a perfeita imagem masculina. O traje se ajustava à sua silhueta esbelta e, em consonância com seu período de luto, era preto. Embora parecesse estranho que sua camisa fosse branca e seu colete cinza. Um cinza mais pálido que seus olhos. Ela se forçou a desviar o olhar, a se concentrar em outra pessoa para que sua mãe não descobrisse rapidamente suas intenções, mas não obteve sucesso. Seu corpo estava travando uma batalha. Aquela em que dever e prazer lutavam para alcançar seu objetivo: a necessidade de continuar a desempenhar um papel ou a urgência de tê-lo por perto, de ouvir sua voz, de inspirar aquele cheiro que suas luvas não tinham mais. Estava sofrendo uma tortura. Sim, até que pudesse encontrar o momento em que ambos pudessem ficar sozinhos, sofreria tanta ansiedade que acabaria arranhando as paredes do salão. Ela respirou, concentrou-se nos anfitriões e sorriu para eles.

—Tricia, querida! —Disse a sra. Hamberbawer quando estendeu os braços para ela. —Está... incrível.

Sim, claro que estava! Como poderia não estar se seu decote não deixava nada para a imaginação?

—Obrigada —respondeu Tricia, deixando a boa mulher apertar seu corpo em um aperto forte.

—Quando voltou? —continuou a mulher

—Cerca de um mês atrás —respondeu ela, forçando-se a não encarar o olhar de reprovação do pai.

Como vestira o casaco antes de descer as escadas de sua casa, ele não notou o decote exagerado. Mas agora, à luz das lâmpadas e sem nada para cobrir o peito, ela temia que não fosse apenas vigiada por sua mãe...

Maldição!

—E a Espanha? —A mulher continuou a perguntar depois que ela enroscou seu braço esquerdo no direito dela e entrou no salão.

—Foi fascinante! —Tricia exclamou com excessivo entusiasmo.

—Em Granada, cidade onde permaneci por dois meses, desfrutei de magníficos dias de praia e montanhas. Embora nenhuma paisagem natural possa superar a beleza que a Alhambra proporciona.

—Alham... o que? —perguntou, parada ao lado de um grupo de meninas, o mais apropriado para a filha do duque passar a noite.

—Alhambra. Na sua época era uma cidade palatina andaluza. Consiste em um conjunto de palácios, jardins e...

Tricia ficou em silêncio quando viu que Sarah Preston estava na sua frente. Claro, não estava sozinha. Mas as que permaneciam ao seu lado não eram importantes para ela.

—Boa noite, senhoritas... —a anfitriã começou a dizer quando as jovens notaram sua presença. Certamente já conhecem Lady

Rutland. Ela voltou da Espanha há apenas um mês e, como me disse, nos recomenda visitar uma cidade chamada Granada.

—Lady Rutland...

Foi a única coisa que ela ouviu até que as seis mulheres, incluindo a entediada Sarah Preston, terminaram os cumprimentos. Nunca em sua vida se sentiu superior a alguém pelo título, poder ou riqueza que sua família possuía. Mas, naquele momento, quando a futura noiva de George se curvou, queria esticar o pescoço em sua direção e sussurrar em seu ouvido para que esquecesse Laxton, pois ele seria dela.

—Granada? —Disparou uma jovem loira de olhos azuis. —Em que lugar da Espanha, no Sul ou no Norte?

—No Sul —Tricia respondeu com um sorriso.

—Dizem que é muito quente para aqueles lados. Como aguentou? —Perguntou Sarah, ainda se abanando.

—Saí em meados de novembro e voltei no início de fevereiro, o que significa que não fui exposta ao calor do verão. Além disso, nos dias em que o sol aparecia, fazíamos uma excursão à montanha. Não pode imaginar como a neve é linda —disse Tricia com toda a paciência e educação que sua mãe insistia que tivesse em momentos angustiantes.

—Neve? Quão frio devia estar lá! —Sarah disse horrorizada.

—Os casacos que estávamos vestindo nos impediram de congelar —disse Lady Rutland, sarcasticamente.

Havia dito que ela era uma mulher chata? Bem, precisava adicionar mais adjetivos à lista que havia preparado para George! Era uma completa irritante e tola! Como iria se casar com ela? Não tinha percebido que teriam filhos estúpidos, tontos e mentecaptos?

II

Sorriu novamente, apesar de não saber o assunto dos cavalheiros que o acompanhavam. Sua mente se distraía em encontrar o caminho adequado para abordar a jovem e continuar com o maldito cortejo. Felizmente para ele, a tortura terminaria na mesma noite, quando declarasse suas intenções aos Preston. Havia escolhido bem. Sim, havia, pois ela cumpria todos os requisitos que Oliver impunha em seu testamento. E não tinha dúvida de que o desejo de seu tio de vê-lo morto se tornaria realidade, porque Sarah era a jovem mais chata e simplória que já conhecera em sua vida. Em nenhum momento, durante as duas caminhadas matinais que fizeram pelo Hyde Park, manteve uma conversa descontraída. As feições de seu rosto permaneceram tão rígidas que teve a impressão de que ela nascera sem os músculos do riso ainda que ele tenha se esforçado ao máximo para fazê-la sorrir. Os *icebergs* eram mais quentes que a jovem..., mas não teve escolha a não ser se render ao óbvio. O prazo que ditava o testamento estava próximo e não era prudente adiar um dia a mais. Quanto tempo os Preston levariam para preparar o maldito casamento? O que ele faria enquanto isso? Mergulhar no abismo do horror... Sim, e ficar bêbado até perder a consciência. Talvez acontecesse um milagre, no qual fechasse os olhos e nunca os abrisse novamente. Ele dirigiu, dissimuladamente, o olhar para ela e bufou involuntariamente. Como lidaria com sua vida com uma esposa tão desinteressante? Não sabia, uma vez que nunca pensou em se casar, enumerou as qualidades que uma mulher deveria ter para se tornar sua esposa. Mas agora, devido à imposição de escolhê-la, ansiava por não ter tido mais tempo para procurar a mais adequada as ordens de seu tio e aos seus. Como Sarah reagiria em privacidade? Derreteria ao tocá-la? Não, a fria Preston não seria levada pelo prazer, pelo contrário, seria tão rígida que seria difícil para ele ficar excitado. Acabaria odiando algo tão maravilhoso quanto o sexo? Sim, certamente, no final, não encontraria satisfação senão condenação, uma da qual só poderia se livrar quando concebessem um filho. E se o rebento não chegasse rapidamente? Deus! Ele não precisava pensar nisso! Tudo em que tinha que se concentrar era encontrar coragem suficiente para enfrentar seu destino de uma vez por todas.

—Os duques de Rutland —anunciou um dos criados de Hamberbawer.

Quando George ouviu o anuncio de chegada dos duques, olhou para a entrada para observá-los. Lorde Rutland caminhou, junto com sua esposa, com a tranquilidade e o conforto de ser um dos homens mais respeitados e idolatrados de Londres. Claro, entre aqueles que o idolatravam não estava seu finado tio. Odiava o duque. Não apenas ele, mas também o marquês de Riderland e o barão de Sheiton. Sobre o último, porque indagou por um tempo sobre a morte de Blanche. Ninguém imaginou que um magistrado de Londres iria reparar em um caso tão distante de sua jurisprudência. Mas o fato de Blanche ser amiga da mãe da segunda esposa de Sheiton, bem como o fato de ela ter insistido que ele descobrisse a verdade, fizeram com que aparecesse em Brighton. Por mais de duas semanas, o barão entrevistou o médico, vários criados e os dois amigos de Oliver. É claro que nenhum deles retratou o que haviam admitido anteriormente e não falaram sobre o jovem que permaneceu trancado na masmorra enquanto o magistrado ia a Lambergury. Se tivessem conversado com ele, não apenas teriam descoberto o que aconteceu naquele dia, mas também o teriam libertado de sua sentença. Anos depois, quando Riderland descobriu que Burkes chantageava seu irmão, os três cavalheiros voltaram para pedir uma explicação. Foi o próprio Rutland quem o forçou a elaborar um contrato de devolução por tudo o que obtivera por extorsão. No entanto, o Marquês de Riderland não se contentou com o pacto e procurou uma maneira de arruiná-lo. Felizmente para ele, descartou a ideia depois de saber da sua existência e da amizade que mantinha com seu irmão.

—Maldita criatura do diabo! —George blasfemou ao notar a pequena figura que caminhava atrás deles.

Não confirmaram que apenas o casal Rutland havia sido convidado? Então... o que diabos ela estava fazendo lá?

Bebeu de um gole o licor de seu copo, estendeu a mão e o colocou no parapeito da janela atrás dele, incapaz de desviar o olhar de Tricia. A sra. Hamberbawer a pressionou contra seu corpo como se fosse um limão do qual desejava extrair o suco. Então, quando se afastou e observou como estava vestida, George esqueceu de respirar.

—Não acha que Lady Rutland mudou muito desde a viagem que fez à Espanha? —Um dos cavalheiros à sua esquerda se apressou em dizer.

Mudou? Essa maneira de se vestir não podia ser descrita com uma palavra tão pequena! Por acaso ela não se lembrava que Londres era uma cidade bastante fria e que se levasse o peito tão descoberto poderia pegar uma pneumonia? Não. Lady Rutland não havia notado esses pequenos detalhes e decidiu usar a mesma aparência que exibiam as prostitutas de um luxuoso bordel. Ela só precisava ter o rosto coberto de branco, para que todos os homens que a olhavam, com as mandíbulas abertas, fossem até ela e lhe pedissem alguns minutos íntimos.

—Bem, na minha opinião, acho que a viagem foi mais proveitosa... —comentou outro.

George virou o rosto para o homem que havia feito essa sugestão e, apesar de querer golpeá-lo com um soco e apagar seu sorriso travesso que lhe enchia a boca, assentiu levemente. Deus! Estava tão fora de si que não havia notado o escândalo que isso causaria? Claro que não! Como poderia pensar que alguém iria a olhar, exatamente como estavam, quando ela estava sob a proteção de seu pai?

—Hoje à noite eu realmente quero dançar... —disse alguém próximo a ele.

E George notou como a corda, a que Oliver havia colocado no seu pescoço, era tão apertada na garganta que o sufocava. Um calafrio açoitou seu corpo e suas mãos começaram a suar. Felizmente, colocou o copo minutos antes no parapeito da janela, caso contrário, estaria em uma situação ridícula e embaraçosa.

—Os jovens têm uma oportunidade —disse outro.

Nesta ocasião, George não disse nada, não podia nem piscar, porque a imagem de Tricia ao lado de Sarah, conversando como se fossem amigas, o nocauteou. Não havia comparação possível. Aquela sem-vergonha eclipsou, com seu vestido azul turquesa e longos cachos pretos, a beleza das jovens ao seu lado. A senhorita Preston... era uma pena que não pudesse considerá-la nada mais que a triste sombra de Lady Rutland! De repente, seu peito ficou oprimido quando a viu sorrir. Aquele sorriso... o mesmo que lhe ofereceu na tarde em que se conheceram e, assim como o que aconteceu naquele momento, tudo ao seu redor desapareceu para ele, exceto ela. Do que estariam falando? Que assunto a faria rir daquele jeito sedutor?

—Magnífica... —alguém sussurrou.

E exatamente quando Laxton resolveria a questão sobre Lady Rutland, fazendo uma pergunta absurda sobre quais terras eram mais adequadas para investir um terço da herança que obtivera, ela lentamente virou o rosto para eles e sorriu.

—Confirmado! —Exclamou aquele que falara sobre como ela mudou depois da viagem. —Lady Rutland está à procura de um marido.

Marido? Aquela sem-vergonha se vestiu assim para encontrar um idiota para seduzir? Pois sentia verdadeira lástima de quem caísse em seus braços porque, como um louva-a-deus, Tricia iria comer o marido durante ou depois do sexo.

—Se me dão licença... —ele disse, com uma desculpa para sair dali, para se afastar daquela mulher que, se continuasse o olhando daquela maneira, acabaria o transformando no amante idiota do louva-a-deus, e se deixaria devorar.

Mas isso não poderia acontecer. Por mais que quisesse caminhar em direção a ela, ficar ao lado dela, agarrar a mão dela e direcioná-la para o centro do salão para desfrutar de uma dança sensual e erótica, ele tinha que se lembrar do motivo pelo qual apareceu naquela noite. Que não era outro senão se comprometer com Sarah. Saudando aqueles que encontrou enquanto caminhava para um lugar onde poderia estar seguro, George se forçou a não olhar para ela, a não ser encantado novamente por aquela boca e a não admirar seus lindos olhos castanhos que poderiam colocar Ares[2] de joelhos.

Como seria aquela boca? Essa foi a pergunta repetida milhares de vezes desde o esbarrão. Seria tão doce quanto o seu perfume de amora ou tão azedo quanto o licor que acabou de beber? E sua pele... Aquela derme perolada que mostrava com insolência, que tato perceberiam seus dedos ao tocá-la? Tricia derreteria sob seu toque? Tremeria de excitação? Seria capaz de aceitar o prazer que poderiam se dar quando seus corpos nus se juntassem?

Acelerou o passo, evitando os últimos cumprimentos. Precisava sair do salão porque o sentimento que Tricia despertava nele o impedia de respirar. Precisava sentir o ar fresco da noite chicoteando seu corpo e tirar a jovem da cabeça, da sua vida...

Depois de atravessar o limiar da imensa janela, colocou a mão direita no nó da gravata borboleta e puxou-a para afrouxá-la. Por que não podia esquecê-la? Por quê?! Não conseguia se lembrar do nome da amante que tinha antes de seu tio ficar doente e achava impossível ignorar uma mulher com quem mal tinha passado cinco minutos...

Os grilos cantavam sem parar, o vento movia as primeiras folhas das árvores, as flores davam a quem estava próximo mil fragrâncias diferentes e àquela beleza noturna se juntavam o barulho dos sapatos de Laxton, que pisavam desesperadamente no terraço.

Ele avançou até alcançar ao parapeito de madeira que cercava a varanda. Plantou as palmas das mãos no corrimão e inclinou a cabeça levemente para frente. Tudo! Lembrava-se absolutamente de tudo sobre aquela jovem descarada. Poderia listar quantas manchinhas seu rosto tinha e onde estavam. Poderia descrever o movimento ondulado que seus cílios fizeram quando fechou os olhos. Diamantes! Tricia usava pequenos brincos de diamante em seus lóbulos. Também se lembrava de como respirava, podia até distinguir sua respiração entre a de cem pessoas. E se ele fosse um pintor, seria capaz de fazer a separação exata que seus lábios fizeram quando soltou o leve suspiro que lhe provocou quando sentiu a mão em sua bochecha.

Notou como as gotas de suor escorriam lentamente por sua nuca até desaparecer pelas costas. Estava ficando louco, um louco que passara quatro semanas horríveis se escondendo como se fosse um criminoso que se esquivava da justiça. Maldita fosse a sua sorte! Quantas vezes se trancou no White's, na esperança de eliminar o sentimento que Tricia despertou nele? Mas isso só aumentou sua tortura porque os jovens continuaram falando sobre a incansável vida social da filha mais nova do duque. Depois de descobrir que costumava andar pelo Hyde Park por volta das onze da manhã, foi obrigado a pedir que Sarah passeasse com ele às nove, para que durante esses passeios não se encontrassem. Por isso a senhorita Preston não conseguia sorrir para ele! Que mulher em sã consciência daria um passeio com um sorriso nos lábios naquelas primeiras horas? Então pagou os servos daqueles anfitriões que convidaram os Preston para suas celebrações. Foi a única maneira que encontrou para ter certeza que ela não iria aparecer e alterar, com a sua presença, o plano que havia traçado. No entanto, no dia mais importante, não só tinha perdido algumas libras, mas também o controle. Apertou as mãos com força no corrimão e fechou os olhos. Se realmente se importava, deveria mantê-la longe de seus pensamentos. Tricia não era a mulher certa para morar em Lambergury, mas Sarah. A frieza disso era comparada à residência onde teriam que viver por três longos e angustiantes anos. Tricia não seria capaz de se adaptar a aquele lugar, isso a destruiria lentamente. Chegaria o dia em que o brilho de seus olhos desapareceria, esqueceria de sorrir e seu desejo de viver, aquele que emanavam de todos os poros de sua pele, se esfumaria para ansiar uma morte. George bufou, retirando todo o ar dos pulmões. Prometeu a si mesmo que nunca se tornaria Burkes, que nunca faria mal a uma pessoa e que não a levaria a um abismo sombrio e sem retorno. Por isso, a senhorita Preston era a candidata ideal. Não teria medo de levá-la para a escuridão, porque ela própria era escura e não teria medo de olhá-la nos olhos e sofrer pela perda de brilho, pois Sarah não o tinha...

Levantou lentamente o queixo e fixou o olhar nas árvores que, devido à noite, não mostravam sua verdadeira cor. Não tinha alternativa senão continuar com o plano. Assim que voltasse ao salão, caminharia determinado para o casal Preston e pediria alguns minutos sozinho. Depois que os informasse de suas intenções com Sarah, Tricia deixaria de existir para ele.

—Boa noite, George —disse uma voz feminina atrás dele, que, depois de reconhecê-la, voltou seu olhar para ela.

III

Não prestava atenção ao novo tópico da conversa, pois todos os seus sentidos continuaram focados em procurar a melhor posição para vê-lo. Mas além de se virar discretamente para ele, não encontrou outra alternativa. Enquanto a moça de cabelos dourados continuava a conversa, Tricia respirou fundo e lentamente moveu o queixo para o lado em que George estava fingindo, dessa maneira, remover um dos cachos que tocavam seu ombro esquerdo. Foi então que os lábios de sua boca se estenderam para desenhar um grande sorriso. Ele estava olhando para ela. Embora pudessem chamar a atenção dos convidados e de seus pais, olhava fixamente para ela. Quando seus olhos castanhos e os lindos verdes se encontraram, congelou com a frustração e nervosismo que expressavam. Prendeu a respiração, enquanto um calafrio percorria sua espinha, também admitindo que aquele rosto tão masculino e bonito, depois de se ter barbeado a espessa e longa barba, empalideceu. Ele não gostou de vê-la de novo? Por que seu coração estava batendo tão rápido que seu peito subia e descia sem controle.

—Então, anunciarão em breve? —Perguntou uma das meninas.

—Eu não sei —Sarah comentou com aparente pesar. — O Sr. Laxton ainda não falou com meu pai. Mas tenho certeza de que não demorará muito para fazer isso —ela acrescentou antes de suspirar.

—Talvez ele faça isso hoje à noite. —Outra a acalmou.

«Só por cima do meu cadáver», pensou Tricia, olhando para elas. Graças a Deus, estava em tempo de fazê-lo mudar de ideia. Sua fonte foi muito confiável em informar que a pretensão de George era anunciar o noivado durante a festa. Não havia tempo a perder... ela teria que executar seu plano antes que aquele cabeçudo, porque não havia outra palavra que o definisse melhor, decidindo ficar noivo da insípida senhorita Preston. Mas como teria um momento a sós com ele, se os pais dela não deixavam de observá-la nem por um único segundo?

—Se isso for verdade, dou meus sinceros parabéns, Srta. Preston —disse outra das jovens. —Foi muito esperta em seduzir o solteiro mais cobiçado da temporada. Dizem que a herança do finado conde de Burkes é incalculável e que Lambergury, a residência que possui em Brighton, é a mais rica e extensa da região.

—Para ser sincera —Sarah disse com um sorriso que Tricia queria apagar com um tapa. —Devo tudo à Baronesa de Wateford, porque ela foi encarregada de nos apresentar na festa que realizou no final do mês passado. Graças a ela, em breve me tornarei uma das condessas mais ricas de Londres —comentou ela com altivez. —Pai disse que...

Parou de ouvi-la. Tricia apertou tanto a mandíbula que teria sofrido uma entorse, se esse mal realmente existisse. Abandonou toda a discrição que tinha que manter e olhou de volta para o grupo de cavalheiros, ficando sem fôlego ao descobrir que ele havia desaparecido. George não estava mais no salão... Desesperada, inspecionou todos os lugares possíveis para onde pudesse ter ido. Felizmente, os Preston ainda estavam dançando e não tinha se aproximado para solicitar a temida conversa. As mãos de Tricia começaram a suar, seu coração se esqueceu de bater e seus olhos continuaram com a árdua tarefa de localizá-lo. Ela respirou. Sim, podia respirar tranquilamente e seu coração voltou à vida quando o viu atravessar o limiar da porta de vidro que levava a um dos grandes mirantes que possuía a residência do Hamberbawer. Por que estava saindo tão rápido? Ele se afastara da multidão para refletir sobre como informar os Preston de sua decisão? Como um homem agia antes de dar um passo tão importante em sua vida? O único que podia usar como exemplo era seu irmão Elliot e, que pelo que se lembrava, teve tanta certeza do que pretendia fazer, que não disse nada aos pais até que se comprometeu.

Segurança. Essa era a atitude certa para alcançar aquilo que se cobiçava e ela, naquele momento, suspirava para conversar com George e que esquecesse, de uma vez por todas, a repulsiva Sarah.

Deu um passo para trás, virou-se para os pais e, depois de verificar que estavam conversando com os Philoriks, um casal tão aborrecido que causaria sono na pessoa com mais insônia do mundo, se desculpou dos seus acompanhantes para caminhar pela área direita do salão, em direção à varanda.

Quando chegou à saída, permaneceu imóvel, petrificada, pois encontrou uma imagem digna de ser reproduzida em uma tela. Uma que teria então que ser exibida no melhor museu de Londres. Ficou alguns segundos observando o homem que colocava as mãos no parapeito de madeira e inclinava a cabeça levemente para frente. A luz da lua atingiu seu corpo e a sombra das copas das árvores ofereceram-lhe uma auréola de escuridão ao seu redor. Ele parecia um anjo caído... essa postura, mais típica de uma pessoa que caminhava em direção à forca, em vez de seguir em direção a um mundo de luz e felicidade, despertou alguma esperança nela. Sorriu, embora não devesse ter feito isso, o fez, porque essa atitude lamentável lhe dizia que ele não estava apaixonado por Sarah e que ainda tinha uma chance. Avançou vários passos, com a pretensão de que ele se virasse quando a ouvisse chegar, mas não se virou. Mais uma vez, ela teve que adotar a postura de uma mulher ousada e descarada, como quando escolheu aquele vestido. Ela respirou, colocou as mãos atrás das costas e disse:

—Boa noite, George.

—Condenada moça! —Ele exclamou, virando-se bruscamente em sua direção. —Que diabos está fazendo aqui?

—Meu Deus! —ela comentou, desenhando um enorme sorriso. —Não esperava que me recebesse assim.

—Recebê-la? —ele bufou, incapaz de tirar os olhos dela, aqueles que explodiam com rajadas de fogo. —Concluiu, sozinha, que eu queria que me seguisse? A que horas, desde que nos vimos, deduziu essa loucura? Não se lembra de que, quando nos conhecemos, pedi que me esquecesse?

—Está me fazendo muitas perguntas —disse Tricia, caminhando em sua direção e deliberadamente movendo a mão direita para silenciá-lo. Enquanto caminhava, seus quadris balançaram com a batida da música que vinha de dentro do salão. George ficou ainda mais nervoso, pois não conseguia desviar o olhar do balanço sedutor. —Para não perder o pouco tempo que teremos, responderei apenas uma.

—Apenas uma? —George disparou travando uma batalha entre rir do personagem casual de Tricia ou gritar como um louco por tê-la tão perto.

—Sim, apenas uma —Tricia disse sem desviar o olhar. —Pensei que estivesse mentindo. —Quando ele levantou uma sobrancelha, ela esclareceu. —Quando me pediu para esquecê-lo, pensei que estivesse mentindo.

—Bem, eu não estava —ele murmurou, aproximando-se dela.

Erro. Cometeu o maior erro daquela noite, de sua vida, porque estar tão perto o afetou tanto que teve que cerrar os punhos. Da posição em que estava, podia ver o belo busto que Tricia exibia com insolência, podia respirar aquele cheiro de amora que o transportava para um momento em que era feliz e, é claro, também podia observar o brilho daqueles olhos castanhos que o deixou tão cativado que poderiam colocá-lo de joelhos e implorar para nunca parar de observá-lo daquela maneira.

—O que faz aqui? —Ele disse depois de recuperar algum bom senso. Olhou para o salão e respirou aliviado ao ver que os convidados continuavam se divertindo sem perceber a ausência de ambos.

—Vim para salvá-lo —respondeu Tricia, olhando para a gravata borboleta solta e o botão desabotoado.

Não foi capaz de pensar nas cem mil razões pelas quais um homem afrouxava a gravata borboleta durante uma festa, porque seus sentidos e, e de modo geral, todo o seu ser se concentraram em confirmar que aquela pequena parte do seu corpo era sensual demais para que uma jovem virgem como ela, pudesse observá-la. No entanto, seu cérebro, que parecia não refletir nessa visão imprópria, tentou descobrir se aquele pelo que nascia no peito, era tão loiro quanto a cor do cabelo. Com a escuridão, aquela que os protegia, mal conseguia distinguir os tons.

—Me salvar? —Disse George irritado. —Não quis dizer se salvar, certo? Pois, duvido que, com o vestido que escolheu hoje à noite, possa dar um passo sem que um cavalheiro a convide para dançar —ele murmurou.

—O que disse? —Ela ficou no meio do caminho para assimilar as palavras ofensivas que lhe dirigiu.

Por que ele se comportava dessa maneira? Parecia que estava possuído por um espírito maligno, como se... Tricia descartou essa palavra rapidamente. Não tinha percebido que, desde que entrou, seus olhos só haviam procurado a ele?

—O que ouviu, lady Rutland. Não pretende me salvar de nada, o que realmente deseja é se proteger da situação que criou. Não gosta de ter tantos admiradores ao seu redor? Não acha agradável descobrir que é desejada por todos aqueles que descaradamente observam seu decote?

—Acho que essa conversa não começou bem —ela sussurrou, depois de olhar para a janela e suspirar calmamente ao confirmar que ninguém estava ouvindo.

—Essa conversa começou e terminou neste momento —disse ele, dando um novo passo até ela.

—Não seja teimoso, George. Garanto-lhe que só vim ajudá-lo. Não quero que logo se encontre em uma situação comprometedora —ela acrescentou ao se aproximar dele.

—Comprometedora? A senhorita se ouve quando fala? Como definiria essa situação, Lady Rutland? Olhe ao seu redor, tem consciência de onde e como estamos? Se alguém nos descobrir...

—Se parar de me interromper —disse ela, diminuindo a curta distância entre eles, embora tenha ficado longe o suficiente para que o tecido do vestido não tocasse em seu casaco. —Poderia lhe explicar por que estou aqui antes que alguém perceba meu sumiço.

O que quer que fosse, George não queria ouvir. Precisava sair dali antes que o animal dentro dele tomasse conta da situação.

—Não —ele negou.

—Não? —Tricia respondeu, fazendo desaparecer os poucos centímetros que ela havia deixado entre eles para falar tão baixinho que só ele podia ouvi-la.

—Não quero ouvir nada, não quero ser salvo de nada, por que...

—Cale-se! —Ela disse colocando um dedo sobre os lábios. —E preste atenção em mim de uma vez!

E George esqueceu que precisava respirar para viver. O dedo, apesar de coberto por uma luva branca, produziu um arrepio repentino. Este percorreu da cabeça para os pés e depois voltou ao lugar de onde emergira, causando-lhe um incrível atordoamento e inchaço. Irritado com a sua reação, com a perda de controle, com o desejo que ela despertava, levantou a mão esquerda e empurrou aquele dedo perigoso com mais força do que precisava, fazendo o corpo delicado de Tricia tremer.

—Me desculpe... —ele comentou enquanto seus braços se estendiam para frente e suas mãos se agarravam, como cravos a uma madeira, até a cintura fina. —Eu não queria machucá-la. Garanto-lhe que prefiro morrer a causar-lhe alguma dor —ele insistiu.

Tricia, depois daquele leve balanço, apoiou fortemente as solas dos sapatos no chão e olhou para aqueles braços que haviam se enredado nela como se fossem plantas trepadeiras. Então, muito lentamente, olhou para cima, admirando o rosto magnífico, até que seus olhos se encontraram novamente. Dor. Aquelas írises expressavam a mesma tortura que lhe transmitiram quando ela o viu no salão. Por que isso lhe provocava sentimentos tão torturantes? Ele não gostava de tê-la por perto? A possível resposta a entristeceu tanto que percebeu como seu coração se partiu em mil pedaços.

—A senhorita Preston não é a mulher certa para o senhor —disse ela, arrastando as palavras enquanto falava, como se tivesse bebido mais do que poderia suportar.

Mas sua embriaguez se devia a ele, à maneira íntima que se encontravam, à necessidade de protegê-lo daquilo que o atormentava, mesmo que só quisesse que ela se afastasse. Atordoada pela estranha emoção que percorreu seu corpo, colocou as mãos no peito. Então notou como suas palmas eram golpeadas pelas batidas daquele coração escondido sob o forte torso. Respirou... e o cheiro que ansiava retornou para dentro de si, enchendo-a, inflando-a, transformando-a em uma mulher invencível. Engoliu a saliva exatamente quando ele também o fez.

Continuaram se olhando, continuaram juntos...

—Ninguém o é, Lady Rutland... —ele sussurrou depois de respirar tão fundo que seus pulmões reclamaram. Pensou que, se respirasse profundamente, absorveria toda a essência que ela emitia e isso poderia acompanhá-lo pelo resto de sua vida, quando Tricia desaparecesse...

—Ela o mataria de tédio —continuou ela, com uma voz leve. Não tinha dúvida de que, se houvesse um bloco de gelo preso entre seus braços fortes e quentes, teria se transformado em uma poça de água fervente. —Aconselho que procure outra mulher, porque a que escolheu não lhe convén...

—«A mulher viu que a árvore era apetitosa para comer, agradável aos olhos e desejável para adquirir sabedoria. Então, apanhou sua fruta e comeu...» recitou George em um sussurro.

—*Tentação e queda: Gênesis 3, versículo 6.* Durante minha visita à Espanha, tive que assistir vários domingos à missa e prometo que os espanhóis têm uma estranha obsessão por essa parte da Bíblia Sagrada —apontou Tricia estendendo os dedos pelo peito e este... se agitou ainda mais. —Mas não sou a tentação, George. Vim para salvá-lo.

—Eu não teria tanta certeza... —declarou ele ao tempo que sua mão direita deixou sua cintura para descansar em uma de suas delicadas bochechas. Quando o polegar dele a acariciou, ela fechou os olhos e suspirou como naquela tarde. —Não faça isso comigo, Tricia. Te imploro, não me deixe cair na tentação que seus lábios me causam. Deixe-me ir sem descobrir como é a sua boca. Quero voltar a Lambergury sem desejar o calor da sua pele todos os dias da minha vida. Não seria conveniente para mim ser pego nesse olhar e confirmar, toda vez que estiver ao meu lado, que preciso me ajoelhar diante da senhorita como um servo devoto de Deus...

—Não pretendo fazer isso... —ela sussurrou, mantendo os olhos fechados.

O que aconteceu com ele? Por que suas palavras expressavam uma emoção contida e dolorosa? Não gostaria de tornar realidade tudo o que estava tentando recusar? Porque ela queria cumprir cada uma daquelas restrições.

—«Então a serpente disse à mulher: Não, não vai morrer! Deus sabe que no momento em que comerem, seus olhos se abrirão e serão como deuses; conhecedores do bem e do mal».

—E o que eu sou para você, George? —Ela se aventurou a perguntar, abrindo lentamente os olhos. —A serpente, a fruta ou a mulher? —Acrescentou enquanto ficou na ponta dos pés e suas mãos deslizaram até que agarraram às lapelas de seu casaco.

—A serpente —ele declarou antes de beijá-la.

Fechou os olhos e Tricia o imitou...

Ele apertou os lábios com um deleite lento e calmo, e ela notou milhares de raios atingindo sua pele. Encantada pelo momento, respondeu da mesma maneira. Ele precisava transmitir a ela, através daquelas leves e inexperientes pressões de sua boca, a maravilhosa sensação de paz que o percorria. Se conseguisse, talvez acabasse com a dor que estivera sentindo. Mas seu ato não obteve o resultado que havia estabelecido, porque só conseguiu tornar esse beijo áspero, menos aprazível. Apertou o seu nariz tanto no dela que não conseguia respirar através dele. Instintivamente, abriu a boca e... os dois voaram para um mundo onde apenas eles viviam. Enquanto a língua de George saqueava o interior de sua boca, a mão, a que acariciava sua bochecha, deslizou lentamente pelo pescoço até que a colocou nas costas. Uma vez lá, as duas mãos a puxaram em sua direção até que seus corpos se encaixassem perfeitamente.

Derretida... Tricia se derreteu com o calor que Laxton exalava e com as carícias longas e viciantes daquela língua masculina. Seu pulso acelerou e a temperatura do corpo aumentou tanto que se transformou naquela poça de água fervente. Não sabia dizer quando George a fez andar para trás. Estava tão distraída naquela tempestade que tinham desatados os relâmpagos que lhe açoitavam a pele, que não percebeu que George a conduziu para um lugar afastado do terraço. O mundo parou de importar para ela. O universo não existia, porque tudo o que ansiava estava ao seu lado. Sua alienação era tanta que nem percebeu a privacidade que esse lugar lhes daria e o que aconteceria se os encontrassem.

—Tricia... —Laxton sussurrou enquanto separava os lábios levemente.

—Qual é o sabor da minha boca, George? —Ela perguntou sem abrir os olhos enquanto tirava as mãos das lapelas do casaco e as colocava em volta do pescoço dele.

—De mel... —ele murmurou, colocando a testa na dela.

Lentamente, tão devagar que lhe causou mais tortura do que ele sofreu durante os açoites de seu tio, seus dedos subiram pelas costas de Tricia até serem colocados nos dois lados do rosto. Uma vez que tinha o rosto dela em suas mãos, levantou-o até que seus olhos pudessem admirar o rubor de suas bochechas.

—Gosta de mel, George? —Tricia disse, abrindo os olhos e maravilhada com o olhar com o qual ele a fitava.

Transformação. Para sua alegria, não houve mais os vislumbres de dor e desespero que ele expressara anteriormente. Agora revelavam ternura e devoção, como o servo que ele mencionou deveria manifestar.

—Isso me deixa louco —disse ele antes de beijá-la novamente.

Naquele momento, não precisou abrir a boca para poder respirar, Tricia deixou aberta para que ele a possuísse novamente, para tomá-la com a mesma ânsia de segundos antes. Mas o que não imaginava era que esse gesto, essa decisão, permitiria que George apreendesse não apenas sua boca, mas também seu corpo. Ela não teve a lucidez de perceber que uma das mãos dele a acariciava novamente e que a outra estava pousada no peito, até sentir um frio no rosto. Aquela palma, que apalpava descaradamente seu decote, vagava de um lado para o outro, procurando um lugar para pousar. O encontrou sob o tecido e seus dedos se alongaram até que tocaram um dos mamilos dela, tão rígidos que lhe causaram dor. Tricia exalou todo o ar em seus pulmões, fazendo com que George o respirasse. Não havia uma única parte do corpo que não ansiava por suas carícias, como se esperasse que esse momento chegaria desde que se conheceram.

—«Ao homem lhe disse: por prestar atenção à sua esposa e por comer da árvore proibida —recitou Laxton novamente ao beijar o pescoço de Tricia. —Maldita seja a terra por sua causa...»

—«O homem chamou Eva à sua mulher, porque ela foi a mãe de todos os vivos» —respondeu, colocando as mãos nos cabelos dourados e enroscando os dedos nele.

—Tricia... —ele suspirou. —O homem chamou de Tricia a mulher que tentou levá-lo à perdição —disse George, colocando a boca em seu peito. Ele lambeu, beijou, mordeu e ouviu com prazer os suspiros que ela emitia a partir do seu contato.

Caíra. O jardim do Éden permaneceu naquele salão, em sua única oportunidade de não prejudicar uma jovem como ela. Mas... não havia como voltar atrás. Uma vez que provou a boca, quando descobriu a suavidade da pele e sua reação ao tocá-la, tudo o que pensou, durante as quatro torturantes semanas, tornou-se apenas uma pequena lembrança. Com a coragem de tomar uma decisão, ele se separou abruptamente dela. Apesar do ódio que sentia por ser tão fraco, seus olhos não mostravam raiva, mas devoção à imagem tão sedutora que Tricia demonstrava. Disse que ela o colocaria de joelhos? Bem, era isso que queria fazer, ajoelhar-se e implorar para que ela nunca parasse de lhe oferecer aquela bela imagem.

—George? —Tricia perguntou ao ver que ele se afastava dela. Evitando não desmoronar diante de uma retirada tão repentina, rapidamente colocou o peito nu sob o vestido e continuou com uma voz trêmula. —O que houve? Fiz algo que não deveria?

—Tricia... —ele tentou dizer, mas as palavras não saíam de sua boca.

Embora seu coração insistisse em liberar o pedido uma vez, sua cabeça, depois de recuperar algum senso, gritou novamente que não, que ela não merecia se casar com um homem quebrado.

—Tricia! —William trovejou do meio da varanda. —O que fez, ingrata?

O formigamento que sentiu através de sua mão morta era real? Porque não sabia se havia voltado a funcionar depois de testemunhar aquele pesadelo. Sua filha! Sua filhinha se rendeu ao prazer e estava em uma situação embaraçosa! Não acreditou em Beatrice quando lhe disse que ela estava tramando algo. Até subestimou o fato de Tricia usar um vestido tão inapropriado. Mas, naquele momento, depois de testemunhar como sua filha cobria um peito nu, não teve escolha a não ser odiá-la. Uma Rutland? Deus! Ela não era apenas uma Rutland, mas também uma libertina como ele!

—Pai! —Ela exclamou horrorizada.

Depois de observar o rosto de seu amado pai, que não apenas demonstrava tristeza, mas também desapontamento, queria caminhar em sua direção para tranquilizá-lo, mas não conseguiu se mexer. George impediu-a de dar um passo em frente ao virar-lhe as costas e protegê-la com o seu próprio corpo.

—Lorde Rutland —começou Laxton, —como o senhor entenderá, depois do que testemunhou, vou pedir para que...

—Não! —O duque gritou desesperadamente. —Não e mil vezes não! Minha filha não pode se casar com um homem como você! —Ele disse caminhando até ele como se fosse um trem descarrilado. —Eu me recuso!

—Não lhe resta escolha a não ser aceitar o pedido de casamento, milorde —disse George, estufando e erguendo o peito para receber o impacto do punho que o duque dirigia a ele. —Porque eu a amo —disse antes de sentir o impacto de um soco na bochecha esquerda e observar, pelo canto do olho, como Tricia acabara caindo deitada no chão depois de desmaiar.

IV

Tudo ao seu redor permanecia escuro e em um silêncio agonizante. Onde estava? O que acontecera com ela? Tentou se mover, mas mãos fortes, posicionadas nas costas e na curvatura das coxas, cravaram na sua pele para que não se mexesse. Ela se forçou a abrir os olhos, descobrir o motivo pelo qual seu corpo se movia sem a necessidade de mover as pernas, mas também não teve sucesso, já que suas pálpebras pesavam como se segurassem pedras enormes. No entanto, diante de toda aquela confusão, diante daquela desordem, havia algo que indicava que estava protegida, protegida do caos que a cercava: George. Sim, estava ao seu lado e também era o dono daquelas mãos fortes. Podia sentir o cheiro da fragrância dele e sentir o calor de seu corpo tão perto que poderia queimá-la. Ela se virou gentilmente para o lugar onde o calor reconfortante emanava e se aconchegou, como costumava fazer sob os lençóis da cama. Se estivesse sonhando, não queria acordar, mas se tivesse morrido, deveria agradecer a Deus para o qual ela orava, por tê-la levado ao paraíso sem fazê-la passar pelo temido julgamento final. Respirou fundo e depois expirou lentamente o ar que respirara. Não, morta ela não poderia estar porque ainda precisava de oxigênio para viver, então a opção de estar em um sonho maravilhoso era a única que parecia possível. Mas esse estado de prazer e bem-estar celestial desapareceu de repente, quando ouviu um grito não muito longe de onde estava. Uma mulher. Não tinha dúvida de que era uma mulher e tinha que se encontrar em uma situação muito angustiante para gritar da forma como gritava. Quem seria? Quem poderia sofrer de tanta angústia? Tão logo fez a segunda pergunta a si mesma, George pressionou ainda mais o seu corpo, e sua mente voltou ao estado anterior de fascínio. Nada importava, exceto continuar ao seu lado...

—O que aconteceu? Por que lorde Laxton carrega nossa filha em seus braços? —Beatrice perguntou a William depois de atravessar a sala.

—Ela desmaiou —respondeu o duque.

Então aquela névoa de paz, prazer e conforto que a cercava abruptamente se afastou, e Tricia recuperou a consciência. Encontrava-se novamente no terraço, cobrindo um dos seus seios. George tentou lhe dizer algo depois de sussurrar seu nome. A voz do pai apareceu do nada. No meio de um ataque de pânico, queria explicar o que havia acontecido, mas George o impediu ao se colocar na frente dela. Ela olhou novamente para o rosto decepcionado do homem que amava, ouviu as palavras de Laxton, o soco e... tudo ao seu redor ficou preto. Seu pai e George não estavam mais ao seu lado, haviam desaparecido através de uma escuridão horrível. Abriu os olhos de repente e olhou para aquela gravata borboleta desamarrada, aquele botão desabotoado e o cabelo loiro do dono de todas essas roupas.

—Ela desmaiou! A senhorita Preston também desmaiou! —Alguém exclamou.

Lógico, pensou Tricia. Deve ter lhe dado uma síncope quando viu como seu futuro noivo carregava outra mulher em seus braços fortes. Uma com a qual havia estado a sós. Revivendo o pior momento de sua vida, franziu a testa e conteve um suspiro. Quanta dor aquele rosto amado apresentou! Quanta decepção encontrou em seus lindos olhos negros!

—Lorde Laxton, siga-me, por favor —pediu a sra. Hamberbawer.

Em silêncio, George atravessou a sala com uma tranquilidade impressionante. Os olhares dos convidados se concentraram neles e murmuravam a cada passo que davam. Tricia evitou olhar em volta e decidiu se concentrar naquele rosto sombrio para deixar de pensar. No entanto, depois de rever todos os gestos que expressavam aquele rosto bonito, corado após o soco de seu pai, se sentiu a mulher mais pérfida do mundo. Por causa dela, muitos falariam sobre o que acontecera por semanas, meses e até anos. Certamente alguém, décadas mais tarde, iria mencionar o momento em que uma festa que os Hamberbawer ofereceram em 14 de março de 1888, terminou no instante em que apareceu o sobrinho do falecido Conde de Burkes, que trazia em seus braços fortes a filha mais nova do duque de Rutland. Acrescentariam também, mordazes, que os dois permaneceram sozinhos por um longo período de tempo em uma das varandas e que o próprio duque de Rutland, cuja fama de libertino sua própria filha havia superado, os encontrou. Seria a fofoca do século! E tudo por quê? Por que foi incapaz de aceitar que George escolheu outra mulher que não ela. E se realmente estivesse apaixonado por Sarah? E se tudo o que havia lhe dito fosse real? Talvez tenha usado aquelas palavras bonitas para que sua rejeição não a humilhasse demais. Aquela ideia fez seu coração bater forte e sua respiração se tornou angustiante. Se estivesse certo, se realmente tivesse tentado detê-la e ela não o permitiu?... o havia conduzido a uma vida em que não encontraria amor, mas ódio!

Pressão... seu peito doía com a opressão que surgiu ao chegar a essa conclusão. Então, queria sair de seus braços, fugir da festa e correr o mais rápido que suas pernas permitissem.

—Não se mexa —George ordenou quando notou a inquietação de Tricia. Ele a olhou por uma fração de segundo, mas foi mais do que suficiente para descobrir que seus lindos olhos castanhos indicavam que estava ficando apavorada. O que poderia lhe dizer para tranquilizá-la quando mais de cinquenta pessoas os observavam? —Tudo ficará bem, eu prometo —declarou ele antes de levar a boca à testa e dar um leve beijo sem se importar com a sra. Hamberbawer, Lorde e lady Rutland e cerca de oitenta pares de olhos, que o olharam sem piscar.

E não lhes deu importância...

Tricia era incapaz de dizer não a qualquer coisa que ele pedisse com aquele doce tom de voz. Encostou a bochecha ao peito e ficou fascinada com o que não ouviu. Não entendia. Havia coisas no mundo que eram inexplicáveis e entre essas coisas misteriosas estava o coração de George. Enquanto o seu pulsava tão rápido que doía, o dele permaneceu tão calmo e tranquilo que parecia tê-lo arrancado antes de entrar. Ele não se importava com o escândalo que causaram? Porque qualquer um, em sua situação, mostraria tanto nervosismo que teria jatos de suor escorrendo pela testa. Mas não George. Sustentou o olhar de frente, manteve as costas rígidas e expressou orgulho, não se importando ou levando em conta o que as pessoas comentavam depois daquela demonstração de afeto. A sobremesa foi servida! Antes que a sra. Hamberbawer os escondesse em um quarto, as fofocas sobre o tumulto oferecido pelo único descendente dos Burkes, cuja linhagem mantinha uma vida de forte moralidade, e os Rutland, cujos membros eram viciados em indecência. Ela era a única pessoa que pensava que o destino havia lhe pregado essa pesada peça?

—Pode deixá-la sobre o divan apontou a senhora Hamberbawer com um dedo o sofá localizado sob a janela depois de abrir a porta.

O George ficou debaixo do umbral da porta, apertou o maxilar e o coração acelerou. A Tricia queria virar o rosto para a direita para descobrir o que o tinha irritado, mas acabou por não o fazer quando o ouviu falar.

—Alguém mova o sofá para a lareira. Está muito frio —ele ordenou com uma voz cheia de autoridade e... o que era essa emoção que o teria irritado? Fosse o que fosse, aquele coração parecia não ter, continuou a bater apressadamente.

Nem o pai nem a mãe disseram nada sobre aquilo. Ambos permaneceram atrás deles, como se tivessem se tornado seus anjos da guarda. Mas, devido à atitude adotada por George, ela não estava nada desprotegida. Enquanto o observava, porque não conseguia desviar o olhar, ouviu alguém arrastando o sofá pesado. Então, um novo silêncio voltou, interrompido apenas pelos passos que fizeram as solas dos sapatos de George tocando o chão. Então... ela notou como seu corpo congelou e rogou pela volta do calor que se afastava dela. Alguém a cobriu com um cobertor, mas isso não diminuiu seu tremor gelado. Tricia tentou estender a mão para tocá-lo, mas Beatrice se moveu entre eles e se ajoelhou na frente dela.

—Lorde Rutland —disse George depois de se afastar —enquanto lida com Tricia, tenho que resolver um assunto pessoal.

—Eu irei contigo —respondeu o duque em um tom tão firme que ele não admitia resposta.

Os pelos de Tricia arrepiaram-se como um sinal de alerta para a repreensão que aconteceria quando se recuperasse. Não, ela não apenas seria repreendida, mas também ele. George sofreria a ira de seus pais e não era justo que, sem pretender, fosse acusado e advertido por algo que não provocou. Com um golpe repentino, tirou o cobertor, levantou-se do sofá e olhou em direção à saída, mas já não estavam, os dois haviam saído.

—Senhora Hamberbawer, pode me deixar sozinha com minha filha, por favor? Certamente tem que resolver a incerteza que seus convidados devem ter depois do que aconteceu.

—É claro, Lady Rutland —respondeu a boa mulher ao educado pedido da duquesa.

Silêncio. Depois que a porta se fechou, só houve silêncio entre elas. Tricia a olhou por alguns segundos e sua alma congelou ao contemplar seu rosto. Não se lembrava de tê-la visto assim. Sempre havia ternura, bondade e calor nela. Mas naquele momento, seu olhar apenas expressava raiva, frieza, ressentimento e... decepção.

—Mãe... eu —tentou dizer.

—Meu Deus, Tricia! O que aconteceu? —Beatrice gritou. —O que os dois estavam fazendo lá fora? Tem alguma ideia do escândalo que criou?

Sim, ela sabia perfeitamente o que haviam causado, porque pensou sobre isso enquanto era conduzida para a sala nos braços de George. Mas o que poderia fazer? Não havia possibilidade de voltar no tempo e aparecer exatamente no momento em que andava distraidamente procurando seu chapéu, exatamente no momento em que se viu presa por um olhar bonito e um corpo quente. Não era possível, tampouco o faria. Se ela pudesse reviver aquele dia, aquela mesma tarde, voltaria a olhar para o céu e sentiria a força daqueles braços ao seu redor novamente.

Respirou fundo, admitindo que não se arrependia de nada, exceto o fato de enganar seus pais.

—Ele pediu ao papai para se casar comigo —ela disse sem pensar, como se essa fosse a resposta que sua mãe esperava para eliminar todos os obstáculos que aquela situação trazia.

—Claro que pediu! —Ela gritou quando seu rosto se encheu de mais ódio e desespero. —Não intuiu que ele estava procurando o momento de comprometê-la e torná-la sua esposa? Pelo amor de Deus, Tricia, e foi tão ingênua que caiu na armadilha dele!

Ingênua? Comprometê-la? Armadilha? A mãe dela pensou que ele havia planejado forçá-la a se casar? Não se lembrava da conversa que tiveram na carruagem? Não foi capaz de observar o decote do vestido dela? Poderia seu amor por ela cegá-la a tal ponto?

—Está errada —disse ela, depois de caminhar vários passos para trás.

Ela havia cometido um erro: o de conduzir George a uma vida em que ele não seria feliz, mas não cometeria outro: permitir que seus pais o odiassem. Não, ela não consentiria que o olhassem com reprovação, aversão ou ressentimento. Ela tinha que salvá-lo, pelo menos, dessa angústia.

—Eu estou errada? Em que estou errada, Tricia? —A duquesa insistiu desesperadamente.

—George não veio até mim, mas fui eu quem o perseguiu —disse ela, erguendo o queixo e a olhando com orgulho.

—O que está dizendo? —Beatrice questionou, arregalando os olhos.

—Exatamente o que ouviu, mãe. George saiu e eu o segui.

—Por que fez essa estupidez, Tricia? Não estava ciente do que poderia lhe acontecer?

—Sim, esse era o plano. —Quando a ouviu, o rosto de sua amada mãe empalideceu. Trica respirou fundo, tomou força e continuou. —Ouvi, durante minhas caminhadas, que o futuro Lorde Burkes, após a morte de seu tio, havia retornado à cidade com a intenção de procurar uma esposa para morar em Lambergury. A partir desse momento, perguntei sobre ele e descobri muitas coisas, incluindo que foi amigo de Logan por vários anos. Eu imagino que, naquela época, se tornaram...

—Uns libertinos que realizam bacanal todos os dias da semana? E que nessas festas havia tantos excessos que ninguém se lembrava do que havia acontecido? —Ela perguntou sem respirar.

—Mas então seu tio o salvou e fez dele um bom homem. Como pode ver, não há diferença no passado de George com o do meu pai, já que os dois deixaram a vida ruim para trás —ela disse solenemente. E essas palavras causaram tanta dor em sua mãe que ela apertou sua mandíbula com força. —Então deduzi que ele era o homem perfeito para mim.

—Santo Deus, Tricia! Não está sendo coerente ao falar dessa maneira! Idolatra seu pai, o homem que ele é agora! Mas... não tem ideia de quem foi!

—Eu sei —ela continuou sem sequer piscar. —Por isso escolhi Laxton. Um homem como ele, com esse passado sombrio e esse

presente remendado, é o único que pode aceitar uma esposa que chega ao casamento sem sua inocência.
—Como?! —Beatrice estalou como se sofresse um derrame. Colocou as duas mãos no peito e olhou para a filha. O que ouviu era real? Ela confessou isso...? Engoliu em seco, deu vários passos em direção a Tricia, mas imediatamente parou quando viu aqueles olhos castanhos. Ficou surpresa ao reparar que a inocência que sempre expressaram desapareceu para dar lugar a uma confusão incrível. Não, não era possível, seu instinto maternal lhe gritou que Tricia estava mentindo. —Pretende me fazer acreditar que perdeu sua virtude? —Ela insistiu mostrando um sorriso malicioso. —Pare de falar bobagem, Tricia. Não pode afirmar algo que não aconteceu porque, se assim fosse, seus olhos teriam deixado de ser ingênuos e revelariam...
—Luxuria? —Ela respondeu. Que Deus a perdoasse e que todos a quem amava a perdoassem algum dia pelo que estava fazendo. Mas se recusava a deixar que aqueles que ela adorava olhassem para George com a fúria nos olhos que carregava sua mãe. —Não a viu porque não desejou vê-la. Mas lhe asseguro que me entreguei a um homem durante minha viagem à Espanha. Caso não saiba, os espanhóis têm sangue quente e são tão lisonjeiros que nenhuma moça pode evitar ser tentada a...
—É mentira! —Disse Beatrice, cerrando os punhos. —Sei que está mentindo!
—Não, não estou. —Ela acrescentou um leve aceno de cabeça a essa negação. —Digo a verdade. Fui atrás de senhor Laxton, forcei-o a me beijar, forcei-o a me tocar porque preciso me casar com um homem que não reprova minha falta de castidade —permaneceu o mais firmemente que pôde.
—Então... o enganou? —ela lançou com uma mistura de descrença e confusão. —Nos enganou? —ela acrescentou.

—Sim —assentiu sem hesitar. —Não se lembra que durante o trajeto me perguntou o que eu estava fazendo quando apareci em uma festa para a qual não havia sido convidada? Bem, aqui está a resposta: estava procurando por um marido que não...

—Cale a boca! Não quero mais te ouvir! —Disse Beatrice desesperadamente enquanto girava nos calcanhares. Então caminhou em direção à porta. —Se o que diz é verdade, esse homem não deve se casar contigo. Certamente, agora, está travando uma guerra interna, pois seu coração se partiu em mil pedaços. Se ele ama a filha dos Preston, deve se casar com ela e não...

—Com? —Tricia interrompeu.

—Com uma rameira! —Beatrice bateu a porta com força sem responder.

«Não saia de vossa boca nenhuma palavra má, senão aquela que seja boa para edificação, segundo a necessidade do momento, para que conceda graça aos que escutam[3]»—Tricia evocou mentalmente após a partida desesperada da mulher que a protegeu por nove atormentados meses.

V

Vivia o pior momento de sua vida, pior que aquele que seu tio lhe oferecera por anos a fio. Mas era horrível testemunhar como Sarah chorava sem parar e como não conseguia encontrar conforto nos braços de sua mãe. Ele se sentia um vilão, até mais vilão que o falecido conde. Lentamente, desviou o olhar para o Sr. Preston e encontrou em seu rosto velho tanta frustração quanto raiva.

—É imperdoável! —ele gritou novamente. —Como pôde fazer isso com minha filha? Eu juro, se eu fosse mais jovem, lançaria uma luva e o desafiaria para um duelo.

—Eu não a manchei, se é isso que lhe preocupa —respondeu solene. —Pode confirmar que, durante os nossos encontros, nunca a toquei.

E Sarah chorou mais.

—Graças a Deus, os tempos mudaram —o duque tentou mediar —os duelos nunca foram...

—Bastardo! —Preston dirigiu-se a William. —Como ousa participar dessa conversa? Não se sente infeliz depois do que sua filha causou? Ela destruiu o meu futuro!

Por isso Sarah estava chorando e seus pais estavam tão furiosos, George admitiu com pesar. Nunca houve amor de sua parte, mas tampouco acreditava que Sarah aceitaria uma vida infeliz apenas pela ganância de se tornar a condessa de Burkes. Ele suprimiu um grito, que expressaria a libertação que seu corpo estava passando naquele momento, e seu peito recuperou seu tamanho, pois a opressão que sofreu desde que entrou naquele salão, desapareceu. Fora salvo de outra condenação, de um infortúnio e tudo graças a Tricia. A menininha atrevida o levou para longe de uma morte em vida com seus olhos, seus beijos e suas palavras encantadoras. Não passaria mais o resto da vida vivendo com uma harpia, mas com uma pequena atrevida que, quando tocada, derretia como se fosse um bloco de gelo aquecido pelo sol. E, embora não devesse fazer isso, sorriu maliciosamente.

—Minha filha não precisa de títulos nobres ou riquezas! —O duque o repreendeu. —É uma Rutland!

—Oh, é claro que sim —disse Preston com ar irônico.

—O que quer dizer com essa afirmação? —William trovejou, estreitando os olhos.

—A única coisa que quero lhe expressar com minhas palavras, milorde, é que deve estar muito orgulhoso por ter gerado três bastardos da sua própria espécie —disse Preston, erguendo o queixo e mostrando uma superioridade que George queria destruir com um soco.

Mas descartou a ideia para focar na reação de Rutland. Ele caminhou até o pai de Sarah com tanta determinação que, se não o parasse, a noite terminaria pior do que começara. Sem pensar duas vezes, deu um grande passo à sua direita e suas costas sofreram o impacto furioso do duque.

—Milorde, não faça isso. —Ele disse quando se virou para ele.

—É melhor eu mesmo esclarecer esta situação para que ninguém mais se machuque.

—Que assim seja —o duque murmurou. —Mas juro pela minha alma que ele engolirá suas palavras —ele declarou antes de se virar e caminhar em direção à porta. Quando mal havia dado dez passos para alcançá-la, observou que ela se abriu e, quando viu quem se atreveu a interrompê-los, permaneceu petrificado. —O que houve?

—Temos que conversar —Beatrice murmurou.

—Tricia está bem? Ela se recuperou do desmaio? —Disse após sair ao seu encontro.

—William, deve saber o que nossa filha me contou. Acho que isso vai fazer com que mude de ideia sobre...

Enquanto George continuava conversando com os Preston, e tentava mitigar a situação, Beatrice contou ao marido tudo o que Tricia relatou. Nenhum deles podia acreditar nessa versão, mas admitiram que havia uma possibilidade após o comportamento que a jovem adotou, desde as últimas semanas.

—Tem certeza? —Perguntou incrédulo. Ao que ela respondeu com um leve aceno de cabeça. —Pelo amor de Deus! Como pôde fazer isso conosco? —Ele clamou. —Em que eu falhei, Beatrice? Tenho sido um pai ruim? Não eduquei bem nossos filhos? Estive lá toda vez que precisaram de mim, conversamos sem censura, lhes mostrei o mundo que deveriam escolher, e é assim que nos agradece?

—Não se culpe, William. Quem tomou a decisão foi ela, não você, e ela deve assumir as consequências dessa escolha. Não pode pegar o lenço e limpar o sangue do ferimento, porque desta vez não caiu enquanto corria, desta vez ela sozinha se jogou de um penhasco.

—Mas percebeu as consequências que isso terá? Se eu não protegê-la, acabará se tornando uma pária social, como eu! —Ele disse com dor. —Como isso pôde acontecer? Confiamos nela e na vigilância que sua irmã nos prometeu! Amelie devia ter vigiado Tricia! —trovejou ele.

—Não direcione sua raiva para Amelie —ela repreendeu —sabe que ela sempre foi muito sensata e discutiu com Tricia centenas de vezes sobre suas más decisões. Aposto meu coração que não sabe nada sobre o que sua irmãzinha fez.

—Maldita seja! —Ele gritou. —Passei mais de duas décadas limpando meu nome, e Tricia estragou tudo em um segundo! —continuou ele, desesperado.

—Foi uma decisão dela, não nossa —ela o lembrou. —Tudo o que precisamos fazer é enfrentar o problema e ser sinceros com ele —acrescentou, movendo o queixo levemente em direção a Laxton.

—Mesmo que não nos agrade, ele merece saber a verdade. Talvez até possa ter outra chance com a filha dos Preston.

—Sim —ele admitiu no momento em que se voltou para as quatro pessoas que estavam falando em um tom irritadiço. Apesar das tentativas do jovem de apaziguar a raiva expressada pelo pai furioso, ele não conseguiu. Preston estava certo, William admitiu ferido, seu sangue, depois de vinte anos enterrado terra abaixo, havia retornado. —Farei isso.

—Eu vou ficar com ela —apontou Beatrice, apertando sua mão em sinal de apoio —e se encontrará conosco no momento em que tudo ficar claro. —Não pense que vou te deixar sozinho. Não permitirei que este acontecimento te afunde.

—Quem está afundada é nossa filha —disse ele antes de se afastar da mulher que amava e caminhar com determinação em direção a George.

Assim que seus pés foram colocados no centro do salão, longe o suficiente para os dois terem uma conversa discreta, ele colocou a mão atrás das costas, levantou o queixo duro e chamou o rapaz.

—Lorde Burkes, poderia me conceder alguns minutos? Tenho que falar com o senhor.

Laxton virou-se imediatamente ao ouvir o tom e o respeito com que Rutland se dirigia a ele. Olhou atentamente para o homem que, antes de entrarem no salão, a palavra menos dolorosa que lhe soltou foi rufião. Engoliu em seco e aquele coração, que mal batia porque se acostumou a sofrer tantas dores que nada poderia alterá-lo, pulsou acelerado pelo medo que o dominava.

—Sim —ele respondeu.

Não hesitou. Foi ao duque sem ouvir os Preston persistirem em seus esforços para que ele reconsiderasse, tentando fazê-lo entender que Sarah seria a esposa perfeita para um conde e que a conduta da filha de Rutland afirmava sua falta de decoro e honestidade. «Certamente não vai te respeitar», a mãe sugeriu, e George cerrou os punhos tanto que suas unhas raspadas acabaram cravando em sua pele.

—Eu o isento do compromisso que o obriguei a ter com minha filha —disse quando o jovem ficou na frente dele.

—Como é? —Ele perguntou ao sentir que a terra se abria aos seus pés e o engolia.

—Eu te liberto do compromisso que... —William tentou dizer.

—Sim, não é necessário repeti-lo porque eu o compreendi, mas quero saber por que —disse ele, encarando os olhos do duque. Aquele olhar sombrio expressava dor, tristeza, desolação e raiva. Passou muitas noites se olhando no espelho e reconhecia as expressões de derrota. —Tricia não se lembra de nada que aconteceu? Porque eu posso lembrá-la como derreteu em meus braços quando a beijei.

Essas palavras não eram adequadas para um pai ouvir, mas o desespero, pensando que poderia perdê-la, fez com que o controle se dissipasse e sua mente o forçou a fazer tudo ao seu alcance para que ela não desaparecesse de sua vida.

—Ela quis que pensasse exatamente isso —disse William

Seus olhos ficaram vermelhos de raiva e os alvéolos do nariz se agitaram com a respiração furiosa.

—Importa-se, milorde, de me explicar o que aconteceu em outro lugar? Um lugar em que não sejamos observados por olhares curiosos —apontou George, estendendo a mão direita em direção à porta.

—Sim —William admitiu à frente ao jovem.

Depois que saíram da sala, George fechou a porta com mais força do que precisava. Olhou para o duque e começou a falar sem respirar.

—Sua esposa se recusa que eu meu case com Tricia, certo? Eu não pareço adequado? Ela acha que sou como meu tio? Bem, ela está errada! —Ele disse enquanto andava inquieto de um lado para o outro sob o olhar atordoado de Rutland. —Vou assegurar-lhe que não estava envolvido na chantagem que aquele bastardo fez com

A FILHA DO DUQUE

Logan durante anos. Juro que tentei contê-lo e que essa defesa me levou a permanecer nas sombras por vários dias. Mas...

Ele parou quando William levantou a mão para que parasse de dizer bobagem.

—A decisão não foi tomada por minha esposa, mas por ela —disse ele.

—Ela? Ela disse, literalmente, que não quer se casar comigo? Bem, não tem escolha a não ser me aceitar! Não vou permitir que sofra repúdio! Me entende? Não vou consentir! —Ele berrou a ponto de perceber uma ardência na garganta.

—Deus! O senhor é mais idiota do que eu pensava! —Disse William desapontado. —Como os homens de sua geração podem se tornar libertinos autoproclamados? São um bando de idiotas!

—Milorde? —Retrucou tão surpreso com a maneira como o duque falou que não conseguiu acrescentar outra palavra à pergunta.

—Um crápula pode sentir o cheiro da mentira, ainda que não tenha sido forjada, porque as mentiras correm por suas veias. Um libertino descobre rapidamente quais são as intenções dessas mulheres que se aproximam com um rosto bonito e um sorriso celestial.

—Desculpe? Quer me ensinar a viver depois de aceitar a recusa de me casar com sua filha? —Ele questionou incrédulo.

—Não, tudo o que quero esclarecer é que é tão burro que caiu na trama da minha filha. Por isso, nenhum jovem conseguiu nos superar! São uma geração absurda! —prosseguiu.

—Trama? De que trama está falando?

—Minha filha esteve o procurando para comprometer-lhe.

E sua filha quase conseguiu, se não tivesse tido alguma consciência, o duque pensou.

—Tricia —Ele perguntou perplexo, como se estivessem falando de duas pessoas diferentes...

—A própria —ele assegurou. —Ela não é a jovem inocente que deseja aparentar. Durante sua viagem à Espanha, entregou sua virtude a um estranho e, como não quer se tornar uma pária, elaborou um plano quando soube que o senhor estava procurando uma esposa.

—Pode me explicar melhor? Sinceramente, estou um pouco confuso —disse George, estreitando os olhos.

—Tem a absurda ideia de que os mulherengos não julgam porque não querem ser julgados —suspirou derrotado, pois ele mesmo havia lhe ensinado isso. —Pensou que o senhor, um ex-amigo de Logan Bennett e conhecedor dessa devassidão, poderia se casar com ela, mesmo que não fosse virgem.

Essa informação o congelou. Isso o deixou tão frio que o sangue parou de correr por seu corpo. Tricia o havia enganado? Tricia tinha se deitado com outro homem? Como isso era possível? Ele colocou as mãos no rosto e esfregou com força. Não. Não era verdade o que o duque dizia. A única razão pela qual tentou libertá-lo do noivado era porque não o consideravam apropriado para sua filha. Sim, isso mesmo! E inventaram uma história horrível sobre a inocência de Tricia. Mas ele sabia que ela era tão pura quanto às primeiras neves de dezembro. Soube no instante em que a beijou. Ela não tinha experiência, não sabia que a língua agia em um beijo apaixonado.

Olhou para William, franziu a testa, virou-se para a sala onde Tricia estava e, sem pensar, correu naquela direção.

—Por que você disse essa bobagem? —Ele berrou quando abriu a porta com um estrondo, fazendo com que as janelas da sala se movessem e soassem como se estivessem prestes a quebrar.

Tricia colocou as mãos no peito com medo. Embora não tenha desacelerado quando viu uma bela fera caminhando firmemente em sua direção. Deus! Havia dito que adorava contemplar o monstro que vivia dentro de George? Bem, agora se arrependia disso. Ela desviou o olhar de Laxton e encarou o pai. Este estava tão surpreso quanto ela. O que devia fazer? Como poderia se livrar dessa nova situação?

—Tricia —George insistiu, continuando a se aproximar dela.

—Porque é verdade —disse ela em voz baixa.

—Está mentindo! —E depois daquela exclamação, ela repentinamente liberou o ar em seus pulmões, como um dragão cuspindo fogo.

—Não, eu não minto... —Ela tentou levantar esse tom fraco, mas não pode fazê-lo ao descobrir que os olhos de George não expressavam raiva, mas medo. O que uma fera descontrolada poderia temer?

—Quando eu te beijei no terraço e enfiei minha língua na sua boca, não sabia como reagir.

Essa declaração fez Beatrice se sentar de repente no banquinho atrás dela e que William, que havia caminhado atrás do jovem para impedir que ele a tocasse, ficou parado.

—Porque não sabe beijar —Tricia disse com as bochechas tão quentes que podiam acender a chama de todas as velas na residência dos Hamberbawer.

—Não? —George ficou a menos de um passo e levantou uma sobrancelha. —Acha que eu não sei beijar? Talvez aquele espanholzinho que supostamente tirou o que me pertence, beijou-a melhor que eu?

Tricia apertou os lábios para aplacar o grito que queria soltar. Suas pernas tremiam e os joelhos tentavam tocar o chão. Como ousava mencionar em voz alta, e na frente de seus pais, o assunto de sua virgindade? Onde estavam a justiça e a moral que caracterizavam os Burkes?

—Burkes! —William disse finalmente. —Acho que não deveria...

—Tricia será minha esposa assim que receber a licença especial —disse ele sem desviar o olhar dela e diminuindo a distância entre eles.

Ele respirou fundo, como se seu animal interior precisasse desse perfume de amora para se alimentar. Então, abaixou a cabeça e chegou tão perto do rosto atordoado que pôde sentir como a respiração de Tricia aquecia a área de sua pele onde o botão desabotoado deixava exposto.

—Não! —Tricia negou com toda a força que ela podia ter no meio do turbilhão de emoções em que estava.

—O escândalo que criamos na varanda foi mais do que suficiente para que não possa recusar —George murmurou, como se lembrá-la do que havia acontecido a forçasse a recuperar o juízo.

—Não! —Ela repetiu levantando o queixo e olhando para ele.

—Não achou o escândalo suficiente, querida? Não é o bastante para uma Rutland o que causamos hoje à noite? —George insistiu divertido.

Quando William se adiantou para resolver a conversa inadequada, Beatrice levantou a mão esquerda e o fez parar. Então, lhe deu um sorriso que o deixou tão surpreso, como no dia em que anunciou que ela estava grávida pela terceira vez e que esse pequeno ser foi concebido no novo palheiro de Haddon Hall.

—Os Rutland riem desse tipo de bobagem. Através do nosso sangue corre tanta devassidão, que nos tornamos descendentes do próprio Baco[4] e...

Tricia não terminou a frase porque sua boca estava emudecida pela pressão dos lábios delicados. De repente, toda a raiva e coragem que ela demonstrara antes desapareceram. Quando as mãos de George embalaram seu rosto para que não se mexesse, seus braços esticaram-se frouxamente em direção ao chão, seu corpo começou a tremer e seu coração bateu violentamente novamente. Ela ficou tão extasiada com o beijo que nem ligou para o fato de seus pais estarem próximos e assistirem sem pestanejar.

—Acho que isso foi mais do que suficiente para confirmar que estava mentindo —explicou George, enquanto se separava dela. —Viu, Lorde Rutland? —Ele perguntou, virando-se para o duque.

—Sim —disse William, que desenhou um sorriso largo no rosto.

—Então tudo está claro e não há que livrar-me de nada —disse ele. Quando o duque assentiu, olhou novamente para Tricia. — Nos casaremos assim que obtiver a licença especial.

E, como se não tivesse cometido um ato imprudente, inaceitável, descarado, imoral ou atrevido, pegou a mão direita dela, que ainda não havia recuperado as forças, levou-a aos lábios e lhe deu um beijo terno.

—Até breve, lady Rutland —disse com um sussurro. Afastou-se dela e caminhou em direção à saída, parando em pé na frente da duquesa para se despedir com um leve aceno de cabeça e, em seguida, diminuiu o passo quando se viu diante do duque. —Terá notícias minhas, milorde.

—William —disse, estendendo a mão para ele.

—George —ele respondeu, apertando a mão com força.

—Bem-vindo à família, George.

—Obrigado.

Quando alcançou o limiar da porta, olhou para Tricia e sorriu ao encontrá-la ainda perplexa. Então saiu sem apagar aquela cara de satisfação do rosto.

VI

Quatro dias...

Fazia apenas quatro dias desde a festa de Hamberbawer e caminhava pelo corredor acarpetado segurando o braço de seu pai. Pelo menos George havia pensado em se casar com ela na quarta-feira. De acordo com uma das muitas crenças que a aristocracia tinha, era o dia mais auspicioso para o casamento. Como o protocolo ditava, pararam no meio daquele longo corredor para esperar a presença de George. Ao chegar, ela se concentrou em lembrar-se a conversa que teve, na tarde anterior, com a mãe sobre a convivência. Ela concluiu que a princípio seria muito angustiante porque precisavam se adaptar aos costumes ou manias que mantiveram durante a solteirice. Que manias George possuía? Ele gostaria das dela? Ele os respeitaria ou a forçaria a esquecê-los? O que aconteceria com ela se odiasse alguma de suas excentricidades? Acabaria odiando a ele também? Pensando nisso, a ansiedade que a dominava a fez sentir o coração bater na garganta. Eles não se conheciam... Ela não sabia nada sobre ele, exceto que seu corpo adoecia quando não estava e se recuperava quando ele estava ao seu lado. Isso seria suficiente para começar um casamento? Devia se contentar com isso? Suspirou. Sob o véu branco que cobria seu rosto, seus lábios se abriram apenas o suficiente para dar um longo suspiro. Não havia como voltar atrás. Ela mesma, com suas atitudes loucas, empurrou seu destino nos braços dele e não lhe restava outra escolha que não ser valente para enfrentar aquela vida futura em comum.

Levantou o rosto quando ouviu alguns passos vindos do corredor direito do altar e, uma vez que o viu, conteve um longo gemido. Um gemido que indicaria a todos os seus familiares que ela havia sentido tanto prazer em contemplá-lo, que fora levada novamente à irracionalidade. Mas essa imagem a surpreendeu tanto que todas as dúvidas que teve durante os quatro dias, durante o trajeto para a igreja e mesmo durante os passos que deu no longo corredor, desapareceram de repente. Seu futuro marido, acompanhado por Federith, caminhava até o altar para recebê-la. O muito descarado, havia escolhido para a ocasião um *fraque* preto que na frente era curto e atrás era dividido em duas partes redondas. O colete, a gravata borboleta e o lenço, as três peças de seda, eram azuis e finalizou sua distinta indumentária com uma camisa branca, embora parecesse ter tons de cinza. Uma coisa era certa, estava tão atraente que só podia pensar na sorte que teve ao contrair matrimônio com um homem que faria todas as mulheres que o observasse, virar a cabeça.

Quando George se colocou em frente ao altar, seu pai a incentivou a continuar, mas, incapaz de tirar os olhos do homem mais atraente do mundo, a ponta do sapato direito se enredou na bainha interna do vestido branco e, se não fosse pela força que seu pai possuía em seu braço, ela teria caído de bruços, acrescentando outro escândalo à sua lista interminável.

—Acalme-se, Tricia. Não deixe que seus tios tenham outro motivo para comentar e rir durante as próximas reuniões —disse William, desenhando um enorme sorriso.

Seus tios? Nunca mais os chamaria assim! Ela os odiava tanto que seu estômago ardia quando pensou no que eles haviam feito! Tio Roger, enquanto iam ao almoço que tia Evelyn lhes ofereceu no domingo para conversar sobre o que havia ocorrido na festa de Hamberbawer, não parou de zombar e rir quando soube que ela havia dado como desculpa para não se casar com Laxton, a perda de sua virgindade com um espanhol. Ele bateu tanto na mesa, no meio daqueles risos, que vários copos de vidro caíram no chão. Quando tia Evelyn o repreendeu, ele a lembrou da farsa que seu irmão Colin inventara para fazê-lo casar, e ela se juntou àquelas risadas, alegando que Riderland e Rutland eram descendentes diretos do diabo. Sua mãe e Anais foram as únicas que não se aliaram a essas risadas e tio Federith, a quem ela considerava o maior traidor de todos, porque acompanhou George para que o pedido especial de casamento pudesse ser obtido na hora, tentava colocar ordem no local, lembrando-lhes que tudo no passado não foi tão ideal e aconselhou que se lembrassem dos dias que passavam bebendo e fumando até atingirem o limite da loucura.

—*Não seja tão modesto, velho amigo!* —*Roger exclamou depois de ingerir mais alguns copos.* —*Não se lembra de como nos divertimos? Ah não! Não foi quem se divertiu porque nunca parou de reclamar da perda de sua querido Anais!* —*ele zombou.*

—*Roger Bennett!* —*Evelyn trovejou de horror.* —*Como pode dizer essas coisas feias sobre Federith? Não é a melhor pessoa para tirar sarro dos outros! Não se lembra que me abandonou por sete longos e agonizantes meses?*

—*Mas te recompensei generosamente...* —*respondeu dando-lhe um sorriso tão quente que tingiu suas bochechas de vermelho, o mesmo tom do seu cabelo.*

Depois daquilo, tudo ficou fora de controle até trazer à tona questões que ela nunca deveria ter ouvido. Mas essa era a sua família... Mesmo que não tivessem o mesmo sangue, os Riderland, os Sheiton, os Devon, pois Logan e Anne ingressaram nas reuniões após o casamento, e os Rutland se tornaram uma grande família.

Quando chegaram ao lugar onde George e Federith estavam esperando por eles, seu pai caminhou para o lado esquerdo para lhe dar o espaço que ela precisava, conforme a tradição determinava que ela fosse colocada à esquerda de seu futuro marido. Depois que ficaram juntos, se virou para ele, tentando manter a atitude de uma noiva de berço, mas o cheiro de loção de barbear misturada com aquele perfume tão masculino, a acalmava tanto que se tornava uma noiva tocada pelo Cupido. Não entendia que tipo de atração perversa sentia por George, embora determinasse que fosse bastante cruel porque, toda vez que ele estava por perto, sua mente ficava em branco enquanto seu corpo tremia de excitação.

—Lady Rutland —ele murmurou enquanto tirava o véu do rosto —está linda. Devo confessar que fiquei surpreso ao vê-la aparecer em um lindo vestido de seda branca. Pensei que, depois do absurdo que explicou aos seus pais para evitar nosso compromisso, pareceria menos angelical.

Tricia pensou que sofreria um novo colapso ao concluir que ele utilizou seu tom zombeteiro e sarcástico para repreendê-la por tudo o que aconteceu, mas se equivocou. No olhar de George, não havia um tom mordaz, censura ou malícia, mas felicidade e veneração. Surpresa, agarrou a mão do pai com mais força. Apertou com tanta força que William tentou abri-la para que algum sangue circulasse por ela.

—Tricia, pelo amor de Deus, relaxe —ele ordenou através de um sussurro.

Ela tentou. Queria fazer isso enquanto o pároco os recebia e conversava sobre casamento. Queria fazê-lo quando este falou sobre a coexistência conjugal: suas tarefas religiosas, os objetivos comuns e os frutos que deveriam obter ao longo dos anos, mas não obteve sucesso. Após a extensa exposição, o clérigo dirigiu a mão para ela e seu pai, com mais vontade do que devia, a entregou. O tempo passava diante de seus olhos, como se tivesse transcorrido anos em vez de alguns minutos... era o momento certo para correr sem olhar para trás? Tio Roger teria ficado na porta para impedi-la de fugir, como prometido? Mas no instante em que o padre colocou sua mão na de George, o tremor e a necessidade de fugir foram retirados de sua mente. Ao tocá-lo, sentindo o calor da palma da mão que se agarrava a dela como se fosse sua mesa de salvação e percebendo como o polegar a acariciava furtivamente, ela descobriu que seu corpo precisava dele novamente, que o havia desejado tanto, durante os quatro dias, que todas essas inquietudes se forjaram ao não o ter.

Os votos começaram... Ela repetiu como um papagaio, sem prestar atenção aos juramentos que foram feitos diante de todos os presentes. O órgão foi ouvido. Era hora de ajoelhar-se e agradecer a Deus por terem de fazer aquilo, porque seus joelhos tinham agido por conta própria e sem permissão. Ela inclinou a cabeça levemente para ouvir as próximas frases do clérigo. Se levantou quando percebeu que George estava se mexendo. O corpete de seu vestido a impedia de respirar, seu coração estava batendo rápido, suas mãos suavam e começou a ver tudo borrado. Isso ia acontecer... Ela ofereceria outro escândalo se não o remediasse. Então, forçou sua mente a se concentrar no que aconteceria quando a cerimônia terminasse: iriam para casa, onde sua mãe e tias haviam preparado um almoço delicioso e abundante. Os servos os atenderiam enquanto os membros da orquestra tocavam belas peças de música. Eles dançariam, beberiam, comeriam e... Deus! Então se dirigiriam ao hotel onde George estava hospedado para a noite de núpcias. E ele descobriria que era virgem, que estava certo, que ninguém a beijara como ele e que seu corpo, hipnotizado por suas carícias, tremia de prazer, de luxúria...

—Tricia, é hora dos anéis.

As palavras de seu pai a tiraram daqueles pensamentos que eram menos adequados do que sofrer com as incertezas que ela tinha no começo. Suas bochechas tomaram uma cor tão intensa que a estola marrom que o pároco usava empalideceu a seu lado. Ela olhou para George e ficou petrificada quando notou o brilho lascivo que aquelas pupilas emitiam. Não precisou levantar uma sobrancelha para perguntar silenciosamente o que diabos estava pensando. Ela sabia...

George ficou tão quieto que não conseguiu reagir. Se naquele momento um batalhão militar tivesse disparado balas de canhão contra os convidados, não teria prestado atenção, pois se concentrava apenas no rosto de Tricia. Sua respiração agitada, o tremor de suas mãos, o brilho de seus olhos castanhos e o rubor de suas bochechas indicavam que, a muito descarada, estava pensando em um momento de suas vidas que logo viveriam e com os quais, infelizmente, ele sonhava desde sábado à noite. Mas não era o momento de imaginar como passariam a noite de núpcias, mas de fazer tudo o que o clérigo pedia para que terminassem a provação o mais rápido possível. Mesmo assim, estava tão duro quanto uma coluna de mármore e a tensão que carregavam seus ombros, desde que deixou a residência dos Hamberbawer, aumentou para níveis indescritíveis. Havia algo entre eles... Sim, ambos notaram. Fosse química, atração, desejo ou luxúria, iniciariam o casamento com base nessa pequena emoção e, com o tempo, a transformariam em sentimentos intensos. Poderiam alcançar o amor que seus pais professavam? Ele seria capaz de esquecer todo o sofrimento que passou com seu tio e oferecer a ela a vida que merecia? Essa segunda pergunta o fez tremer e até percebeu como várias gotas de suor escorriam por sua testa. Tinha que conseguir. Devia fazer isso por ela. Tricia merecia ser feliz... olhou para a junção de suas mãos e respirou lentamente quando sentiu o anel deslizar pelo dedo. A queimava. Aquele pedaço de ouro queimava sua pele tanto que poderia fundir-se nela. Levantou o queixo e se encontrou novamente com os olhos mais bonitos que já vira. Sim, ele admitiu. Pela primeira vez em sua vida, havia feito algo bom.

—É hora de assinar a ata —comentou Federith aos recém-casados, que ficaram tão paralisados e ausentes que nem perceberam que o pároco se afastara deles.

George relutantemente tirou os olhos de Tricia para fixá-los no barão. Quando os olhos deles se encontraram, assentiu levemente, agarrou a mão da esposa com mais força e, uma vez que ela levantou o vestido para subir os três degraus, caminhou ao lado dela até o altar.

Assinaram. Primeiro, Tricia, depois ele e todas as testemunhas entre as quais estava seu amigo Logan. Graças a Deus, ainda estavam unidos, como se o passado não existisse, como se a chantagem feita por seu tio nunca tivesse ocorrido. Sorriu. Quando firmou sua rubrica na ata, Logan sorriu para ele e deu um leve aperto em seu ombro. Então, o barão de Sheiton indicou que poderiam sair, enquanto ele caminhava e conversava com o clérigo.

—Sra. Laxton —disse ele a Tricia, enquanto caminhavam pelo corredor até a porta —espero que tenha gostado da cerimônia.

—Sr. Laxton —disse ela, olhando-o da mesma maneira que ele —espero que o banquete que minha mãe e minhas tias prepararam o agrade.

—Certamente que o fará, embora para ser sincero, estou ansioso que termine.

E Tricia abriu os olhos tanto que pareciam dois sóis incrustados a força no rosto envergonhado. Como ousava falar com ela com tanto respeito e soltar pela boca tamanha insensatez? Seria uma mania? Bem, se era assim, o casamento não começou tão bem quanto ela esperava...

Quando os dois saíram, todos esperavam para parabenizá-los. Então, passaram mais de vinte minutos cercados por sua família, porque, segundo George, ele não tinha parentes, que os abraçavam, beijavam e lhes desejavam o melhor, salvo seu tio Roger, claro.

—Vai perder sua virtude, pequenina —sussurrou o marquês —mas com um inglês, não como um fantasma espanhol.

E isso causou um tremor terrível em Tricia e suas bochechas coraram novamente. Então, ninguém seria sensato e educado com ela? Continuariam tirando sarro de sua trama, mesmo quando tivesse noventa anos e fosse avó? Enquanto ele respirasse, não, pois manteria viva aquela lembrança para sempre...

—Esposa... —George apontou, oferecendo a mão para ajudá-la a entrar na carruagem.

—Marido... —ela respondeu. Ao olhar para o interior do veículo, ficou surpresa ao ver que as cortinas das janelas estavam fechadas.

—Não demorem muito a chegar! —Exclamou Logan. —Estou morrendo de fome!

Tricia bufou ao ouvi-lo. Por que lhes pedia tal coisa? Por acaso o cocheiro não sabia para onde devia conduzi-los depois de trabalhar para os Rutland durante cinco anos? Mais um disparate para adicionar aos Bennett. Pobres esposas! Como poderiam suportar tais homens e amá-los fortemente? Franzindo o cenho, viu George fechar a porta e, quando se sentou ao lado dela, ergueu o punho esquerdo para bater no teto. Tricia virou-se para ele, deu um sorriso trêmulo e disse:

—Papai me disse que...

Ele a silenciou quando sua boca bateu contra aqueles lábios levemente agitados. Naquele momento, não havia perguntas ou pedidos para pensar. Tricia fechou os olhos e se deixou levar pelo desejo que nascia dentro dela desde a primeira vez que a beijou. Estendeu os braços e, corajosamente, colocou-os em volta do pescoço, enquanto George a envolvia pela cintura e a puxava para seu corpo excitado. Abriu sua boca. Ela a abriu para conceder, a aquela língua que empurrava com a ponta, a invasão de seu interior. Não era doce nem compassivo. Aquele beijo, desde o início, foi devastador e sádico, causando uma amnésia temporária. Tudo havia desaparecido, exceto ele... Como acontecia toda vez que ele estava perto, não havia nada ao seu redor, exceto o corpo e a essência de George. Enquanto aquela língua se debatia contra a dela, enquanto sentia mil choques sacudirem seu corpo, sua ânsia de tê-lo crescia, de aceitá-lo não apenas mentalmente, mas também fisicamente. A vida lhe permitiu, a tudo aquilo que devia fazer, um intervalo no tempo para saborear aquela voracidade que expressava sua boca. Possessão, domínio, paixão, luxúria, desejo... erotismo. Tudo isso manifestava ao beijá-la de uma maneira tão impiedosa. Ofegaram... Ambos ficaram sem ar, sem fôlego. Se separaram, se entreolharam e o que seus rostos e olhares expressavam os encorajou a se beijarem novamente. Embora nessa ocasião Tricia fosse quem o dominava, aquele homem que a observava como se ela fosse a única mulher no mundo. E ficaram tão envolvidos com esse desejo que nenhum deles percebeu que suas mãos haviam começado uma corrida desesperada para tocar o corpo um do outro. Enquanto Tricia percorria pescoço, braços, peito, rosto, George percorria as costas, a garganta, os ombros, o decote e acabaram ancorados nos seios túrgidos.

—Muito angelical... —ele sussurrou enquanto separava os lábios e começava uma trilha de beijos da bochecha até o decote.

—Queria que eu usasse um vestido preto? —Tricia apontou entre ofegos, entre gemidos suaves enquanto colocava as mãos nos cabelos dourados e enroscava os dedos neles.

—Gostaria que não usasse nada, mas sei que isso é impossível —ele admitiu antes de sua boca voltar ao pescoço e, involuntariamente, mordê-la com tanta força que deixou uma grande marca vermelha em sua pele. Então olhou de soslaio para Tricia e quando a contemplou tão distraída em suas carícias, em seus beijos, sorriu. Ele a chamou de atrevida? Bem, estava errado. Aquela mulher era a deusa do pecado, da luxúria infernal e ele se tornara o marido dela. Que Deus o ajudasse! Que tivesse piedade de um servo dedicado à filha do mal!

—O que está fazendo? —Ela perguntou quando percebeu que ele estava se mexendo.

Ela abriu os olhos, ainda pesados de desejo, e sorriu quando o viu na frente dela, de joelhos e olhando-a como se ela fosse uma joia de valor incalculável.

—Quero te amar como merece, senhora Laxton, futura condessa de Burkes —disse ele com um leve tremor na voz.

—E quero que faça isso —respondeu ela, inclinando-se para ele. Embalou seu lindo rosto em suas mãos e o beijou.

Esse terceiro beijo não tinha nada em comum com os dois anteriores. Para sua surpresa, ele respondeu com ternura e devoção, como se tivesse se tornado Adão e sua boca provou o fruto proibido do Éden...

Mesmo assim, Tricia ficou louca ao sentir as carícias suaves daquela língua percorrendo o interior da sua boca. Seu corpo estremeceu a ponto de perceber como sua barriga se contraía, sua pele se arrepiava... e foi açoitada por fortes dores entre suas pernas. Sim, ela não duvidava mais disso. Parecia ilógico, mas entre eles havia muito desejo. Quando a tocava, quando a beijava ou a olhava, seu corpo se transformava em fogo e desprendia uma centena de faíscas ardentes.

George inclinou a cabeça para a frente, de modo que Tricia estava deitada. Enrolou a saia do vestido com a mão direita, enquanto a esquerda continuava imóvel no peito e, uma vez que encontrou o tornozelo, escondido sob a seda de suas meias brancas, subiu lentamente. Aquele toque, aquela pele envolvida na suavidade de uma peça tão feminina, o levou a um mundo de perversão esquecida. O terceiro beijo, que começou devagar, delicado e calmo, continuou sendo assim, mas foi acrescentado, com o passar dos segundos, uma emoção tão íntima e divina que estava prestes a derreter como aço sob o fogo. Pressionou sua boca generosa com mais força, mordeu os lábios libidinosos até perceber como o sangue de suas pequenas veias era retido em seus dentes, transformando-os em muros de contenção. Ela respirou fundo, enchendo os pulmões com hálito quente, com seus gemidos e com a paixão que a percorria.

Ajoelhado... Assim recebeu aquele presente, aquela intimidade, aquela admissão magnífica. Notou que a mão que corria por sua coxa estava tremendo. Era a paixão ou emoção que se apoderou dele até nublar sua mente? Abriu os olhos e, quando a observou, ofegou. Sua pequena descarada recebeu tudo o que lhe oferecia com a mesma necessidade. Sim, talvez pudessem ter uma oportunidade e, mesmo que fosse mínima, ele lutaria para multiplicá-la!

—Tricia... —sussurrou quando quatro dos dedos de sua mão foram cravados na virilha dela, sentindo, no tato, o encaixe da renda, enquanto o polegar sentia o calor e a umidade de seu sexo.

—George... —ofegou tão suavemente, que não houve um pelo de seu corpo masculino que não se levantasse para capturar aquela delícia.

—Querida... —disse quando sua mão esquerda passou por baixo do espartilho do vestido e correu o peito de um lado para o outro, encontrando mamilos tão duros quanto pedras preciosas. —Me deixa louco —ele acrescentou quando sua boca voltou ao pescoço para cobri-la com beijos.

—Como o mel? —ela lançou um gemido enquanto apreciava como um dedo de George acariciava seu sexo sobre a lingerie.

—Mais! —Exclamou tão enfeitiçado por ela que poderia ser atingido por um raio e não ter dor, mas prazer.

Enquanto seus lábios provavam o gosto da pele que mostrava o decote, o polegar continuava acariciando-a, excitando-a a ponto de ouvir um profundo soluço de desconsolo. Mais uma vez surpreso com a reação que Tricia teve ao seu toque, ele colocou o rosto no decote, ampliado desde que sua mão esquerda puxou desesperadamente seus seios, e inspirou aquele cheiro de amora que fazia dele um animal faminto. Indecência, deboche, obscenidade, luxúria e insolência. Tudo isso despertava aquela pequena descarada nele. Ansioso para lembrar o que aqueles seios túrgidos tinham para oferecer, abriu a boca e fez sua língua correr pelo corpo dela até chegar ao primeiro. Ele lambeu, mordeu e saboreou de tal maneira que, se morresse naquele momento, continuaria lembrando, apesar de morto, o sabor produzido pela mistura de seu perfume e a fragrância de sua pele. Não, ele não ficaria mais louco por provar uma colher absurda de mel, mas por fazer com que seu paladar provasse o gosto de Tricia mil vezes por dia.

—George... —ela sussurrou ansiando por algo que não sabia, que ainda não havia descoberto, mas que seu corpo, estranhamente, exigia.

Ele respondeu ao seu pedido silencioso e estranho, quando lentamente tirou a lingerie e acariciou seus lábios vaginais quentes, inchados e molhados.

Inconscientemente, ela afastou as mãos dos cabelos de George, colocou-os nos ombros e inclinou a cabeça para trás tanto que sentiu a pressão do estofamento sobre ela.

—Tenho que te consolar com tão pouco... —ele murmurou quando a ponta do dedo suavemente roçou o clitóris inchado e excitado.

—Por agora posso me conformar... —Tricia respondeu quando inclinou a cabeça para frente e seus olhos ardentes se encontraram.

—Mas espero que me recompense mais tarde...

Agora entendia o que o tio Roger tinha dito para tia Evelyn! Pelo amor de Deus! Como poderia estar sete meses afastado de uma coisa tão maravilhosa?

—Isso é uma ameaça, senhora Laxton? —ele estalou divertido e cheio de luxúria.

—Entenda como quiser, Sr. Laxton — pôde dizer antes de perceber como o seu corpo tentava se contrair para se tornar um décimo do que era. Até os dedos dos pés se encolheram nos sapatos.

George, depois de continuar beijando seus seios, passou o dedo sobre aquela parte do sexo dela, criando uma visão tão erudita quanto maravilhosa. Mil cores, apesar de ter os olhos fechados, pôde ver milhares de estrelas de cores diferentes e seu corpo, entregue ao prazer, sentiu o impacto de milhões de raios, criando tanta confusão que não conseguia se lembrar do que deveria fazer para respirar. Ela apertou as mãos com mais força naqueles ombros rijos e tentou encontrar algum sentido, mas não conseguiu. Aquele dedo, depois de travar uma guerra intensa com o pequeno órgão excitado e emergir vitoriosamente, foi introduzido no seu interior com força. Não percebeu o golpe que dera com a cabeça na parede acolchoada, nem quando desfaleceu, embora soubesse quando voltou à vida: quando apreciou como o dedo áspero entrava e saía de seu interior.

—Geor... George! —Ela gritou quando sentiu um choque elétrico estranho e imenso percorrer cada centímetro de sua pele.

—Oh, George!

E isso foi música celestial para ele. Ao ouvi-la gritar seu nome, quando o clímax a possuía, causou algo tão estranho e doloroso no peito dele que não conseguiu descrever a emoção que o dominou. Não, não sabia como especificar nada, não queria fazê-lo, não podia fazê-lo... ainda.

—Pequena descarada... —Ele começou a lhe dizer enquanto observava maravilhado os últimos solavancos daquela *petit mort*[5], em que Tricia vivia. —Isso é chamado de orgasmo. O espanholzinho não lhe ensinara uma coisa tão simples?

Tricia abriu os olhos de repente. Eles brilhavam com a sensação agradável por aquilo que acabava de ter e suas bochechas ardiam tanto que seria capaz de incendiar a carruagem.

Envergonhada, oprimida pela experiência, ela observou, enquanto olhava para ele, o fino sorriso travesso que desenhava sua boca feiticeira.

—Sabe que disse isso para te livrar de um casamento indesejável —disse ela, divertida, enquanto mostrava a língua.

George afastou a mão do sexo de Tricia, deu um aperto no vestido e, sem tirar os olhos daqueles atrevidos olhos castanhos, colocou o dedo, que havia permanecido em seu interior, sobre seus lábios e passeou-o por eles como se fosse um batom. Então ele chupou, saboreou com tanta gula que a pele daquele polegar doía.

A FILHA DO DUQUE

Então se inclinou na boca de Tricia e a beijou tão apaixonadamente que ofegaram no final.

—Não pretenda me afastar de você nunca mais, Tricia. Quero que tenha certeza de que nos tornamos um único ser e que apenas a morte nos separará. Entendeu?

Ela fez um leve movimento com a cabeça para frente para responder, pois não podia emitir uma única palavra enquanto ainda sentia, dentro de sua boca, um gosto tão perverso quanto o seu.

«Que ninguém diga quando for tentado: Sou tentado por Deus. Porque Deus não pode ser tentado pelo mal e Ele mesmo não tenta ninguém. Mas cada um é tentado quando é levado e seduzido por sua própria paixão. Então, quando a paixão concebe, dá à luz o pecado; e quando o pecado é consumado, gera a morte[6]»—Tricia recitou mentalmente.

Em silêncio, já que nenhum dos dois conseguia falar depois da confissão, ele a ajudou a se arrumar enquanto ela alisava as rugas que mostravam os ombros do casaco e penteava o cabelo com os dedos. Pareciam um casal normal, que vivia junto há muitos anos. Essa confidencialidade, essa cumplicidade... não era alcançada ao longo do tempo? Então, por que eles já a possuíam?

Quando os dois se sentaram confortável e corretamente, George ergueu o punho esquerdo, bateu no teto da carruagem três vezes e depois procurou as mãos de sua esposa para entrelaçá-las nas dele. Continuaram em silêncio pelo resto da jornada, embora Tricia, exausta pelo que fizeram, tenha inclinado o rosto para o ombro de George e fechado os olhos. Quando o veículo parou, se levantou rapidamente e sorriu feliz, quando viu que George olhava para ela maravilhado. A mãe dela não havia dito que era impossível regenerar um libertino? Bem, ela tinha acabado de começar essa regeneração.

—Vamos aproveitar a festa da família, minha querida —disse ele, quando pisou no chão do jardim da residência de Rutland e a ajudou descer. —Porque a nossa, a real e íntima, começará quando chegarmos ao hotel —ele esclareceu antes de beijar o dedo em que ela levava o anel.

As pernas de Tricia tremeram, seu coração tremeu e ela esqueceu de respirar novamente. George, que parecia impassível depois daquela declaração de intenção, começou a estender a cauda do vestido, rodopiando sob seus joelhos durante o trajeto. Então, ficou ao lado dela e ofereceu o braço esquerdo para segurá-la. Quando fez isso, deu-lhe um leve beijo na bochecha e a encorajou a caminhar em direção à entrada principal da residência como se nada tivesse acontecido entre eles...

VII

A música se ouvia no exterior, igual às risadas e a algazarra que sua família criava na sala onde se celebrava a festa. Tricia olhou para a porta e esperou George bater. Como sempre, a porta se abriu rapidamente. Quando o mordomo os recebeu, Tricia olhou para a mistura de tristeza e surpresa mostrada em seus velhos olhos. Aquele homem, que trabalhava em sua casa antes mesmo de ela nascer e que corria atrás de seus passos para não cometer nenhum ato perigoso, adotou uma atitude formal e séria na frente do marido. Mas ela queria fazê-lo entender que, apesar de casada, ainda era a menina de sempre. Por esse motivo, quando os dois foram colocados no saguão e o Sr. Stone fechou a porta, ela soltou o braço do marido, foi até o criado e o abraçou.

—Trici... Milady! —Ele se retificou rapidamente quando viu o rosto surpreso do conde.

—Oh, Sr. Stone! Vou sentir sua falta! —ela disse abraçando-o com força.

—E eu, também, milady. Mas tenho certeza de que seu marido cuidará da senhora como merece —ele apontou enquanto se afastava lentamente dela.

George, ouvindo o tom afetuoso do criado, sentiu-se estranhamente orgulhoso da familiaridade com que Tricia tratava o serviçal. Em Lambergury, desde que Oliver herdou o título, qualquer demonstração de afeto foi proibida. Os criados nunca olhavam nos olhos e agiam de maneira automática. Talvez tenha sido a única forma que encontraram para evitar punição ou demissão, como aconteceu com Sebastian.

—Eu vou —assegurou Laxton, estendendo a mão, como se fossem antigos camaradas.

—Obrigado, milorde —respondeu Stone, aceitando aquela cordial saudação.

—Algum conselho para proteger e garantir a segurança da minha esposa? —Ele disse, pegando o braço de Tricia novamente.

—Apenas um —respondeu o mordomo com uma careta de diversão.

—Qual? —George olhou para ela, atordoado por sua beleza e calor.

—Mantenha-a longe do fogo, senhor. Sua esposa tem uma certa predileção em ver como as coisas que não lhe agradam queimam —explicou o velho, com um leve sorriso.

—Obrigado, vou ter isso em mente —respondeu ele, virando-a em direção à entrada da sala após a reverência do mordomo.

—Piromaníaca?[7]. —Ele ¹sussurrou em seu ouvido enquanto caminhavam em direção à sala de estar. —Não esperava que tivesse esse pequeno defeito, querida.

—O Sr. Stone exagerou um pouco... —comentou com ar descuidado. —A única e última vez que queimei algo, foram os laços que minha antiga dama de companhia insistiu em enroscar em meus cabelos.

—Eles não eram de seda? —Ele insistiu zombando.

—Não foi sobre isso, George. Toda vez que ela tentava entrelaçar em uma mecha, o puxava tanto que, mais cedo ou mais tarde, faria meu queixo parar na testa —explicou.

—Claro, e sua solução mais eficaz foi incendiá-los. Não pensou em escondê-los? —Ele continuou falando enquanto lutava para reprimir uma risada.

—Teria sido uma maneira muito sutil de fazê-la entender, mas com o tempo descobrirá que os Rutland não fazem nada... sutil

---

1. https://translate.googleusercontent.com/translate_f#_ftn1

—respondeu ela, fazendo seu olhar esbarrar nos olhos azuis mais mágicos do mundo.
—Bem, eu perguntaria, agora que se tornou minha esposa, para falar comigo sobre tudo que não gosta antes que queime.
—Mas é claro que eu vou fazer isso! —exclamou um pouco ofendida e envergonhada. —Não sou mais uma menina, George, sou uma mulher e sei como enfrentar circunstâncias desagradáveis.
—Sabe? —Ele perguntou, parando bruscamente para poder observar a expressão daquele lindo rosto corado. Sem apagar um sorriso malicioso da boca, a pegou pelas mãos e levou aqueles lábios perigosos aos dele. —E se não gostar do que eu posso lhe dar? Irá me dizer ou vai optar por me incendiar enquanto durmo em paz na nossa cama?

Os músicos pararam de tocar...

Tricia se sentiu tonta, quente e nervosa. Aquele homem a fazia voar, sem a necessidade de ter asas, ao se aproximar dela. Ela separou os lábios, sem saber muito bem se fazia isso para responder à pergunta ou para que ele a beijasse novamente. Mas os fechou com força quando ouviu um leve pigarreio.

—Se ela não o fizer, eu farei —disse o duque de dentro da sala.

Quando percebeu que estavam bem na entrada da sala e que todos os olhos estavam focados neles, implorou ao bom Deus que o fizesse perder a visão por alguns minutos. Por que nenhum deles era capaz de agir com sensibilidade? Teriam que criar, onde quer que permanecessem, um novo escândalo? Oprimida pela situação, ela pisou com força no chão, como se seus pés tivessem se tornado grandes raízes, e contemplou aqueles que chamava de família. Felizmente, em suas expressões não havia censura ou zombaria, mas compreensão. Isso fez com que a repentina angústia ficasse na metade do caminho. Sem ainda poder caminhar na direção deles, ela observou o marido de lado e conteve um grande grito quando o viu tão sereno e frio. Como era possível que adotasse uma postura tão segura e confiante? Seu corpo permanecia ereto como se fosse a lâmina de uma espada e seu queixo se erguia com orgulho. Deus! Essa seria mais uma de suas muitas manias, poder oferecer os dois lados da moeda pela duração de um piscar de olhos? Ela seria capaz de decifrar quando sua alma se aquecia, como uma manhã ensolarada ou fria, como uma noite de inverno? No momento em que suas pernas começaram a tremer, por causa das dúvidas, sentiu uma leve pressão no braço que o marido estava segurando novamente, virou-se para encará-lo, por tê-la colocado em uma situação tão comprometedora e, quando seus olhos se encontraram, a raiva desapareceu. Uma coisa era certa: para ela, bastava um olhar de George para enfrentar corajosamente todos os males do mundo.

—Me acompanha? —Perguntou, murmurando George.

—Sempre irei aonde me levar —declarou ela, sem pensar no que suas palavras implicavam.

George sentiu o peito apertar tanto que mal conseguia respirar. Tricia não estava ciente do que aquelas palavras significavam para ele? Ela confiava nele tanto assim? Engoliu em seco, forçou-se a respirar fundo e caminhou com ela até a sala de estar.

—Pelos futuros condes de Burkes! —Exclamaram em uníssono quando o casal ficou diante dos convidados.

—Gostaria de uma taça de champanhe? —George ofereceu quando conseguiu falar. Ao que ela afirmou com um ligeiro aceno com a cabeça.

Sozinha e fria. Assim ficou quando ele a aproximou de suas tias, Anne e sua mãe, enquanto ele se afastava para servir a bebida.

—Como está? —Beatrice perguntou, investigando.

—Imagine como? Feliz! Não viu a imagem tão bonita que ela nos ofereceu? —interveio Evelyn.

—Evelyn, pelo amor de Deus! —Exclamou a duquesa.

—Desculpe —respondeu a marquesa divertida. —Acho que, tantos anos ao lado do Roger destruíram minha boa educação.

—Imagino que esteja com medo, como todos nós tínhamos quando nos casamos —concordou Anne. —Mas esse medo desaparecerá com o tempo, prometo —acrescentou ela antes de abraçá-la.

—Ainda me lembro do momento em que Federith me pediu em casamento —comentou Anais. —Acredita que eu o recebi de camisola?

—De camisola? E ele não a obrigou a se trocar? Porque, depois de conhecê-lo, acho incrível que não tenha pedido para se vestir decentemente para uma ocasião tão considerável —disse Anne, divertida.

—Não —respondeu Anais, corando. —Estava tão ansioso para me pedir, que apareceu na casa do meu avô logo ao amanhecer e não percebeu o que eu estava vestindo.

—E imagino que não tenha prestado a devida atenção também porque estava impaciente em lhe responder —disse Beatrice.

—Claro! Já havíamos perdido muito tempo para adiar esse momento tão esperado para os dois —ela disse com um sorriso que cruzou seu rosto.

—Bem, no meu caso —disse Evelyn novamente —toda vez que me lembro do dia em que Roger apareceu em minha casa para me informar da armadilha que Colin havia lhe feito, morria de rir. O pobre homem pensou que tinha que se casar com minha criada!

—Foi por isso que ele foi embora —defendeu Beatrice. —Devia assumir que sua futura esposa havia chegado aos cinquenta anos...

Tricia parou de ouvi-las quando viu o retorno de George. Prendeu a respiração e sentiu o coração bater na garganta quando chegou à conclusão de que, para ela, não havia no mundo homem mais bonito e sedutor exceto ele.

—Sua bebida, minha querida —disse ele, estendendo-a para ela.

—Obrigada —ela respondeu com um sorriso nervoso.

Então, depois de olhar a quem o observavam sem piscar, ele se virou e se dirigiu ao grupo de cavalheiros que estavam rindo do último comentário de Logan.

—Adorável... —apontou a baronesa de Sheiton.

—Extremamente charmoso e atencioso.

—Teve muita sorte, querida —disse Evelyn.

Mas Tricia não ouvia nada, porque sua atenção estava focada em Anne. Ela mantinha a sobrancelha franzida e olhava para George como se quisesse lhe dar um tapa. Por quê? Que segredo a viscondessa mantinha para que a presença de George não a agradasse? Doía lembrar que, há sete anos, ele e o marido dela desfrutaram de uma vida cheia de excessos e devassidão? Não, esse não deveria ser o motivo, porque todos os maridos presentes tinham um passado sombrio que esqueceram quando cruzaram o caminho até o altar. Apesar dessa conclusão, Tricia decidiu falar com a esposa de Logan assim que tivesse uma chance.

George ficou ao lado do duque de Rutland e tentou averiguar o assunto da conversa, mas não se concentrou em descobri-lo. As palavras que Tricia havia lhe dito ainda ecoavam em sua mente. Colocou o copo nos lábios para tomar um pequeno gole e descobriu que sua mão estava tremendo. Medo. O medo tomou conta dele quando imaginou o que aconteceria entre eles quando chegassem a Lambergury. Como poderia confiar nele quando descobrisse o que havia acontecido lá? Como ela poderia olhá-lo nos olhos depois de descobrir que ele nunca enfrentou o conde e que Blanche morreu por causa dele? O suor, causado por esse arrependimento horrível, fez sua camisa grudar em pele. Ele perderia essa confiança... Testemunharia, sem poder evitar, como ao longo dos dias sua alma branca e sincera se tornaria sombria, fria e maligna. Um calafrio percorreu seu corpo enquanto pensava como aquele olhar inocente se tornaria cinzento e inerte por causa dele.

—George —Logan falou quando viu que seu amigo franzia a testa e esvaziava seu copo com um único gole —o que planeja fazer a partir de agora?

—Hoje ou amanhã? —Ele tentou esconder o pavor que o mantinha inquieto fazendo um comentário sarcástico.

—Como pode imaginar, não estou interessado no que fará quando você e minha filha deixarem a festa juntos —resmungou o duque, estreitando os olhos.

—Sinto muito, milorde, não tive a intenção de ser rude. —Uma vez que Rutland aceitou seu pedido de desculpas, olhou para Logan. —Amanhã tenho que comparecer perante o advogado do meu tio e entregar a certidão de casamento. Preciso confirmar que minha esposa é uma jovem decente e que ela tem uma reputação moral impecável.

—Perdão? —Roger cuspiu, olhando-o surpreso. —Esse bastardo colocou algum tipo de cláusula em seu testamento?

—Sim, milorde —George admitiu.

—Minha filha é a jovem mais educada e digna de Londres! —William disse com raiva. —Esse advogado deve apenas ler o nome de sua linhagem para abaixar a cabeça e não levantá-la até que saia do escritório!

—Concordo com isso, mas pelo que entendi, o advogado não se dará por satisfeito com conversas ou informações de terceiros. Quererá verificar se Tricia cumpre os requisitos indicados pelo meu tio, para que possa ter o título, ou toda a propriedade e riqueza estará nas mãos do juiz Clarke e do pároco Madden —explicou George com um pouco mais de calma.

—Maldito filho da puta! —Logan rugiu. —Como ele pode ter sido tão miserável?

—Se não estivesse morto —concordou Roger, —eu mesmo o mataria com minhas próprias mãos.

—Irei com você —Federith interveio para apaziguar o ambiente hostil que havia sido criado. —Amanhã vou acompanhá-lo e testemunhar a seu favor e de Tricia. Ninguém duvidará da minha palavra —ele acrescentou orgulhosamente.

—Obrigado, milorde —respondeu George alegremente ao descobrir que não estava mais sozinho, que podia expor seus problemas e que aqueles que Oliver odiava tanto se tornaram sua nova família.

—Brindemos, então, o novo futuro da minha afilhada e espero que seja um marido atencioso —disse Roger, erguendo o copo.

—Caso contrário, juro por minha honra que ficará sem as bolas.

—Planejo proteger minha jovem esposa e orgulhosamente salvaguardar minha masculinidade, milorde —respondeu Laxton depois de tomar outra bebida e se juntar ao brinde.

—Espero que sim, ou se tornará o conde primeiro eunuco de Burkes —disse o marquês antes de todos os copos se tocarem.

Tricia não conseguia desviar o olhar de George. Parecia feliz com eles, apesar de no início terem discutido sobre algo que os alterara. O que estaria lhes dizendo? Não teriam perguntado por que estavam atrasados, certo? Ele não podia contar esse tipo de intimidade para eles... e muito menos na frente de seu pai! Suas bochechas pegaram fogo novamente quando se lembrou de como haviam se comportado. Nunca imaginou, nem sonhou, ter um homem que a tornava uma mulher tão atrevida e apaixonada.

—Tricia —disse a mãe, voltando-a ao presente —os músicos vão tocar a valsa, querida.

—Na verdade, chegaram um pouco tarde —disse Anais discretamente. —Acho que não era apropriado fazê-los dançarem depois dessa entrada tão... romântica.

—Não entendo por que sou incapaz de pensar com serenidade quando George está por perto —confessou depois de tomar um novo gole de champanhe. —É como se tudo ao meu redor desaparecesse.

Todas a olharam e sorriram.

—É normal quando se está apaixonada —Beatrice determinou, pegando sua mão e apertando-a com força. —Seu pai me faz levitar toda vez que aparece e garanto que esse sentimento não é eliminado ao longo dos anos.

—Pelo contrário —apontou Evelyn. —Emoções e sentimentos se multiplicam quando descobre que o homem com quem dorme é o único que deseja ver todas as noites, antes de dormir, e o que precisa toda vez que abre os olhos.

—Então, como pôde ouvir, é muito normal o que está acontecendo contigo, Tricia. —Tudo ao seu redor desaparece, porque nada é tão importante quanto estar com a pessoa que ama —acrescentou Anais.

—Então... eu estou apaixonada —ela murmurou, concentrando-se em George novamente.

Ele, ouvindo os primeiros acordes da valsa *Danúbio Azul*, olhou para ela, sorriu e caminhou com determinação em sua direção.

—Me daria a honra de me conceder esta dança? —perguntou, pegando a mão dela e fazendo uma ligeira reverência.

—Claro, milorde —respondeu da mesma maneira teatral em que ele se dirigira.

—Já dançou muitas? —Ele comentou caminhando elegantemente em direção ao centro da sala.

—Valsas? —Ela respondeu enquanto ele a girava gentilmente até que a colocou em frente dele.

—Sim. —Ela estendeu a mão direita. Então, colocou ele sua mão nas costas de Tricia e esperou que ela tocasse seu ombro.

—Muitas.

George pressionou com mais força a palma das mãos nas costas de Tricia, irritado ao saber que muitos homens haviam apreciado a beleza de sua esposa exibida durante uma dança.

—Não me julgue, George —ela começou a lhe dizer enquanto observava uma enorme ruga aparecer na testa. —Não vou perguntar com quantas mulheres, solteiras, viúvas, casadas ou mancas já dançou.

—Mancas? —Ele arqueou uma sobrancelha.

—Elas não têm o direito de dançar?

—Sim, claro! —Ele respondeu com uma risada alta.

—Concentre-se ou ofereceremos outro escândalo —repreendeu Tricia.

—Está bem, milady, o que a senhora mandar —ele respondeu imediatamente.

A música encheu a sala e eles acabaram se concentrando na valsa. Tricia relaxou quando George assumiu o controle da dança. Era tão fácil se deixar levar e desfrutar de um momento maravilhoso. Em cada volta, em cada aproximação ou mesmo em cada distância, sentiam-se compenetrados, unidos. Ela estava tão perdida naquele estado de plenitude que houve momentos em que pensou que estava flutuando no ar. Acertaram quando disseram que estava apaixonada porque estava. Embora não houvesse explicação lógica, sentir uma emoção tão profunda e em tão pouco tempo, ela estava. Apenas rezava para que no futuro ele pudesse amá-la também. Sem tirar os olhos do homem da sua vida, ela fez um juramento: lutaria a cada segundo, a cada minuto, a cada hora, todos os dias que ela respirasse para fazê-lo se apaixonar.

Quando a valsa terminou, Tricia olhou em volta e sorriu. Mais uma vez, tudo deixou de existir porque ela não havia percebido que eles não dançavam sozinhos. Seu olhar se voltou para George, que a encarou sem piscar. Estava demonstrando amor ou apenas respeito? Teria sentido as mesmas emoções que ela durante a dança? Se sim, agradeceria ao destino por colocá-lo em seu caminho naquele dia. Tricia sorriu de novo. Na verdade, para ela não era mais estranho sorrir quando ele estava ao seu lado, ou notar o bater de asas de mil borboletas no estômago, e aceitou o braço dele, depois de se curvar em reverência e oferecer o seu.

—Como seu pai determinou, depois da dança obrigatória, devemos encaminhá-los para a sala de jantar —disse ele quando começaram a andar.

—Tenho certeza de que tio Roger fez alusão ao seu apetite insaciável —disse Tricia levando-o até aquele lugar da casa.

—Sim, ele falou de uma fome voraz, mas não entendi muito bem se ele se referia a um bife suculento ou a sua esposa.

E Tricia soltou uma risada enorme.

VIII

O almoço passou como se estivessem em um banquete familiar como qualquer outro, em vez de celebrar uma ocasião tão especial quanto o matrimônio deles. Enquanto bebiam e comiam, conversavam sobre política, economia e tentavam revelar algumas de suas muitas brincadeiras. Felizmente, sua mãe rapidamente resolveu os dois problemas que a fizeram mudar o tom de suas bochechas: o dia em que queimou todos os laços no jardim e o suposto espanhol que lhe arrebatara a virtude. Não era o momento certo para George refletir sobre a mulher com quem se casara e muito menos lembrar-lhe de como tentou se livrar dele. Enquanto seu pai, Roger e Federith decidiam se a capacidade de criar histórias fictícias vinha dos Rutland ou dos Montblanc, ela sentia a pressão de uma mão na perna esquerda. Pensou que esse gesto íntimo e ousado feito por George, era motivado por ele ter ficado com raiva de sua mentira, mas, ao observar a expressão que seus olhos mostravam, descobriu que não era um aborrecimento que tentava transmitir, mas uma promessa. Uma que fez seu corpo queimar e tremer ao deduzir o que aconteceria entre eles quando chegassem ao hotel.

Depois de encher o estômago com comida e bebida, os homens se retiraram para a biblioteca do pai, onde ficaram por mais de uma hora. Enquanto isso, as mulheres retornaram ao salão e os músicos, para animar a espera, tocavam belas partituras. Mas Tricia, depois de um tempo, procurou desesperadamente o momento apropriado para conversar com Anne. Quando a encontrou e perguntou o que tinha contra o marido, a viscondessa ficou na defensiva.

—É melhor descobrir por si mesma —disse ela em resposta.

—Tudo o que posso lhe dizer não fará nenhum bem. Você mesma

deve tentar descobrir, se ele assim o quiser, o que fez antes de te conhecer.

—Mas e se ele evita falar sobre isso, não poderei encarar nosso presente —comentou com pesar. —É sobre a devassidão que viveu com Logan? —insistiu.

—Meu Deus, Tricia, não insista, por favor —ela disse.

—Anne, você, melhor do que ninguém, entende que, para alcançar uma vida plena de felicidade, é preciso lutar contra os fantasmas do passado. Se George esconde algo perigoso de mim, deveria ter me informado sobre isso antes de eu me casar.

—O perigo terminou quando o tio dele morreu —ela finalmente revelou. —A única coisa que posso revelar sobre seu marido é que ele não teve uma vida idílica enquanto morava com ele.

—Eu ouvi sobre a reputação do falecido conde...

—Não tem ideia de nada —disse Anne. —Tudo o que ouviu de bom sobre ele é uma mentira. Ele era um monstro. Alguém que, pelo que entendi, matou a esposa da maneira mais cruel que possa imaginar.

—Deus pai! —Tricia disse, colocando as mãos na garganta. —Está falando sério? —Anne assentiu. —E não havia uma maneira de acusá-lo? Certamente o tio Federith teria conseguido.

—Eles não o fizeram. Nem seu pai, nem Roger, nem o barão conseguiram encontrar uma prova que o incriminasse. Mas tudo indicava que ele havia feito isso.

—E George? Morava com eles quando isso aconteceu?

—Sim. Mas ninguém o encontrou para questioná-lo sobre o que aconteceu. Como foram informados, ele saiu na mesma tarde do funeral para resolver alguns assuntos importantes do conde.

—Mas ninguém acredita nessa história também... —ela meditou em voz alta.

—Tricia —disse ela, colocando as mãos nos ombros da jovem para confortá-la —se realmente o ama, deixe que saiba que seu amor por ele pode travar qualquer guerra e que, a partir de agora, nunca estará sozinho.

—Eu farei isso —ela prometeu sem hesitar.

Aí terminou a conversa, pois eles apareceram no salão. Tricia olhou para o marido e sentiu como se lhe encolhesse o peito. Seu rosto, o mais bonito do mundo, exibia uma rara palidez. Embora tenha assumido, pela expressão de seus olhos, que ali dentro teve que lutar contra um grande pesar. Teriam ameaçado matá-lo se ele não se comportasse bem com ela? E por que as expressões de George sempre eram tão contraditórias? Por um lado, encontrou felicidade quando a encontrou com o olhar, mas por outro havia tanta tristeza... Voltava a mascarar a realidade adotando as duas faces de uma moeda? Ela suspirou profundamente e olhou para o pai. Ele poderia lhe dar uma pista do que havia acontecido, porque sempre sabia ler o que sua mente estava escondendo naqueles olhos negros. Mas nessa ocasião, seus gestos e seu olhar não declararam nada. Assustada, observou o marquês e seu sinal de alerta aumentou ao perceber as sombras escuras que cercavam seus olhos. A inquietação tornou-se tão dilacerante que ela pôde sentir seu coração se partir. Algum dia lhe explicariam o assunto que discutiram com seu marido? Temia que não. Os homens de sua família, se compartilhassem entre si um segredo, o mantinham até a morte.

—Me concederia uma nova dança, senhora Laxton? —Perguntou ele enquanto se aproximava dela.

—As regras do decoro não determinam que uma mulher, para evitar um escândalo, não deva dançar duas vezes em uma festa com o mesmo cavalheiro? —respondeu ela zombando.

—Acho que esses convidados já estão bem familiarizados com os escândalos que podemos proporcionar quando estamos juntos —ele sussurrou enquanto pegava a mão dela.

—Com esse argumento indiscutível, Sr. Laxton, acho que não posso recusar —respondeu sorrindo.

Mas essa segunda dança não foi tão idílica quanto a primeira. Talvez porque sua mente não tenha conseguido se concentrar em apreciar a proximidade do marido ou porque ela viu como a mãe colocava as mãos no peito ao conversar com o pai. Naquele momento de confusão, enquanto sua cabeça abrigava milhares de ideias que poderiam perturbá-la tanto, ela de um leve tropeço.

—Tricia, o que há de errado contigo, minha querida? —Quando notou que sua esposa perdeu a concentração, quis descobrir o porquê.

—Acho que bebi mais champanhe do que posso suportar —disse ela, olhando para ele novamente.

—Bem, aconselho que, para aproveitar o resto da noite de núpcias, fique sóbria. Eu não gostaria de acordar de manhã, depois de tudo o que pretendo fazer e ouvi-la dizer que não se lembra de nada. Isso, minha querida, abalaria meu orgulho masculino —ele comentou tão perto dela, que pode sentir a mistura de seu perfume com a fumaça dos charutos que seu pai costumava fumar quando uma conversa o estressava.

Durante o resto da dança, enquanto o observava, teve que reunir todas as suas forças para não perguntar o que havia acontecido. Por esse motivo, não se sentiu flutuando, nem percebeu o movimento que seu vestido produzia enquanto girava, tampouco percebeu que suas mãos tremiam.

—Está nervosa? Está preocupada com o que vamos fazer hoje à noite? —George perguntou após a dança terminar. —Prometo que não vou machucá-la e que vou tratá-la com ternura.

Tricia aceitou o braço que ele oferecia enquanto o olhava de soslaio. O que poderia dizer a ele? Esclareceu suas dúvidas? O que era melhor para ele, para os dois?

—Tia Evelyn me explicou, quando minha mãe não estava presente, que a primeira vez que uma mulher se entrega a um homem dói muito. Mas depois, essa dor se torna a prazer —ela disse enquanto iam em direção aos convidados.

—E não está enganada. Nas próximas vezes, garanto que só haverá prazer entre nós dois —ele respondeu com invejável serenidade.

Outra vez voltava a utilizar o recurso das duas faces. Embora ela soubesse que algo lhe perturbava, mostrava uma postura fria e sólida. Confiança seria o primeiro objetivo que tinha que alcançar em seu casamento? Justo quando faltavam apenas três passos para que a intimidade entre eles desaparecesse, ela orou e implorou ao bom Deus que George não demorasse muito para revelar todos os segredos que guardava em sua alma...

As próximas duas horas passaram muito rapidamente. Ela ainda não havia assimilado que precisava ir embora, quando estava no hall, despedindo-se de todos os seus entes queridos.

—Amanhã, antes de partir para Lambergury, posso ir vê-la —perguntou a duquesa.

—Prefiro que não o faça —ela respondeu depois de lhe dar um grande abraço e um beijo quente na bochecha. —Não é uma despedida, mãe, mas apenas algumas semanas. Bem, imagino que o papai fará todo o possível para confirmar pessoalmente que sou tratada como uma Rutland merece.

—Claro! —Exclamou o duque depois de ouvi-la. —Quando Elliot retornar de sua viagem e nos contar como a nova empresa funciona, nós a visitaremos.

Então, estendeu o braço e Tricia se envolveu no calor e proteção que lhe dera até aquele momento. Ela respirou fundo, enchendo-se com a fragrância tão característica de seu pai e, embora a coceira nos olhos previsse um choro, ela aguentou. Não queria entristecê-lo mais do que já estava.

—Juro que sua filha não vai sofrer ao meu lado —disse George quando ela se distanciou e William se virou para ele. —Lutarei todos os dias da minha vida para que ela seja feliz em nosso casamento.

—Espero que sim —disse o duque, estendendo a mão —, porque se a fizer chorar, se a transformar em uma miserável, nada no mundo vai parar minha raiva, exceto transformar minha filha em uma afortunada viúva.

—E garanto que seus últimos minutos neste mundo serão tão angustiantes que nos pedirá para terminar sua provação o mais rápido possível —disse Roger antes de abraçar Tricia com tanta força que quase a fez explodir como um balão. —Pequena, sabe que se encontrará perto da residência de Logan e de Eric. Se tiver algum problema...

—Eu sei. Vou até eles —ela disse depois que desapareceu o nó que foi criado em sua garganta.

Após o abraço de Anais, tio Federith se aproximou dela. Tricia o olhou com expectativa, pronta para ouvir outro de seus sermões habituais sobre moralidade, comportamento apropriado e deveres sociais. No entanto, quando ela observou o brilho em seus olhos, todas as suas armas, para lutar contra esse discurso, foram eliminadas. Como sempre, o barão tentou não demonstrar suas emoções em público. Mas ela sabia o que os olhos dele estavam tentando lhe dizer. Não precisava de palavras ou abraços para entender.

—Bem, senhora Laxton, futura condessa de Burkes, espero que se comporte de maneira sensata. Já sabe a responsabilidade de que, a partir de agora, deve suportar e ne...

A exposição terminou quando Tricia decidiu quebrar essa frieza absurda entre eles. Ela o abraçou com força e o beijou na bochecha.

—Prometo que não vou decepcioná-lo, tio Federith —disse ela sem se soltar.

—Nunca fez isso, Tricia —ele respondeu, contendo-se.

—Muita sorte —disse Anne, agarrada o marido.

—Vou procurá-la —respondeu Tricia.

—Bem, se não houver mais adeus, é melhor partir —interrompeu Roger. —Devo embebedar seu pai antes que ele decida correr atrás da carruagem e sequestrá-la.

—Eu não faria isso! —William resmungou, segurando as lágrimas.

—Oh, sim, faria! —Beatrice disse, entrelaçando um braço no do marido.

Assim que George lhe ofereceu o braço e caminharam em direção à entrada, ela olhou por cima do ombro direito a imagem de um passado cheio de alegria, compreensão e bem-estar. Só esperava que esse caminho que seguia, rumo ao seu futuro, fosse metade do que ela vivera com eles.

—Cansada? —George perguntou assim que os dois entraram na carruagem e o cocheiro fechou a porta.

—Você não está? —Ela o olhou intrigada, quando ele estendeu a mão para atraí-la para junto do seu corpo.

—Não. Como disse antes de chegar, agora nossa verdadeira festa começa. Mas serei compassivo contigo e deixarei que descanse até chegarmos ao hotel. Embora quando formos para o nosso quarto, não terei piedade de você, Tricia. Meu corpo está louco para entrar no seu interior desde a tarde em que nos conhecemos —ele assegurou antes de lhe dar um rápido beijo nos lábios.

Quando devia ter sofrido uma combustão espontânea, permaneceu impassível enquanto tentava descobrir qual cara George estava usando naquele momento. Mas só encontrou desejo, paixão e necessidade de proclamá-la dele. Não havia nada que indicasse tristeza, pesar ou desconforto. Talvez Anne tivesse exagerado, talvez os rumores não fossem verdadeiros e só tivessem por objetivo destruir a reputação dos Burkes. Quantas vezes sua família enfrentou a ira daqueles que os invejavam? Quantas mentiras foram espalhadas sobre eles? Por esse motivo, e tendo testemunhado o mal de algumas pessoas, ela decidiu que a melhor opção era esquecer o assunto e aproveitar a noite de núpcias. Depois dessa reflexão, suspirou profundamente, abaixou a cabeça, aconchegou-se sob o corpo e, envolta no calor que ele emitia, fechou os olhos para se permitir alguns minutos de descanso. No entanto, quando o sonho a envolveu, não encontrou, nas imagens que seu cérebro inconscientemente lhe oferecia, algo agradável. Ela estava isolada no meio de uma escuridão e chorava desconsolada, porque ela não conseguiu que ele a amasse.

—Tricia, querida, chegamos —George a informou, acariciando seu rosto cheio de lágrimas.

IX

—**Porque** está chorando? —George perguntou, enxugando suas lágrimas com seu lenço azul de seda.

Ouvindo o tom preocupado com o qual se dirigia a ela e o toque daquela carícia em seu rosto, se levantou lentamente, apoiando-se no seu peito. Quando olhou para as sombras que haviam sido criadas ao redor de seus olhos cinzentos, não conseguiu encontrar a resposta que ele pedia. O pesadelo horrível, causado pelo cansaço e a inquietação que a conversa com Anne despertara, desapareceram imediatamente. Era sua noite de núpcias, aquela pela qual todas as mulheres apaixonadas esperavam impacientemente e pela qual se lembrariam pelo resto de suas vidas. Se contasse a ele sobre o que sonhou ou sobre a conversa que teve com a esposa de Logan, dúvidas, incertezas e mau presságio surgiriam entre eles.

—Já foi informado de que meninas solteiras, quando conseguem um marido, choram inconscientemente de felicidade —Ela disse com um leve sorriso.

—Deduzo, então, que chorou de alegria? —Ele perguntou um pouco mais calmo.

—Sim —ela continuou com sua farsa —exatamente.

Foi uma decisão sábia, porque quando ouviu isso, ele a segurou nos braços e começou a respirar um pouco mais calmo. Durante esse abraço, Tricia foi capaz de perceber os batimentos cardíacos do marido. Estes não eram de excitação, mas agitados, nervosos. Ele realmente havia se preocupado com ela? Isso deveria ser porque, apesar de conhecê-lo muito pouco, já sabia que George não se alterava facilmente.

—Vamos, minha querida, vou ajudá-la —disse ele quando o cocheiro, depois de bater no teto da carruagem, abriu a porta. Depois de sair, se virou para ela e estendeu as mãos. Com muito cuidado, e afastando com as pontas dos sapatos o tecido do vestido, Tricia desceu. Quando tocou o chão, George se colocou atrás de suas costas e, com movimentos rápidos, esticou a calda do vestido pelo chão. Aquela demonstração de atenção para com ela a emocionou tanto que suas pernas tremeram.

—Pronta para começar uma nova etapa em sua vida? —Ele perguntou quando ficou ao seu lado novamente.

—Sim —ela respondeu, alcançando a cavidade do braço que ele oferecia.

Colossal, surpreendente e extraordinário foram os adjetivos que lhe ocorreram quando olhou para cima e observou a fachada do *Hotel Langham*. Ficava no distrito de Marylebone, em frente ao Instituto Real de Arquitetos Britânicos, onde seu irmão Elliot estudava arquitetura, e perto do *Regent's Park*, um dos mais belos parques reais de Londres. Naquele momento, lembrou-se das opiniões que certos jornais ofereciam aos seus leitores. O definiram como o edifício mais importante da cidade e onde os hóspedes eram servidos com uma iguaria própria dos reis. Também sugeriam o custo de uma noite e alegavam que não era acessível a muitos.

—Se hospeda aqui? —Ela disse espantada.

—Nós dois nos hospedaremos —ele corrigiu. Reservei um quarto hoje de manhã, quando deixei meu hotel anterior. Pensei, e espero ter razão na minha decisão, que este é o melhor lugar para passar a noite de núpcias —explicou ele, mostrando um sorriso largo.

—É —pôde responder

Quando estavam em frente à entrada, um servo, vestido com um chapéu feito sob medida e uma cartola preta, abriu a primeira porta.

—Boa noite, milorde. Milady —disse como saudação.

—Boa noite —respondeu Tricia enquanto o marido fazia um breve aceno de cabeça.

Deram três passos e encontraram um jovem que pegou a maçaneta da porta ao lado. Este mostrava uma imagem muito limpa e cuidada, mas não se vestia como o anterior. Seu uniforme consistia em calça preta, camisa branca, colete cinza e gravata da mesma cor. Quando se aproximaram, o jovem fez uma mesura ao abrir a segunda porta de madeira e vidro, permitindo que passassem.

Já no corredor, Tricia não deixou seu espanto. Aquele lugar era como descrito: um palácio. As poltronas de veludo vermelho, as pinturas emolduradas em folha de ouro, as cortinas de damasco e as abóbadas esculpidas, com precisão tão perfeita que pareciam videiras de um jardim, só podiam ser encontradas na residência de um monarca. Então, olhou para os quatro lustres pendurados no teto. Nunca tinha visto com aquele tamanho. Tinha certeza de que, se os clientes não andassem com cuidado, poderiam danificar a cabeça. No meio de toda essa expectativa, sentiu uma pressão fraca no braço, o que George segurava. Olhou para ele, sorriu-lhe e prestou-lhe a atenção que lhe pedia silenciosamente. Concentrando-se apenas na companhia do marido e no sentimento tão maravilhoso que notou poder andar ao seu lado, foram para o balcão à esquerda.

—Boa noite, sou o conde de Burkes —ele anunciou em um tom tão contundente que a deixou sem palavras.

—Boa noite, milorde —respondeu o empregado rapidamente. Sem olhar para o livro de registro, pegou a chave que mantinha sob a borda do balcão e ofereceu-a com um ligeiro aceno. —Seu quarto está pronto, conforme solicitado. Se precisarem de mais alguma coisa, poderão informar ao jovem que encontrarão na antessala da suíte.

—Levou nossos pertences ao quarto?

—Sim, Excelência. O seu valete supervisionou a chegada da bagagem.

—Perfeito —respondeu George, pegando a chave.

—Como cortesia do hotel, tem uma garrafa do nosso melhor conhaque —continuou ele.

—Não gosto de conhaque —Tricia murmurou.

—Pode trocá-lo por uma garrafa de champanhe? Minha esposa não gosta do sabor do conhaque escocês —ele comentou divertido.

—Claro. Se achar conveniente, posso lhe oferecer um *Moët & Chandon*. O melhor champanhe francês que nossa adega abriga —explicou ele com orgulho.

—Perfeito. Peça para o ajudante subir o mais rápido possível —pediu.

—Posso ajudá-lo com outra coisa, milorde? —o eficiente recepcionista continuou.

—Um momento —disse. Ele se virou para Tricia e perguntou: —Quando sua criada virá?

—Como minha mãe me disse, Ângela estará aqui por volta das oito e meia.

—Bom —disse antes de se concentrar novamente no servo. —Quero que amanhã, às nove, subam o café da manhã para minha esposa e deve prescindir desse jovem que permanecerá na antessala. Não quero que ninguém passe pela porta do quarto durante minha noite de núpcias —explicou enquanto apertava suavemente a mão trêmula de sua esposa.

—Claro, milorde. Assim será —disse o empregado.

Depois, George pediu para ela caminhar em direção ao centro do corredor. Quando olhou para as escadas que teriam que subir, suspirou em resignação.

—Em que andar vamos ficar? —Tricia perguntou.

—No último —ele respondeu.

—Deus bendito! —Ela suspirou.

Ouvindo como o marido estava rindo, ela virou o rosto para ele e o olhou com expectativa.

—Realmente acha que vou fazer você subir mais de cem degraus suportando o peso desse vestido? —lançou, em tom jocoso —Chegaria tão cansada em nosso quarto que nada que eu pudesse fazer poderia impedi-la de adormecer.

—Bem, hoje, meu querido marido, temo muito que deverei fazê-lo, porque esqueci de trazer as asas —apontou ela com falsa seriedade.

O comentário astuto fez George rir alto. Quando parou de rir, deu-lhe um beijo em sua bochecha e a direcionou para um corredor à direita.

—Não sei se leu nos jornais o que publicaram sobre esse hotel —ele começou a explicar, enquanto caminhavam.

—Sim. Falavam sobre suas dimensões, sobre o atendimento ao cliente e o preço a ser pago por um quarto.

—Além desses esclarecimentos bastante irrelevantes, devem ter acrescentado que o arquiteto que tornou essa maravilha possível foi John Giles. Já ouviu falar dele?

—Sim. —Elliot lhe pediu ajuda para o projeto que levou à América.

—Se saiu bem —disse ele. —John sempre teve uma visão futurista em todos os projetos que realizou. Portanto, antes de colocar o primeiro tijolo deste hotel, conseguiram um contrato com a empresa Otis para adicionar o protótipo do elevador hidráulico em que estavam trabalhando. —Ele colocou a mão esquerda na de sua esposa, apoiadas no antebraço e acariciou-as. —Sabe a que me refiro?

—Meu professor de história explicou algo sobre as catapultas egípcias e a evolução que tiveram ao longo da história.

—Sim, isso foi o começo —disse ele com orgulho quando descobriu que sua esposa não tinha apenas beleza, mas também inteligência. —Mas, para nossa segurança, porque ninguém gostaria de ser jogado como se fosse uma pedra, agora sobem e descem através de mecanismos mais modernos. Até alguns anos atrás, usavam motores a vapor, agora trabalham com bombas de óleo sob pressão —afirmou.

Uma vez que foram colocados em frente ao elevador do hotel, Tricia olhou para cima e observou a estrutura de ferro que havia sido forjada em torno do dispositivo. Era como uma torre comprida e oca. De repente, suas pernas tremeram devido à emoção. Ela sabia que, quando se lembrasse da noite de núpcias, não apenas apareceria em sua mente o que fariam dentro do quarto, mas também a lembrança de andar em um elevador tão futurista acompanhado pelo homem mais maravilhoso do mundo: o seu marido.

Um jovem abriu a porta para eles, afastou-se e esperou que entrassem. Tricia sorriu ao ver que haviam colocado pequenos assentos de veludo verde para que os clientes pudessem se sentar enquanto subiam. Por isso haviam dito que o hotel era tão caro? Por que acrescentaram coisas supérfluas ao hotel?

—Vá em frente, minha querida —ele a encorajou, olhando aturdido para o rosto surpreso de sua esposa. «Uma Rutland transformada em Condessa Burkes» —pensou. —Recomendo que você se sente —disse ele quando os dois estavam no interior do elevador. —Embora seja hidráulico e menos perigoso que o a vapor, pode machucar os joelhos na aceleração do começo e na frenagem do fim.

Ela o escutou, em seguida, virou-se para a porta e sentou-se enquanto o empregado se aproximava dele para pedir o número do piso. Então, se sentou ao lado dela, colocou a mão direita na parte inferior da sua cintura e pressionou-a lentamente.

—Está com medo? —Perguntou George, ao observá-la tão calada.

—Não —ela respondeu enquanto olhava para ele.

—Eu me sinto o homem mais sortudo do mundo —ele murmurou. —Tinha entendido que as esposas não gostam de ter uma vida cheia de aventuras. No entanto, a minha está disposta a viver tudo o que lhe ofereço —comentou com a boca tão perto do seu pescoço que ela pôde sentir a respiração roçando-a tal qual uma carícia.

—Eu sou uma Rutland —Tricia disse suavemente. —Bem, era até esta manhã —ela disse, desenhando um sorriso.

Essas palavras causaram certa tensão em George. Ela deduziu isso ao notar que a mão que ele mantinha nas suas costas estava tão grudada no vestido que ela podia sentir o seu calor na pele. Olhou para ele de lado e pôde ver uma expressão indecisa em seu rosto. Por que não estava orgulhoso de seu sobrenome?

—Não quero mudá-la —disse ele depois de alguns segundos em silêncio. —Quero sempre acordar com a mulher que conheci e quero que seu comportamento não mude quando se tornar a condessa de Burkes.

—Não vou mudar —disse ela, virando-se lentamente em sua direção. Por que lhe pedia uma coisa dessas? Teria achado que o título, o poder social e econômico que receberia em breve a transformariam? Ela não era Sarah Preston. Desde muito jovem, sua mãe ensinou-lhe que as coisas materiais poderiam desaparecer a qualquer momento e que a única coisa que duraria seriam os valores e as atitudes que sua mãe a encorajou ao longo da vida.

—Obrigado —ele disse antes de lhe dar um leve beijo na testa.

Como ele havia advertido, o freio do elevador foi bastante abrupto, embora, ao sentar-se, ela só o tivesse notado como algo em seu estômago subindo e descendo rapidamente. O empregado, que ficara de costas para eles o tempo todo, abriu a porta, saiu e segurou-a até que eles saíssem. Agarrada novamente ao braço esquerdo do marido, avançaram ao longo do imenso corredor do andar. Dessa vez, seus sapatos não foram ouvidos pisando no chão, pois um enorme tapete de cores escuras abafava o som. Ela olhou para as janelas à direita e observou mais cortinas de damasco, embora desta vez não fossem verdes, mas prateadas.

—Espero que o champanhe esteja bastante frio, porque, só assim, conseguirei abaixar a temperatura do meu corpo —comentou George.

Essa declaração a fez se concentrar no que aconteceria em breve entre eles. Naquele momento, não se importava se havia alguma bebida ou se o gerente do hotel queria surpreendê-los colocando um elefante selvagem no quarto, mas no que aconteceria quando estivessem sozinhos. Como seu marido se comportaria? Seria um amante terno e cuidadoso? Sim, devia ser, porque, desde que se conheceram, sempre a tratou gentilmente. Esforçando-se para não mostrar as dúvidas que surgiram dentro dela, olhou para ele e sorriu.

—Boa noite, milorde e milady —disse o jovem que subira as escadas para trocar a bebida. —Troquei a garrafa de conhaque por champanhe, espero que esteja do seu agrado.

—Está gelado? —George perguntou, tirando algumas moedas do bolso do colete.

—Sim, milorde. Deixei dentro do balde —disse o servo, aceitando a gorjeta.

—Sendo esse o caso, pode sair —ele disse sem desviar o olhar da esposa.

—Desejo-lhe uma boa estadia —declarou o jovem, curvando-se um pouco. Em seguida, saiu.

—A tradição diz que o marido precisa carregar a esposa nos braços para que o mau presságio desapareça durante o casamento —explicou Laxton, abrindo a porta.

—Mas acho que isso deve ser feito na entrada da casa onde morarão —disse Tricia desconfiada.

—Não sei se vou conseguir me lembrar quando chegarmos a Lambergury —disse ele, escondendo a dor que sentia ao evocar o nome da residência em que havia sofrido tanto —por isso —acrescentou pegando-a nos braços —é melhor que eu faça aqui e agora.

—George! —Ela exclamou, enrolando rapidamente os braços em volta do seu pescoço.

—Minha querida esposa —ele começou depois de fechar a porta com um pé —espero que só encontre a felicidade ao meu lado e nunca pare de me olhar assim.

—Como eu te olho? —Ela perguntou, sorrindo e incapaz de tirar os olhos dele.

—Com ternura, carinho, respeito e esperança —declarou ele, atravessando o quarto em frente à lareira acesa.

Seu coração acelerou ao ouvir suas palavras. Muitos casais não eram capazes de definir o que expressavam os gestos das pessoas com quem conviveram por décadas. Em vez disso, George, em menos de uma semana, os decifrou. Seu pai sempre dizia que os olhos eram o espelho da alma e, tal qual declarou seu marido, o dela estava repleto de amor, pois isso significava para ela as palavras que ele havia listado.

Muito devagar e sem deixar de olhar um para o outro, a colocou no chão. O atrito de seus corpos, apesar de estarem vestidos, causou aos dois uma leve excitação. Antes que ela pudesse se perguntar se essa reação era normal, George embalou seu rosto entre as palmas das mãos e a beijou. O tremor aumentou devido ao beijo, assim como seu nervosismo. Mas ela deixou de se sentir desconfortável quando notou a maneira como ele a beijou, pois não encontrou dominação ou angústia, mas suavidade e delicadeza. Parecia que seus lábios eram tão frágeis quanto as pétalas de uma rosa. Atordoada com a maneira como foi beijada, estendeu os braços e os colocou nos ombros do seu marido.

—Antes de levá-la para a cama e consumar nosso casamento, devo lhe mostrar o quarto que escolhi para nós enquanto tomamos uma bebida —disse ele, ofegando assim que suas bocas se separaram.

Tricia foi incapaz de olhar em volta. Seus olhos estavam fixos nos de George para descobrir o que expressavam. O que notou neles a deixou bastante confusa, pois, além do desejo, também encontrou tristeza. Ainda duvidava deles? Não pensou que se tornariam um casal de sorte? Talvez tenha deduzido que, sendo muito mais jovem que ele, não seria capaz de se adaptar aos compromissos que assumiria depois de se tornar condessa de Burkes. Não, não poderia ser isso porque uma das premissas que a filha do duque de Rutland deveria ter era saber como se comportar em cada situação. Então, por que ele estava triste? Como ela poderia fazer desaparecer aquele sentimento tão inadequado para uma noite que nunca esqueceria? «Com amor e valentia», refletiu. Se, para alcançar o coração de George, tivesse que ser corajosa e enfrentar todos esses medos, o faria sem hesitar por um segundo.

—Entendo que os maridos embebedam suas esposas virgens, para que elas não tenham medo ao serem despidas e colocadas na cama —disse ela astutamente enquanto colocava os dedos sob a gola da camisa.

—Quem te disse isso? E, desde quando permitem que uma jovem inocente tenha essas conversas? —Ele insistiu levantando uma sobrancelha.

Antes de ouvir a resposta, se afastou dela e caminhou em direção ao balde de gelo. Seu coração estava batendo tão agitado que seu corpo tremia. Possivelmente, esse destempero foi causado pela luta que havia dentro de si. Desejo ou vergonha. O que ganharia desta vez? Porque estava louco por sentir e descobrir a pele de Tricia com a boca, mas como fazê-lo sem se despir? Até agora, não havia pensado sobre isso. A loucura que sua esposa provocava era tanta que não parou para pensar em como esconder as marcas que trazia nas costas, aquelas cicatrizes de um passado que não queria evocar enquanto estivesse ao seu lado. Ele abriu a garrafa, serviu duas taças e voltou-se para ela enquanto procurava uma solução para o seu problema.

—Antes de tudo, deve se lembrar quem são meus pais e, em segundo lugar, acho que é importante que lhe dê o nome da pessoa com quem falei sobre isso —disse, aceitando a taça.

—Foi seu amante espanhol que conversou contigo sobre um assunto tão íntimo? —Ele retrucou com relutância.

—Sabe muito bem que ele nunca existiu —disse ela divertida.

—Eu inventei esse amante para salvá-lo de um casamento que não queria —ela disse enquanto levantava a taça para brindar. —A nós, George. Pelo nosso casamento e por um futuro cheio de felicidade.

Ele não adicionou nada a esse brinde, aproximou sua taça à de Tricia, tocou-a suavemente e tomou o champanhe de um só gole. Quando ela bebeu da sua, George a pegou e se dirigiu à mesa onde deixou ambas as taças. Virando-se para ela, descobriu que o corpo de Tricia permanecia tenso. Apesar do sorriso atrevido que exibia, sua esposa estava nervosa com o que iria acontecer entre eles. Caminhou devagar, sereno a cada passo. A coisa mais importante, a única coisa em que se concentrar era tratá-la com todo o cuidado que merecia. Então, quando cumprisse esse objetivo, meditaria novamente sobre como se livrar de perguntas que exigiriam respostas.

—O que mais essa fonte anônima lhe contou? Explicou o que aconteceria quando a despisse? —Ele perguntou, exatamente quando suas mãos foram colocadas nas costas de Tricia para desabotoar os botões do vestido.

—Não. Não se atreveu a falar comigo sobre isso —confessou, pousando suas mãos nas lapelas do casaco. —Embora eu possa ter uma leve ideia... —disse ela, abaixando-se lentamente até encontrar os ilhoses do casaco e, assim como George fazia, começou a despi-lo.

—E que ideia você tem? —Ele insistiu, perplexo com o tom suave de sua voz e a ousadia que demonstrou em imitá-lo.

Depois de desabotoar todos os botões, afastou as mãos dela e se sacudiu para que o casaco se soltasse de seu corpo. Então, colocou suas mãos de volta nas costas de Tricia e deslizou lentamente a roupa pela pele dela até alcançar seus ombros. As pontas dos seus dedos queimaram. O contato daquela pele macia o fez arder e perder o controle. Precisava retomá-lo. Ele se esforçou para encontrar uma maneira de recuperar o poder e continuar mantendo esse segredo amargo.

—Nós dois estaremos na cama. Você vai me beijar, eu vou te beijar, você vai me tocar, eu vou te tocar e quando nós dois estivermos preparados, você arrebatará a minha virgindade —ela disse, tentando não mostrar em sua voz a vergonha que tinha ao falar com tanta ousadia.

Ela tirou as mãos do peito de George e estendeu os braços para o chão. Enquanto o olhava, observou uma imagem tão suave e quente que a deixou sem fôlego. Ele deslizou o vestido pelo corpo com uma tranquilidade inédita. A tratava como se ela fosse uma deusa para se adorar. Seu coração acelerou quando o viu ajoelhado, tirando os sapatos e tirando do seu corpo aquele enorme vestido de noiva.

—Então, vamos nos beijar, nos tocaremos e eu vou fazer de você minha esposa quando eu entrar no seu corpo —George murmurou em um tom tão sufocado que parecia uma voz fantasmagórica.

Ele se levantou, a olhou e repetiu que era a mulher mais bonita que já tinha visto. Estendeu a mão para o cabelo de Tricia e removeu todos os grampos que sustentavam seu penteado. Quando seu cabelo caiu em seus ombros, deu um passo para trás e, ao observá-la daquela forma, um nó pressionou sua garganta, o sangue percorreu todo o seu corpo, aquecendo-o conforme passava e, rapidamente o excitando. Como aquela mulher poderia ter o poder de deixá-lo tão louco? Por que não conseguia controlar a situação? Durante anos, foi capaz de conter todos os movimentos de seu corpo ou as expressões de seu rosto. Mas ela fez dele um homem fraco, tão fraco que não podia se controlar.

—Mas ambos devemos estar nus —disse ela, desconfiada.

Reduziu a distância que ele havia deixado entre eles e começou a desabotoar o seu colete. Quando tentou tirá-lo, o rosto do marido, que até agora expressava doçura e satisfação, endureceu. Queria perguntar o que estava acontecendo com ele, o que havia feito para alterá-lo. Mas todas as palavras permaneceram na ponta da língua quando ela notou que George não apenas mudara a expressão em seu rosto, mas agora decidira assumir o controle da situação. Ele tirou o espartilho, sem nada falar, tirou-lhe as meias, em silêncio e só o ouviu murmurar algo quando a deixou nua.

—Ninguém me informou que apenas a esposa deve se expor ao marido em sua primeira noite —disse ela astutamente.

—Primeiro, pequena descarada, ninguém deveria ter conversado contigo sobre esse assunto e segundo, de nós dois, acho que o único que entende de relações sexuais sou eu. Foi por isso que decidi descobrir como é o corpo da minha esposa e descobrir o que a excita —comentou ele como desculpa. Se aproximou dela novamente, colocou as mãos no seu pescoço e a acariciou gentilmente. —Gosta disto? —Ela respondeu com um suspiro longo e profundo. —Então, estou no caminho certo —disse com uma voz estrangulada. —É linda, Tricia. A mulher mais bonita que eu já vi —ele murmurou enquanto beijava seu pescoço, clavícula e ombro esquerdo.

—Não posso dizer o mesmo —respondeu ela, fechando os olhos e deixando-se levar pelo prazer que ele estava oferecendo.

Era verdade que tia Evelyn não havia lhe explicado se os dois acabariam nus na cama durante a primeira noite, mas ela tinha certeza que sim. Como fariam amor vestidos? No entanto, não pôde refutar a explicação de George. Se quisesse saber do que ela gostava, ela daria as respostas.

—Haverá tempo para mim —disse George, ainda acariciando suas costas, cintura e nádegas. —Agora, a única coisa que importa para mim é te fazer me querer, que anseie por mim e te preparar para que eu entre em seu corpo —ele disse, pegando-a pela cintura.

Levantou-a e dirigiu-se para a cama. Depois que ela se deitou, ele tirou o colete, a calça e desabotoou cinco botões da camisa. Que tocasse essa parte do peito já devia ser suficiente para ela.

Os olhos de Tricia se arregalaram quando ela viu o sexo de George. Poderia comprara-lo a uma barra de ferro? Não, não era apropriado fazer essa comparação.

—Quando um homem está excitado, como eu estou agora, seu sexo cresce, endurece e levanta —explicou ele, enquanto observava seu rosto atordoado. —Ele se prepara para a união, para sentir o calor de uma mulher. Nesse caso, da minha esposa —ele argumentou enquanto se colocava sobre Tricia.

—E quando será essa investida? —Ela tentou não pensar que o marido estava se aproximando vestido com a camisa e que nem desabotoara os botões das mangas. Se concentrou em seu peito, a única coisa que podia ver quando se colocou em cima dela.

—Primeiro, eu devo prepará-la —ele sussurrou, colocando a boca no seu pescoço.

—Me preparar? —Ela perguntou, colocando as mãos na área que lhe permitia tocar.

—Sim —ele respondeu.

—Bem, eu lhe dou permissão para fazê-lo —disse ela, desenhando um sorriso tímido.

Beijos. A boca de George foi percorrendo seu corpo enquanto a beijava. Um tremor inesperado a sacudiu quando notou sua língua em um mamilo. Ela lentamente levantou a cabeça e jogou-a para trás quando sentiu os dedos em seu sexo. A princípio, se contraiu inconscientemente, mas pouco a pouco, graças às carícias gentis que ele realizava, esse estado de inquietação desapareceu.

—Eu já te disse que é a mulher mais bonita do mundo? —Ele soltou quando beijou seu abdômen.

—Sim —Tricia ofegou. —Acho que o ouvi dizer quando me despiu.

—Bem, nunca se esqueça, Tricia. Lembre-se também de que, de agora em diante, não haverá outra mulher na minha vida, exceto você —ele declarou antes de sua boca se voltar para o sexo dela.

Uma vez que separou as pernas de Tricia, inspirou o cheiro feminino. Era tão hipnotizante quanto o gosto de sua boca. Aquela que, de fato, ele não havia beijado depois que ela tentou tirar seu colete. Franziu o cenho, zangado com a brusquidão, com a mudança de atitude, com o ódio do passado e as consequências que permaneceram com ele. Como esperava se tornar um bom marido se não podia enfrentar seus medos?

—George? —Ela perguntou depois de levantar a cabeça.

—Tricia... —ele sussurrou, finalmente se concentrando nela.

Levou a boca aos lábios macios e, depois de provar o sabor, sua mente ficou em branco. Graças a isso, o caloroso amante, aquele que se propôs ser com sua esposa, voltou. Ele a ouviu gemer, quando a língua percorreu todos os cantos de seu sexo. Gritar, quando seus dentes a morderam, e soluçar para invadi-la primeiro com um dedo e depois com dois.

—Santo Deus! —Ela exclamou, incapaz de controlar o tremor de seu corpo.

Perdida em um mundo de sensações, luzes coloridas e respirações ofegantes, ela segurou firmemente a colcha e levantou o quadril. Não se importava mais com o fato de George estar vestido com a camisa ou se tivesse colocado a calça de novo. Naquele momento de prazer, estava tão atordoada e longe da realidade, que seu entorno deixou de existir.

—A partir de agora, nem mesmo o melhor licor disponível na adega superará o gosto do seu sexo, Tricia —ele começou a explicar enquanto subia lentamente.

—Tampouco se poderá comparar ao sabor do mel? —Ela disse, exausta.

—De maneira nenhuma. A partir de hoje, o mel será insípido para mim —ele garantiu, no momento em que seus olhos se encontraram.

—Estou lisonjeada, meu querido marido —comentou ela, colocando as mãos no peito, novamente agitado pela respiração.

— Vou lisonjeá-la sempre que puder e você me deixar —ele assegurou antes de beijá-la com a paixão e o erotismo que ela merecia desde o início.

Não se deu conta em que momento do beijo o fez, mas ao abrir os olhos, descobriu que Tricia permanecia sentada na cama, colada a seu corpo e abraçando-o com força. Esse comportamento o alterou e surpreendeu. O que aconteceu? Seu subconsciente agiu para consolá-la ao concluir que ele não lhe daria a vida que ela ansiava? Não, não se tratava de consolá-la, mas de consolar-se. Essa era a palavra mais apropriada para aquela reação inesperada. Muito lentamente, e sem deixar de observá-la ou mostrar atordoamento, reclinou-a na cama, acomodou-se sobre seu corpo e aceitou o que não podia mais evitar.

—No começo, vai doer —disse ele quando a ponta de seu membro começou a deslizar pelo sua entrada —mas prometo que farei tudo o que estiver ao meu alcance para diminuir essa dor.

—Eu aguento —ela respondeu enquanto colocava as mãos no pescoço.

—Você aguenta —ele repetiu em um sussurro. —Por quê?

—Porque eu te amo, George.

E, após a confissão, que veio diretamente da alma, seus braços começaram a tremer e a invasão em seu útero desapareceu. Ela o olhou com medo, como se sentisse culpada por ter proclamado o maior insulto do mundo. Mas quando observou o brilho nos olhos do marido, soube que as palavras não lhe causaram dano, mas uma grande emoção.

—Tricia... —ele sussurrou, colando a testa na dela.

Ela levantou lentamente o queixo, diminuindo a curta distância que existia entre as duas bocas e o beijou com a mesma doçura que seus olhos expressavam quando o observava. Quando as duas línguas se tocaram novamente, quando o gosto do champanhe que ela bebeu se misturou ao dele, fechou os olhos e se soltou. Era verdade, ela o amava, o amava e estava tão apaixonada por ele que fazia mil coisas loucas para tê-lo ao seu lado. Enquanto esse beijo mudava, transformando-se em uma confissão muda de paixão, luxúria e desejo, George continuou a entrar nela muito lentamente. Tricia cravou as pontas dos dedos na pele do pescoço do marido e ergueu os quadris ainda mais. As ondas de dor irradiaram pelo corpo quando o sexo masculino se deparou com a barreira de sua virtude. Ela desviou sua boca da de George, jogou a cabeça para trás e respirou fundo.

—Eu prometo, a partir deste momento, toda vez que eu entrar em você, só lhe darei prazer —ele ofegou.

Ela ouviu o juramento às metades, porque sua atenção estava em eliminar a rigidez em seu corpo. Com os olhos fechados, respirando ansiosamente, notou como o próximo ataque quebrou o que os separava. Calor. O calor do atrito continuou com essa quebra. Ela abriu levemente os olhos e observou que o rosto do homem da sua vida mostrava preocupação. George se responsabilizava por seu desconforto, seu sofrimento e lutou para reduzir a dor. Naquele momento, tomou força e agiu como de costume: com coragem. Ajustou os quadris ainda mais na direção do marido para encorajá-lo a continuar. Ele continuava tremendo pelo esforço. Várias gotas de suor, que brotaram de sua testa, caíram sobre o peito de Tricia. O professor, o amante consumado fez o trabalho mais difícil de sua vida: deflorar sua esposa. Um paradoxo digno de ser refletido em uma história de amor.

—Tricia... minha... esposa —George ofegou pouco antes de beijá-la, sua língua invadiu o interior da boca de Tricia com a mesma força que seu sexo duro fazia em seu útero.

—George, sim, sou sua —disse ela quando suas bocas se separaram novamente. As mãos, relaxadas com as emoções e o esforço que ela fez, se moveram lentamente pelos braços de George, até que acabaram agarradas aos fortes pulsos de seu marido.

—Tricia! —Ele gritou quando deu sua última investida, sua última invasão e consumou, assim, a união entre eles.

—Te amo! —lhe respondeu imediatamente.

Depois disso, ele fechou os olhos e gemeu com a chegada do prazer.

X

«Tu és o meu refúgio; me protegerá do perigo e me cercará de cânticos de libertação». Salmo 32: 7.

George ficou na frente dela, observando-a silenciosamente. Ainda estava deitada na cama de costas para ele. Os dedos da mão direita roçaram o lado da cama onde ele dormia, como se estivesse procurando por ele. As mechas de seu belo cabelo escuro se estendiam pela almofada. O lençol mal cobria a parte de trás do corpo e, sem pretender, Tricia mostrava uma imagem muito erótica das pernas, quadris e costas. Ajoelhou-se, apoiou-se lentamente no colchão e respirou fundo, inspirando aquela maravilhosa mistura de sua fragrância masculina, o suor causado pelo sexo e o hipnotizante cheiro de amora. Levantou a mão direita e, com o dedo indicador, traçou o contorno da esbelta figura. Quando a ponta do dedo alcançou a cintura, Tricia se moveu. George afastou a mão e tentou silenciar sua respiração agitada. Não queria acordá-la, nem que o pegasse olhando, como se ele fosse um *voyeur*, embora não fosse pecado admirar sua esposa e ficar excitado.

Levou a mão direita na direção da mandíbula e acariciou-a lentamente. Sorte. Pela primeira vez na vida, a sorte estava ao seu lado. Embora não estivesse nos seus planos casar-se com ela, agradecia a Deus por ela ter aparecido antes de ter pedido Sarah em casamento. Ele merecia uma mulher como Tricia. Sim, afinal precisava de um pouco de luz para eliminar a escuridão em que havia vivido, e sua esposa bonita e terna era a pessoa certa para lhe dar esta luz. Só esperava que um dia pudesse se tornar o marido que ela ansiava. Lentamente, levantou-se e foi até a cadeira onde havia deixado o casaco, preparado pelo seu valete na tarde anterior. Feliz. Essa palavra foi a única que ela comentou depois que ele limpou os resquícios de sua inocência. Não perguntou por que ele ficou com a camisa ou por que a tirou ao apagar a luz. Tricia apenas lhe disse, abraçando-o com força, que era a mulher mais feliz do mundo. Então, quando o calor dos dois corpos começou a entorpecê-los, ela beijou suas mãos e sussurrou: «Estou aqui, George, e sempre estarei para você». Essa confissão o deixou tão perplexo que não soube o que responder. Ele esperava que o beijo que ele deu, cheio de ternura, fosse resposta suficiente para ela entender que ele também seria.

Um pequeno sorriso apareceu em sua boca quando terminou de vestir o casaco. Felicidade. Sim, isso mesmo ele sentia quando estava ao seu lado e esperava que, quando chegassem a Lambergury, esse sentimento de alegria não desaparecesse. Apertou os punhos, zangado pela absurda e débil intenção. Ele não podia imaginar que tudo mudaria quando chegasse, mas lutaria com todas as suas forças para eliminar o sofrimento de sua mente e ter um futuro próspero juntos.

Olhou para o relógio de bolso e confirmou que eram oito e meia da manhã. Logo a dama de companhia de sua esposa chegaria. Uma mulher chamada Ângela e que, como se ouviu, a atendia desde que se conheceram na Espanha. O sorriso, eliminado pelo pensamento anterior, voltou aos seus lábios quando se lembrou da desculpa que ela havia dado para não se casar. Como pensou nesse absurdo? «Eu fiz isso para salvá-lo de um casamento que você não queria.» Bem, se equivocou. Ele a queria desde o momento em que se conheceram e, por esse motivo, fugiu desesperado. Não queria destruir uma alma tão pura e inocente com sua dor miserável. No entanto, uma vez que o destino os uniu, e aquele anjo se tornou sua esposa, ele encontraria uma maneira de nunca extinguir sua luz divina.

Caminhou em direção à porta sem desviar o olhar dela. A calma com que respirava reverberou através do quarto. Sem desejar, ele também foi infectado com esse estado de paz. Seria sempre assim? A olharia e a esperança encheria seu coração? Se perguntou quando abriu a porta e saiu do quarto. O que Blanche pensaria quando o visse tão feliz? Atravessou a antessala e, pouco antes de ir em direção ao elevador, ficou na frente de um espelho que estava pendurado na parede e observou a si mesmo. O seu sorriso desapareceu, seu rosto deixou de ser doce e seus olhos voltaram a uma cor sombria. Toda vez que se lembrava de sua tia, a tristeza voltava e se tornava novamente a criança covarde que não podia lutar contra o monstro para salvá-la da morte. Angustiado, colocou as mãos no rosto e as esfregou em desespero. Blanche tinha que desaparecer de sua mente, assim como a vida agonizante com o conde. Embora não esquecesse a promessa que fizera. Mas até ali chegava seu passado, a dor e o medo. Era o momento de se concentrar em Tricia e em transformá-la em uma mulher afortunada, apesar de ter um título carregado de sangue e maldade sobre seus ombros. Mas ambos o transformariam, como Blanche havia pedido. Desviou o rosto do espelho, adotou o comportamento que um conde deveria exibir e continuou andando.

—Bom dia, milorde —o empregado encarregado de subir e descer os hóspedes o cumprimentou.

—Bom dia —ele respondeu enquanto ocupava o interior do elevador. —À entrada.

O jovem fechou a porta, deslizou a manivela pelo semicírculo de ferro até que fosse colocada no lugar certo e esperou o cavalheiro se sentar. Como não ouviu barulho, olhou discretamente por cima do ombro. Quando deduziu que George ficaria de pé, apertou o botão de borracha com a sola do sapato, acionando a bomba hidráulica, e o elevador começou a descer. Quando o elevador parou, os dois pularam levemente. O jovem olhou para o hóspede e confirmou que tinha saído ileso da frenagem. Silenciosamente, abriu a porta e a segurou até George sair.

—Tenha um bom dia, excelência —disse ele em despedida.

George respondeu com um leve aceno de cabeça, depois foi ao salão procurando a figura de uma mulher. Quando a encontrou, parou e a inspecionou silenciosamente. Era muito alta, tão alta quanto ele. Seu cabelo escuro estava preso em um coque. As feições de seu rosto, apesar de quererem expressar bondade, exibiam antipatia. Era a dama de companhia que cuidaria da esposa? Mas se parecia com uma amazona! Não tinha dúvidas de que Tricia não estaria em perigo ao seu lado, pois nenhuma pessoa ousaria se dirigir a ela enquanto um espécime desse tipo permanecesse por perto.

Graças a Deus, não estava por perto no dia em que conheceu sua esposa, porque tinha certeza de que, nesse caso, quem estaria agora dormindo naquela cama não seria Tricia, mas a frívola Sarah Preston. Uma vez que sua mente parou de procurar qualificações para a dama de companhia, se virou para ela.

—Bom Dia. Deve ser a senhora Domínguez, certo? —Ele perguntou ao parar do lado dela.

—Bom dia, milorde —disse ela, curvando-se. —Sim, sou a dama de companhia de Lady Rutl... da Condessa —ela corrigiu rapidamente.

—Minha esposa ainda está dormindo.

—Se desejar, posso ficar aqui até que julgue oportuno acordá-la —explicou ela, em inglês, tão textual que George quase riu.

—Não, é melhor subir e ajudá-la a se vestir. O café da manhã será servido as nove e espero que esteja tudo pronto para as dez, quando voltarei. Viajará conosco hoje?

—Sim, Excelência.

—Bom. Nesse caso, pedirei a um dos meus lacaios que alugue uma carruagem para a senhora.

—Senhor, o duque colocou uma de suas carruagens à minha disposição. Mas se não lhe parece certo, converso agora com o cocheiro e peço que ele volte.

—Não faça isso —ele disse rapidamente. —Se o duque tomou essa decisão, terei prazer em aceitá-la —disse ele sem desviar o olhar da mulher. «Tricia tem que me dizer como elas se conheceram», ele pensou. —Pode sair.

—Muito obrigada, milorde —disse ela no meio de outra rápida reverência.

Ângela caminhou rapidamente para a galeria indicada pelo amável empregado. Levantou o vestido e subiu as escadas sem fim, pensando no marido de Tricia. O ódio que sentiu naquela tarde, ao descobrir que ele a havia tocado em público, tornou-se tristeza quando um dos criados, bêbado por celebrar o casamento de seu senhor, falou sobre seu passado. «Todo mundo sabia, mas ninguém teve coragem de matá-lo», soltou no meio de um de seus muitos lamentos. Horrorizada com a descoberta, ela se afastou daquela festa improvisada e voltou para o quarto. Depois de se acalmar, puxou o baralho da gaveta, misturou as cartas e jogou-as no edredom da cama. Isso confirmou as palavras do servo: o falecido conde de Burkes tinha as mãos manchadas com o sangue dos filhos não nascidos e o de sua esposa. Além disso, disseram que sua alma não descansaria em paz até que o marido da jovem cumprisse sua última vontade. Ela recolheu o baralho e jogou de volta, perguntando quem poderia ajudá-la e o que poderia fazer. A carta da rainha de copas apareceu no centro. À direita estava o rei de espadas, à esquerda o de paus, acima dele o rei de copas e abaixo dos três, o de espadas. Ângela deu nomes a esses três reis que vigiaram a jovem desde que ela nasceu, e entendeu, com a última carta, que Tricia teria que enfrentar três grandes problemas para conseguir o que seu marido jurou à condessa falecida. Logicamente, não faria isso sozinho. Contaria com sua ajuda até que a morte decidisse levá-la outra vez.

—Bom dia, excelência —o recepcionista o cumprimentou quando ele chegou. —Gostou dos seus aposentos?

—Bom dia. Sim. O quarto era exatamente como eu pedi.

—Precisa de mais alguma coisa? —O empregado gentil insistiu.

—Pode me servir uma xícara de café?

—Agora mesmo, milorde —respondeu o trabalhador, tocando uma campainha.

Enquanto caminhava até a janela, para observar a rua e aguardar a chegada do barão, ouviu como o empregado atendia ao seu pedido. Antes que pudesse abrir a cortina para ver se a carruagem de Sheiton já estava estacionada em frente à porta do hotel, uma empregada colocou uma xícara de café fumegante na mesa baixa da recepção. Depois de se certificar de que a carruagem não havia chegado, foi a uma das poltronas que rodeavam a mesa, sentou-se, pegou a xícara e a deixou rapidamente quando viu um jornal. Ansioso por descobrir o que a coluna social dizia sobre ele, espalhou pela superfície e foi procurar o artigo que lhe interessava. Falariam sobre o falecido conde de Burkes? Especialmente o que ele fez? Se lembrariam da morte de Blanche? Pensariam nas hipóteses consideradas na época? E de Tricia? Comentariam sobre o futuro inevitável da esposa do conde? Concluíram que ela acabaria como todas as anteriores, morta? Quando encontrou, estendeu a mão trêmula em direção a xícara e, sem tirar os olhos do artigo, a pegou novamente. «Um casamento sem precedentes», «a oportunidade que todo pai deseja para uma filha» e, finalmente, no extenso artigo em que só encontrou coisas boas em relação à sua pessoa e título, «uma esposa de sorte». Dobrou os jornais, recostou-se na cadeira e tentou assimilar o que havia lido. Não fizeram referência ao passado dos Burkes, ao escândalo que ofereceram na festa de Hamberbawer ou ao infortúnio que Sarah sofreu. Talvez o sr. Preston se certificasse de que o nome da filha não aparecesse e que o fato de tê-la rejeitado de uma maneira tão infeliz, não causasse uma desgraça para a família. Embora George tenha concluído que, se eles tivessem se casado, então, sim, a família cairia em desgraça. Respirou fundo, para recuperar a paz. Não estava acostumado a ter tanta sorte e estava começando a ficar com medo disso. Sobreviveu aos infortúnios, mas não sabia como enfrentar a sorte. Que atitude deveria adotar? Seria conveniente relaxar e desfrutar da mudança que havia dado sua vida ou manter-se em alerta? A segunda opção parecia muito apropriada, embora ele admitisse que ter se casado com Tricia tinha sido o melhor presente de sua vida e era conveniente desfrutar dessa felicidade.

—Tanto quanto posso ver, o jornal não parece lhe interessar esta manhã —comentou Federith, quando surgiu ao seu lado.

—Sheiton! —George exclamou, pulando e rapidamente se levantando.

—Bom dia, Laxton —disse ele, estendendo a mão. —Como está Tricia?

—Bom dia. Descansando no quarto —ele explicou em resposta à pergunta. —E sobre o jornal, —disse ele, apontando para o mesmo com o queixo —dizem menos do que eu esperava.

—Riderland e Rutland cuidaram para que não o fizessem —ele o informou ao receber o jornal e procurar o artigo sobre o casamento da filha mais nova de William. —Nenhum de nós iria deixá-los destruir o seu futuro com especulações perversas. Além disso, como lhe dissemos ontem, depois de nos confessar o que realmente aconteceu com a condessa, ficou claro que você era apenas mais uma vítima daquele bastardo.

—Para ser sincero, contar-lhe o que realmente aconteceu me ofereceu um pouco de paz —declarou ele sem desviar o olhar do barão.

—Posso entendê-lo —disse ele, colocando o jornal em cima da mesa. —Mas também deve entender que não pode viver um futuro com Tricia sob a memória do passado. Não podemos mudar o que fizemos ou fomos, mas podemos aprender com o passado e agir.

—Foi por isso que tentei me casar com a senhorita Preston. Ela estava interessada apenas no título e na reputação social que implicaria à sua família —ele disse olhando para o barão. —Tricia não merecia ser esposa de um homem como eu.

—Ela nunca fará alusão ao título, que em poucas horas obterá, nem à riqueza ou poder social. Para ela, o importante é estar ao lado do homem que ela ama —disse Federith com firmeza. —E você deve se comportar de acordo.

—E o que ela vai pensar de mim quando descobrir esse passado que devo esquecer? —George soltou, mostrando novamente a sombra que aparecia ao redor dos olhos quando suas emoções entravam em conflito.

—Nada —ele disse. —Você se casou com uma mulher gentil que só verá em você seu amado marido, e não um conde cujo título seja uma referência ao mal e à injustiça —declarou Sheiton, virando-se para a saída.

—Mesmo assim, vou encontrar uma maneira de ela não descobrir o que meu tio e seus ancestrais fizeram em Lambergury —disse George, parado ao lado dele.

—Ela acabará descobrindo a verdade e, então, você terá que encontrar outra residência para morar.

—Por quê? —George perguntou curioso

—Porque ela vai atear fogo lá —disse ele antes de soltar uma risada.

XI

Sentada no peitoril da janela, cobrindo o corpo com o lençol, observou George e o tio Federith indo em direção à carruagem. Esperava acordar antes que ele saísse do quarto, mas estava tão cansada e confortável que não conseguiu abrir os olhos até que já fosse tarde demais. Descansou a testa no vidro e desenhou um coração com a névoa que estava impregnada nele. Apaixonada. Estava loucamente apaixonada por seu marido. Mas como não estar tendo ele se comportado de maneira tão doce e afetuosa? Como parar seu coração quando a abraçou e a beijou? A vida seria sempre assim ao seu lado? Ela flutuaria pela sua nova casa como se estivesse pisando nas nuvens?

Com um sorriso no rosto, ela se virou para a porta, colocou os pés no chão, afastou-se da janela e se dirigiu para a cadeira em frente à lareira apagada. Com a mão que não segurava o lençol, pegou o casaco de George, a que ele usara no dia anterior, aproximou seu nariz nele e inspirou. Perfeito. A fragrância de seu marido era tão maravilhosa e perfeita que, apenas sentindo o cheiro, ela conseguia adquirir a força necessária para suportar sua breve ausência. Ainda sorrindo, largou o casaco na mesa e caminhou até a cama. O ronco em sua barriga indicava que a hora do café da manhã estava se aproximando. Foi então que começou a se preocupar com Ângela. Sua mãe não lhe dissera que chegaria por volta das oito e meia? Bem, se não chegasse logo, os eficientes empregados lhe serviriam o café sem que ela estivesse vestida.

—Milady? —Perguntou a voz da mulher esperando atrás da porta.

—Ângela?! —Ela respondeu. A passos largos, ficou na frente da porta e a abriu. —O que aconteceu com você? —Ela questionou quando a viu respirando com tanto cansaço.

—Pelas chagas de Cristo! —Ela exclamou em espanhol, como sempre fazia quando as duas estavam sozinhas. —Por que reservou um quarto no último andar deste hotel? Sabe quantos degraus tem?

—Não —ela respondeu no mesmo idioma, enquanto Ângela dava pequenos passos rumo ao interior do quarto.

—Garanto-lhe mais de quatrocentos. Mas perdi a conta nesse ponto, quando tive que lutar para respirar fundo e não ficar tonta —explicou ela, colocando as mãos na cintura. Uma vez que se recuperou, verificou com espanto a decoração do quarto. —Mãe de Deus! É um palácio!

—A verdade é que eu não tinha notado até agora —explicou Tricia, de pé ao lado dela. —Gostaria de uma taça de champanhe?

—Não têm água neste ostentoso hotel? —Ela estalou sarcasticamente.

—Não para beber, mas para se limpar —disse a jovem, incapaz de apagar um sorriso zombeteiro do rosto.

—Prefiro suportar a sede —disse Ângela, virando-se para ela. —E agora que penso nisso, como conseguiu subir tudo isso com o vestido de noiva?

—Tem um elevador —respondeu, ao ir para a cama e sentar-se.

—Mas esse bastardo! —Ela bradou. —Por que não me disse que poderia usá-lo? Ele queria zombar de mim?

—Receio que apenas os clientes possam usá-lo —disse ela tristemente.

—Eu entendo —refletiu Ângela, caminhando em direção a Tricia. —Nesse caso, quando eu descer, a segurarei pelo braço e não me separarei da senhora.

E Tricia começou a rir da ousadia de sua dama.

—Não vamos nos distrair mais —ela se apressou. —Não seria de bom tom se, no primeiro dia em que conheci o seu marido formalmente, descumprisse uma ordem —explicou Ângela, adotando o seu comportamento materno.

—E o que ele pediu? — perguntou Tricia, pensativa.

—Que tudo esteja pronto antes das dez —disse Ângela.

Vendo que a jovem não se mexia, ela foi até as janelas e abriu as cortinas para deixar entrar a luz. Quando as tocou, sentiu a suavidade do tecido adamascado. Se virou para a jovem e, daquele lugar do quarto, pôde descobrir o entalhe da madeira da cama. Mas como foram tão esbanjadores? Com o preço que aquilo custou, ela poderia viver confortavelmente quarenta anos.

—Posso lhe fazer uma pergunta? —disse Tricia, tirando-a de seus pensamentos.

—Sim —ela respondeu, movendo-se em sua direção. Percebendo que a moça mostrava alguma preocupação, olhou-a carinhosamente.

—Como foi sua primeira noite de casamento?

—O que disse? —Estalou, abrindo seus olhos arregalados.

—Seu marido... o que lhe fez?

—Pelo coração de Jesus! —Ela exclamou horrorizada. —O que esse homem fez contigo? Foi cruel? Te machucou? Porque se assim for, prometo que ele pagará —ela murmurou com raiva.

—Não, não, não! —Ela disse rapidamente enquanto pulava da cama. —George se comportou muito bem comigo. Tem sido um marido terno e afetuoso.

—Então por que me pergunta isso? —Ela continuou falando enquanto se dirigia para o baú para procurar as roupas que a jovem deveria usar.

—Porque tenho uma dúvida e acho que apenas você pode esclarecer se o que aconteceu é normal ou não —disse ela, olhando-a sem piscar.

—Por favor, eu imploro que não me peça para descrever como meu falecido marido me deflorou. Isso é muito constrangedor mesmo para mim —ela disse, procurando impacientemente o bendito vestido.

—Não se trata disso. Como tia Evelyn me explicou, é verdade que da primeira vez dói, mas meu marido me garantiu que isso nos trará prazer —disse ela, sentindo como suas bochechas queimavam.

—Sim —disse ela, sacudindo a roupa que considerava correta levar para uma viagem tão longa. —O seu marido não mentiu. Logo será mais prazeroso.

Deixou o vestido sobre a cama e marchou para a bacia. Encheu-a de água e esperou a jovem se aproximar para começar o asseio.

—Mas... —por alguns segundos, Tricia ficou dividida entre continuar ou não a conversa. Apesar da necessidade de saber por que George não tirou a camisa até apagar a luz, ele estava desconfortável.

—Mas? —Ângela insistiu, erguendo a sobrancelha esquerda.

—Você ficou nua? Quero dizer...

—Seu marido a tomou com roupas? —Ela soltou espantada.

—Não, ele ficou com a camisa. Não queria tirá-la e não me permitiu tocar em nada, exceto no que os botões que desabotoara mostravam —disse, segurando o lençol com força.

Ângela a encarou por alguns segundos. Sua mente estava procurando uma resposta possível. Ela a encontrou. Depois de ouvir o criado bêbado, temia que as costas do marido de sua senhora tivessem sofrido mais do que uma chicotada e, logicamente, na primeira noite juntos, o homem tentou esconder o que tantas perguntas trariam.

—Muitos homens sentem vergonha de seu corpo —disse ela com indiferença.

—George é perfeito! —Tricia respondeu, envergonhada.

—Para a senhora, talvez sim, mas os complexos são carregados por quem os possui. Por exemplo, não gosto das minhas pernas porque são tão longas que pareço uma girafa. Talvez o seu marido pense que tem um defeito e não quer demonstrá-lo até que haja confiança suficiente entre os dois.

—Acha que é isso? —Ela respondeu um pouco mais relaxada.

—Sim —ela disse enquanto pegava uma toalha e a colocava no antebraço.

—E o que devo fazer? Deixar claro que ele não deve se sentir envergonhado, que o quero e o desejo, mesmo que ele tenha algum defeito? Lembro-lhe que sou filha de um homem que não consegue mexer uma mão? —Ela insistiu, finalmente sentando-se em frente à bacia.

—E se começar por deixar o quarto escuro? —Ângela sugeriu ao molhar o pano para lavar o rosto. —Certamente será uma boa maneira de começar essa confiança.

—É verdade! —Ela exclamou com entusiasmo. —Farei isso —disse Tricia antes de fechar os olhos e começar a se preparar.

XII

—Isso é um aparato de Deus! —Ângela exclamou enquanto descia pelo elevador.

Tricia sorriu para ela. Quando as duas acessaram o interior do elevador, acreditava que Ângela ficaria ansiosa por estar em um espaço tão pequeno, mas nada poderia estar mais longe da verdade. Desde que se sentaram, a dama de companhia não parou de agradecer a todas as pessoas que inventaram o dispositivo e de dizer o quão eficaz o empregado era.

—Milady, senhora —ele disse uma vez que abriu a porta.

—Lembre-se de que vários dos meus lacaios utilizarão o elevador em breve para baixar nossos pertences —disse Tricia ao jovem.

—Não quero fazê-los descer as escadas com tanta carga.

—Sim, milady. Estarei atento a eles —respondeu o trabalhador com um leve aceno de cabeça.

—É uma boa pessoa —Ângela murmurou em espanhol ao ficar ao lado dela.

—É apenas solidariedade —ela respondeu em inglês enquanto caminhavam em direção ao corredor.

—Um conceito que poucos aristocratas usam para seus criados —ela insistiu.

—Os Rutland sempre foram diferentes —disse Tricia.

—Certo, só espero que lorde Burkes aceite e assuma essa diferença —disse Ângela ao encontrar a figura do marido da jovem na frente do balcão.

—Ele o fará porque é um homem muito gentil —disse a jovem.

Ela ficou no pé da escada, observando o marido. Mais uma vez a felicidade tomou conta dela. Não apenas poderia defini-lo como gentil, mas teria de adicionar um milhão a mais de bons adjetivos. E, para seu prazer, o homem mais extraordinário do mundo se tornara seu marido, a pessoa com quem viveria até o fim de seus dias.

Enquanto Ângela se retirava, desceu as escadas e fez uma ligeira reverência a George, ficou parada, observando-o sem piscar. No momento em que aqueles lindos olhos cinzentos pousaram nela e sua boca generosa desenhou um sorriso largo, o mundo parou. Tricia tentou acalmar os batimentos cardíacos e conter o desejo impetuoso de correr em sua direção para se jogar em seus braços. Como poderia adotar uma atitude tão infantil? Não se lembrava que havia se tornado uma mulher casada, a condessa de Burkes? Depois de respirar fundo e assimilar sua nova posição, respondeu a esse sorriso com outro da mesma magnitude. Endireitou as costas e, sem desviar o olhar, começou a descer os degraus, mas antes que seus pés chegassem ao último, George veio encontrá-la e estendeu a mão para lhe ajudar.

—Bom dia, querida. Conseguiu descansar? —Ele perguntou enquanto beijava gentilmente a sua mão.

—Bom dia, George. Sim, consegui. Embora tenha que confessar que me senti muito triste por não o encontrar ao meu lado. Pensei que iria me acordar antes de sair —ela respondeu, enredando o seu braço esquerdo no que ele havia oferecido.

—Prometo que fiquei tentado a fazê-lo —ele admitiu enquanto a dirigia para a saída. —Mas reprimi esse desejo, porque não parecia justo interromper seu descanso para preenchê-lo com beijos e abraços.

—Ah! Que azar o meu! —Ela exclamou calmamente, ainda sorrindo.

—Por que diz isso? —Ele estalou erguendo a sobrancelha esquerda.

—Porque, além de bonito, eu casei com um homem muito atencioso —explicou sarcasticamente.

—Bonito? Atencioso? —Ele perguntou divertido. —Alguns não me considerariam assim. Em vez disso, diriam que eu sou um monstro e um marido idiota por não ter se aproveitado a minha esposa antes de me separar dela —acrescentou.

—Mas essas pessoas desajuizadas não devemos ouvi-las. Certamente, depois de passar a noite com sua nova esposa, em vez de lhes garantir um bom futuro, como você fez, correm para os braços de suas amantes, implorando que lhe deem o que não conseguiram com suas esposas —argumentou ela, sem conseguir tirar os olhos dele.

—Não sou como eles. É verdade que antes de conhecê-la tinha amantes, mas como disse ontem, a partir de agora haverá apenas uma mulher na minha cama: você —disse George, parando de falar quando o empregado abriu a primeira porta para que deixassem o hotel.

—E na minha, apenas um homem —disse Tricia solenemente.

«Se quer que seja feliz, esqueça o passado dele, deve insistir que estará sempre ao lado dele.» A frase de Anne apareceu repetidamente em sua mente. Ela estava fazendo exatamente isso. Disse a ele ontem à noite e o lembrou antes de embarcar na viagem a Lambergury. Ela finalmente descobriria o que aconteceu naquele lugar? Encontraria a verdade quando chegasse? Desmentiria os rumores sobre os Burkes? Esperava isso. Mesmo que demorasse um mês, um ano ou dez, não pararia de tentar descobrir o que aconteceu com George naquela residência.

Quando saíram, Tricia olhou para a esquerda e encontrou Ângela na frente de uma das carruagens de seu pai. Logo, ela retornou para o hotel para ajudar os empregados com a bagagem, conforme combinado.

—Preparada? —George perguntou quando o cocheiro abriu a porta para eles.

—Claro —ela respondeu, aceitando a mão que ele oferecia para ajudá-la.

Lá dentro, e em absoluta privacidade, George sentou-se ao lado dela, estendeu o braço esquerdo sobre os ombros e a puxou para junto dele. Quando Tricia olhou para ele para dar-lhe um de seus sorrisos, ele a beijou com o mesmo desespero que um adolescente depois de não ver sua amada por vários dias.

—Sentiu minha falta? —Perguntou ofegante.

—Sim —disse, acariciando seu queixo.

—Eu também —garantiu, colocando a cabeça no peito.

A carruagem começou a jornada enquanto eles permaneceram em silêncio. Esse estado de mutismo durou tanto tempo que Tricia pensou que ele tinha adormecido. Mas descobriu que não estava quando apoiou seu queixo no cabelo dela.

—Posso perguntar como foi a reunião com o advogado?

—Pode —ele disse.

—E? —Ela levantou para olhar as feições que ele oferecia.

Como imaginou, seus olhos estavam novamente cercados por uma sombra odiosa, enchendo-os de tristeza. Se as conjecturas de Sarah Preston fossem verdadeiras, uma vez que assinasse o testamento, George receberia uma fortuna muito cobiçada. Pensaria que não seria capaz de administrá-la? O aterrorizaria enfrentar uma responsabilidade tão imensa? Conhecia casos em que os homens eram incapazes de superar esse desafio e se tornavam tolos, inúteis, que arruinavam suas grandes fortunas em menos de cinco anos. Mas tinha certeza de que não era esse o caso do marido. Ele estava acima de toda essa imprudência.

—Quando apareci no escritório, estava prestes a me expulsar, mas naquele momento lorde Sheiton apareceu e tudo mudou —comentou melancolicamente. —Ninguém pode refutar a exposição do juiz mais importante de Londres.

Sim, isso mesmo aconteceu. O barão, durante a viagem, explicou o plano que havia elaborado para descobrir o que foi dito sobre Tricia e descobriu mais cedo do que imaginava. Assim que aquele homem cuspiu pela boca que Lady Rutland não era considerada uma mulher respeitável por ter oferecido um escândalo na festa de Hamberbawer, Sheiton fez uma aparição. O rosto do advogado empalideceu e a mão que segurava a caneta, com a qual assinaria a ata que daria poder absoluto aos patifes de Clarke e Madden, começou a tremer.

—Pode repetir o que disse? — Sheiton perguntou uma vez que se colocou na frente da mesa.

—Milorde? Meritíssimo? Quando chegou? O que ouviu? —Disse o advogado com gagueira.

—O suficiente. Mas quero ouvir de novo como manchou a honra da filha caçula do duque de Rutland e minha afilhada —ele disse, colocando as palmas das mãos na mesa.

—Peço desculpas, excelência. Devo estar confundindo de jovem. Disse Lady Rutland? —Ele retrucou, olhando para George.

—Sim —respondeu ele sorrindo de lado a lado. —Embora agora ela seja Lady Laxton e, em breve, a Condessa de Burkes.

—Sim, de fato, me confundi —respondeu o advogado.

Pegou o outro documento, assinou e entregou a George. Mas antes que pudesse ler, Federith pegou primeiro.

—Se eu ouvir novamente uma única palavra que desonre a nova condessa de Burkes —ele começou, ao certificar a resolução com sua rubrica ao lado da do advogado —sua carreira terminará imediatamente e poderá esquecer a possibilidade de encontrar um novo emprego em Londres, pois não encontrará. —Estendeu os papéis para George e ele o pegou. Ele leu, dobrou e colocou no bolso. —Bem-vindo à aristocracia, Lorde Burkes. —Espero que possa mudar tudo o que seu título foi até agora.

—Eu mudarei —ele assegurou.

—O tio Federith é um homem muito honrado. Enquanto outros juízes usam seu poder para coagir ou extorquir pessoas, ele apenas usa seu palavreado eloquente, sua sabedoria e as leis para que todos tenham bom senso —explicou ela cheio de orgulho.

—Homens justos também podem ficar com raiva e esquecer os princípios morais —insistiu George, divertido.

—Eu só o vi bravo uma vez e não foi por causa de problemas no trabalho, mas por causa do que Hope e eu fizemos —Tricia corou.

—O que fizeram?

—Não quero aborrecê-lo com bobagens infantis —disse ela, afastando-se dele para sentar-se adequadamente. —Devemos nos concentrar no que acontecerá amanhã, quando chegarmos em Lambergury.

—Você não vai me entediar, contando esse tipo de história —disse ele, virando-se para ela e segurando suas mãos. —E falaremos sobre isso amanhã.

—Realmente quer saber o que fizemos?

—Quero saber mais sobre minha esposa —disse ele antes de beijar as mãos dela. —Porque temo que ela tenha sido uma jovenzinha muito travessa.

—Imagina! —Ela exclamou corando. —Como eu seria com três homens me observando o tempo todo?

—Então, o que você fez com Hope para irritar o barão? —George insistiu. Ele preferiu falar sobre o passado dela do que sobre o futuro que teriam no dia seguinte. Como reagiria quando visse Lambergury? Como agiria quando explicasse que não poderia mudar ou tirar nada durante os primeiros três anos? E sobre o assunto de lhe dar um herdeiro? Muitas coisas. Teriam de falar sobre muitas questões importantes e muitas daquelas poderiam destruir o casamento.

—Está bem! —Tricia disse. —Mas não quero que me julgue por tanta bobagem. Garanto-lhe que sou uma mulher muito pura.

—Claro, querida. Nunca duvidei disso. Nem pensei nisso durante a noite que passamos na varanda —ele disse com humor.

—Viu? Se eu contar o que aconteceu, deduzirá que se casou com a mulher errada e que deveria ter se comprometido...

Ela não pôde dizer o nome de Sarah Preston porque os lábios de George a interromperam. Tricia fechou os olhos, estendeu a mão para o pescoço do marido e esqueceu tudo o que pensava antes de ser beijada. Seu corpo tremia, seu coração batia rápido e sentiu um ardor entre as pernas.

—Não é justo... —sussurrou ofegante.

—Que eu te beije? —George perguntou, divertido. —Eu posso fazer isso sempre que me apetecer, porque é minha esposa.

—E eu nunca vou lhe negar isso. Mas não é justo que faça isso e que eu esqueça tudo o que estava prestes a lhe contar —ela disse, aconchegando-se nele novamente.

—Isso tem uma solução, minha querida. Lembro-te que me contaria o motivo pelo qual o barão ficou bravo com a filha dele e com você. —Jogou o braço sobre ela e começou a acariciar seu ombro com as pontas dos dedos.

—Era um dia de piquenique —começou a contar. —Meus pais e os Sheiton frequentavam a residência rural de Riderland. Evah tinha acabado de completar dezesseis anos e tio Roger e tia Evelyn queriam fazer uma festa em sua homenagem. Tudo foi maravilhoso até Evah decidir não continuar tomando conta de nós.

—Imagino que ela não aceitou de bom grado passar o dia da festa cuidando de duas meninas —disse George.

—Costumavam levar criadas, mas naquele dia nossos pais deram folga pra elas —disse Tricia enquanto colocava a mão direita no peito do marido. —Evah disse para nos sentarmos à beira do rio enquanto dava atenção às duas amigas que trouxera da escola.

—Não se sentaram, certo? —Laxton interveio.

—Por um bom tempo, atendemos ao seu pedido. Mas acabamos ficando entediadas e começamos a brincar com os girinos que viviam nas bordas. De repente, Hope teve a ideia de levar alguns para mostrá-los ao pai e pedir que ele nos explicasse como se tornavam sapos. —Ela parou de falar, virou o rosto para o marido, que já mostrava um sorriso enorme, suspirou e continuou —como não conseguimos pegar nenhum, porque não tínhamos nada para levá-los, entramos no rio até a cintura e tentamos as saias dos nossos vestidos. Quando minha mãe apareceu, ela começou a gritar como se tivesse ocorrido uma tragédia. Então todos vieram ver o que havia acontecido. Tio Federith e tia Anne rapidamente levaram Hope para fora. Tiraram o vestido e tentaram secá-lo. Os meus pais me forçaram a ficar lá por mais um tempo, até que notei como meus dentes batiam. Então, diante do fogo da lareira, Hope tentou explicar o motivo pelo qual tínhamos feito aquilo. Enquanto o tio Roger ria e nos chamava de sapos, o tio Federith repreendia a filha e a punia sem deixá-la sair de casa por duas semanas.

—Não fez nada de errado. Todas as crianças acabam no rio se tiverem um por perto —comentou George, abraçando-a.

—Sim, mas Hope ficou muito doente e passou um longo mês na cama.

—E os Sheiton se preocupavam com sua saúde dela porque, se não me engano, eles só têm essa filha —disse Laxton.

—E Eric. Embora ele seja filho de Federith e da falecida Baronesa.

—Bem, agiram como pais responsáveis deveriam fazer e, como você disse, Sheiton é um homem muito sensato.

—Os seus também foram? —Ela soltou sem desviar o olhar daqueles olhos cinzentos que novamente mostraram tristeza.

—Até sua morte, foram —disse George. —Mas não vamos falar sobre isso agora. É melhor descansarmos um pouco —ele disse antes que ela pudesse perguntar mais. —Temos três ou quatro horas restantes até que possamos parar e almoçar.

—Não estou cansada, George —disse ela, separando-se novamente. Ela se moveu desajeitadamente no assento e o olhou perplexa.

—Nesse caso, vou descansar um pouco —comentou ele antes de beijar sua testa e se virar para a janela.

O que aconteceu? Por que George voltou a utilizar as duas faces da moeda tão facilmente? Segundos antes ele a confortava por um fato que aconteceu no passado e agora... agora ele lhe deu as costas, como se ela não existisse. Por que se recusava a falar sobre o passado? Ela entendia que havia sido muito difícil para ele enfrentar um mundo sem seus pais. Entendia que teve de superar um momento muito difícil em sua vida, mas já se passaram muitos anos desde que isso aconteceu e, supostamente, deve tê-lo superado... ou talvez não? Se Anne estava certa, se o Conde de Burkes era mesmo um monstro, talvez ele fosse um monstro para George também. Enxugou as lágrimas que deslizaram pelo rosto e silenciou um leve lamento. Segredos. Toda vez que estava com ele, tinha mais consciência de que o homem, cujo rosto mudava de emoção rapidamente, escondia muitos segredos. Mas ela os descobriria, porque não deixaria que aquelas incógnitas do passado destruíssem seu casamento. E como superaria esse obstáculo, aquele muro entre eles? Com a única arma que ela possuía: seu amor. Quando quisesse se afastar, ela se aproximaria. Quando quisesse se esconder, ela o encontraria e mostraria, em todas as ocasiões possíveis, que ele podia contar com sua ajuda, sua presença e que nada os separaria.

Ela respirou fundo, aproximou-se dele e descansou a cabeça no seu peito. Estava respirando agitado e seu coração estava acelerado novamente. Sim, ele estava tão confuso quanto ela. Talvez precisasse de tempo para confessar o que tentava esconder tão obcecadamente. Mas não importava, tudo o que tinham era tempo, muito tempo.

Colocou a mão direita no lugar onde estava o coração alterado e estendeu os dedos. Naquele momento preciso, o ritmo começou a desacelerar, assim como sua respiração. Tricia levantou o rosto até os olhos de ambos se encontrarem.

—Estou aqui e sempre estarei —ela sussurrou.

—Espero que sim —respondeu ele.

Quando percebeu em seu tom uma certa dúvida, aproximou-se apenas o suficiente para poder tocar com a boca aqueles lábios trêmulos. Ela o beijou com ternura e, quando notou que os braços fortes do marido a cercavam, ela recuou, sorriu e deitou a cabeça no peito dele, já tranquilo.

XIII

Ângela saiu rapidamente da carruagem assim que parou. Depois de pisar no chão, olhou para o veículo em que Tricia estava viajando e esperou o cocheiro abrir a porta. Precisava vê-la o mais rápido possível. Queria confirmar que estava bem e que a sensação que sentira ao longo do caminho não tinha nada a ver com a jovem. No entanto, quando a jovem desceu, ajudada pelo marido, e pôde ver seu rosto, o mau presságio tornou-se mais intenso e insuportável. O que tinha acontecido lá dentro? Por que sua pele ficava arrepiada toda vez que ela estava perto de lorde Burkes? Forçando-se a mostrar uma calma que não podia alcançar, se virou para eles e esperou em silêncio que o casal terminasse a conversa que haviam começado. Então, sem olhar para ela, Tricia fez uma caminhada até o horizonte.

—Que dor nas costas eu tenho! —Exclamou em espanhol quando as duas se afastaram o suficiente para que ninguém pudesse ouvi-las.

—Eu já tinha lhe dito que seria uma viagem longa e angustiante —ela respondeu com desdém enquanto olhava por cima do ombro para o marido. Ele dizia a um dos servos o que haviam decidido: almoçar e descansar por um curto período de tempo.

—Quando eu me deitar no colchão hoje à noite, não poderei me levantar em alguns dias —continuou Ângela, estreitando os olhos com a resposta da jovem. Em outro momento, Tricia teria dito lhe dito que era exagerada e teria rido dela, mas ela não agiu como de costume. Esse comportamento incomum consolidou sua suspeita. Como deve agir uma verdadeira dama de companhia? Ela evitaria falar sobre o que preocupava sua dama? Bem, na realidade não era uma verdadeira dama de companhia e não podia se comportar como se nada tivesse acontecido. Então, decidiu que era melhor descobrir o que deixou Tricia preocupada e ajudá-la da maneira que pudesse.

—Não seria conveniente irmos longe demais, Lady Rutland. Poderíamos encontrar um leão —disse ela, desconfiada.

—Não fale besteiras. Não há leões aqui —disse Tricia, virando-se para ela. —O que há com você? Por que está me olhando assim?

—Porque milady fala sobre leões e não me corrigiu quando a chamei de Lady Rutland... —Ângela insistiu.

—Talvez porque eu não esteja acostumada a usar o nome do título que meu marido já tem —declarou ela, mantendo a caminhada.

—Você sabe que eu jurei fidelidade e proteção, e que posso ajudá-la se...

—Não há nada de errado comigo, Ângela —disse, cortando-a rapidamente.

—Se a senhora diz. —E a seguiu até que alcançaram uma distância considerável. Quando ela virou a cabeça para trás e percebeu que estavam distantes, parou. —Se continuarmos adiante, seu marido pode se preocupar.

—Eu não quero que meu marido me veja fazendo águas menores —declarou Tricia com raiva.

—Águas menores? Quer dizer xixi?

—Maldita seja, Ângela! Vai questionar tudo o que eu digo? —Ela exclamou desesperadamente. —Sinto muito! —acrescentou, aproximando-se dela e segurando suas mãos. —Não é certo falar com você dessa maneira. Me perdoe por favor.

—Senhora, eu não preciso te perdoar nada. Entendo que muitas horas de viagem foram capazes de atordoar sua cabeça.

—Sim, deve ter sido isso. Eu quero ir para Lambergury de uma vez por todas e... —Ela disse, se afastando de Ângela e andando para frente novamente.

—E?

—E descansar —completou Tricia.

Por mais alguns minutos, as duas continuaram andando em silêncio. Ângela aproveitou o tempo para orar e pedir a Deus que a jovem confessasse o que havia acontecido e o que tinha em sua mente para se exaltar dessa maneira. Porque desde que a conhecera, nunca a viu se comportar de maneira tão defensiva.

—Ângela? —Tricia parou e virou-se para ela.

—Sim?

—Posso te perguntar uma coisa? —Ela disse caminhando em direção à dama.

—Pode me fazer todas as perguntas que desejar —ela respondeu esperançosa e agradecida ao entender que seus pedidos foram ouvidos rapidamente.

—Como uma esposa deve agir quando sabe que o marido tem segredos que ele não deseja revelar?

—Antes de tudo, todo mundo tem segredos —ela começou colocando-se à direita da jovem e fazendo-a retornar, sutilmente, à carruagem. —Não importa se essa pessoa é um marido, uma esposa, um filho, um tio ou um amigo. Em segundo lugar, acredito que ninguém deve ser forçado a falar sobre algo. Tem que ter paciência e esperar que essa pessoa decida fazê-lo.

—Mesmo que esse segredo possa prejudicar o casamento? —A jovem insistiu.

—Se houver amor e entendimento, nada pode destruí-lo —refletiu calmamente.

—Não tenho tanta certeza... —ela murmurou tristemente.

—Acha que seu marido não é sincero contigo? —Ela lançou sem mais delongas.

—Acho não, tenho certeza —ela admitiu, parada no meio do caminho. —Mas não sei como lidar com essa situação. A incerteza corrói minha alma e me faz sofrer.

—O que seu coração lhe diz? —Ela perguntou, virando-se para Tricia.

—Que ele sofre, que sente um arrependimento terrível e que não consegue encontrar o momento certo para se livrar dessa dor.

—A única maneira de obter sua confissão é lhe mostrar que nada do que possa ter feito no passado mudará o que sente por ele —disse Ângela, avançando um passo enquanto a mão de Tricia a desacelerava e a impedia de continuar.

—O que sabe sobre o passado do meu marido, Ângela? —Ela perguntou, estreitando os olhos

—Apenas boatos —disse a dama, olhando-a sem piscar e não se arrependendo de sua insolência.

—É sobre o falecido conde de Burkes, certo? —a jovem prosseguiu.

—Sim.

—A viscondessa de Devon me disse que era um monstro, que causava ódio e sofrimento a todas as pessoas ao seu redor —declarou ela em uma voz embargada devido à sua respiração agitada.

—Eu também ouvi isso —disse Ângela.

—Acha que ele também sofreu das maldades do conde?

—Eu vou lhe responder com outra pergunta, senhora. —Ela se virou para o local onde as carruagens estavam e fixou os olhos verdes no conde. —O que a sua intuição lhe diz?

—Intuição?

—Sim, isso que nós mulheres sentimos por dentro, isso que costumamos prever e acertar —disse Ângela.

—Me diz que ele foi muito machucado e que ainda não conseguiu se recuperar —ela admitiu, encarando o homem que amava e que a observava à distância.

—Bem, a única maneira de ajudá-lo a superar isso é lutar com unhas e dentes contra esse mal e mostrar a ele um futuro diferente —disse ela antes de dar um novo passo.

—Vai ser difícil —sentenciou, caminhando também.
—Nada na vida é fácil, senhora —disse Ângela.

XIV

Conforme combinado, a parada foi bastante curta. Ela e George sentaram em um cobertor para comer. Mas nenhum deles deu sequer uma mordida na comida, porque enquanto ele girava os dedos no sanduíche de melaço e mantinha os olhos perdidos, Tricia o observava tentando descobrir o que o havia abstraído. Cansada dessa atitude distante, levantou-se, sacudiu o vestido e, sem pedir ajuda, entrou na carruagem. Poucos minutos depois, ele apareceu. Silenciosamente, se sentou ao lado dela, colocou as pernas no banco da frente e cruzou os braços. Novamente agia como se ela não estivesse lá e isso causou um imenso pesar no coração da jovem. Ela virou seu rosto para a esquerda quando seus olhos se encheram de lágrimas, lutou para que não caíssem pelo seu rosto. Não podia sofrer ou chorar por algo que ainda desconhecia. Tampouco poderiam continuar assim: ela se perguntava o que havia dito ou feito de errado, e ele assumira uma posição frívola e distante. Precisavam resolver a situação e, como ele não queria resolver aquele problema, ela devia fazê-lo.

Quando a carruagem começou a andar, ela descruzou os braços dele, recostou-se em seu peito e descansou a mão na sua barriga rija.

—Minha comida favorita é salsichas com purê de batatas. Mamãe sempre repreende a Sra. Stone quando me serve mais do que eu posso suportar, porque então passo o dia todo com uma dor de barriga intensa.

—O meu é *pasty*. Embora eu não coma há muito tempo —ele comentou enquanto se acomodava no assento para abraçá-la melhor.

—Eu não gosto de espinafre nem conhaque —continuou ela.

—Sobre o conhaque eu já havia deduzido ontem —disse ele muito mais relaxado.

—Minha garganta e barriga queimam.

—Para pessoas que não estão acostumadas a beber, isso geralmente acontece —ele assegurou.

—Que comida você odeia? —Ela perguntou, erguendo o rosto levemente para olhar para ele.

—Pudim. Não consigo engolir uma colher sequer. Toda vez que eu tento, acabo vomitando.

—Eu também não gosto —disse ela, recostando-se no torso do marido.

Por causa dessa mudança de atitude, a viagem para a pousada foi mais calma do que começou. Depois de falar sobre seus gostos culinários e suas cores favoritas, se concentraram em um tópico que George sugeriu: Ângela. Tricia contou como a conhecera e como se tornou a única pessoa em quem confiava. Laxton soltou uma risada estrondosa quando soube que o falecido marido da dama de companhia era um assaltante de estrada e que, embora ela pensasse que seu amado trabalhava no campo, apontava uma arma para os ricos espanhóis que ousavam viajar na estrada que ele vigiava.

—Quando Pedro morreu, todos fecharam as portas para ela. Não queriam saber nada sobre a viúva de Domínguez —explicou Tricia ao sentir o calor irradiando das mãos de George para as dela. —Por isso, ela foi à fazenda da minha irmã pedir trabalho.

—E ela lhe deu —ele acrescentou com um grande sorriso.

—Como não fazer isso? Se ela é um anjo! —Ela respondeu.

—Você a ama muito para defini-la dessa maneira, minha querida, porque essa mulher só tem o nome de um anjo. Não notou como ele anda, ou se veste? —Ele continuou fazendo graça.

—Ela veste rigorosamente o preto porque os espanhóis são muito rigorosos com o luto. Anda daquela forma porque tem pernas muito longas e, segundo ela, tem dificuldade em controlá-las e seus olhos verdes não parecem maus, mas desconfiados, porque não confia em ninguém —disse, defendendo-a.

—Eu entendo. O mesmo aconteceria comigo se minha esposa, que considero uma mulher tenra e sincera, se tornasse uma assaltante de estradas —continuou ele, sarcasticamente.

—Pobrezinha! —Ela exclamou, dando-lhe um pequeno golpe no peito como uma repreensão. —Não deve rir assim sobre os pesares das pessoas!

—Eu não rio, Tricia, apenas confirmo, com grande satisfação, que todos têm um passado e que devem enfrentá-lo com bravura, como Ângela fez quando apareceu na residência de sua irmã e lhe confessou, antes que lhe desse um emprego, que era viúva de um ladrão.

«Isso mesmo deveria pensar sobre você, George» Tricia refletiu enquanto o olhava com amor.

Então se concentrou em explicar o motivo de ter viajado para a Espanha e tudo o que conheceu lá. Falou sobre o clima, costumes e gastronomia. Embora fossem temas muito triviais, alcançaram o que ela pretendia: que o marido relaxasse e esquecesse tudo o que lhe perturbava. Como Ângela aconselhou, ela lutaria com o passado sombrio do marido com amor e compreensão.

—O estalajadeiro tem quartos suficientes para nos acomodar durante a noite —explicou George ao voltar-se para ela.

—Você pediu um colchão macio para o quarto de Ângela? Eu já te disse que suas costas doem —disse, aceitando a mão que ele ofereceu para ajudá-la a descer.

—Sim, a Sra. Dominguez descansará esta noite com a melhor lã virgem que as ovelhas inglesas podem oferecer —apontou George, sorrindo de orelha a orelha.

—Certamente ela vai agradecer por esse gesto misericordioso —disse ela depois de beijar sua bochecha.

—Confesso que não faço para que ela me agradeça, mas para agradar a você. E espero que hoje à noite possa me mostrar sua enorme gratidão —disse ele, desconfiado, enquanto caminhavam em direção à estalagem.

—E que tipo de gratidão meu marido quererá quando estivermos sozinhos? —Ela interrompeu com malícia.

—Aquela que inclui a palavra prazer —ele sussurrou em seu ouvido.

Tricia notou como suas bochechas queimavam e como seu pulso disparou. Foi um aviso ou uma promessa? Fosse o que fosse, ela estava disposta a viver ou sofrer o que fosse preciso para que mantivesse no rosto do marido aquela expressão de felicidade.

Como não haviam comido nada no almoço, se esbaldaram no jantar. O garçom ofereceu a melhor comida que sua esposa preparou. Infelizmente, não tinham nem *pasty* nem salsichas com purê de batatas, mas pato, legumes cozidos e vinho, o que parecia uma refeição digna dos deuses. Quando terminaram, George a convidou para uma pequena caminhada, mas não deram quatro passos para fora quando ela sentiu as mãos do marido pegando-a pela cintura, além do calor daquela boca sensual sobre a dela.

—Não demore muito quando for para o quarto com Ângela —ele disse depois que o beijo terminou. —Hoje à noite quero mostrar o que realmente acontece entre recém-casados.

—Pensei que já tivesse me mostrado ontem —respondeu ela, envergonhada.

—Não revelei nada ontem, minha querida —ele comentou enquanto acariciava suas bochechas com os polegares. —Estava tão focado em não machucá-la que não me lembro se a beijei como merecia.

—Não. Você não beijou —disse ela antes de encostar as pontas dos sapatos no chão e ficar tão perto que seus lábios acariciaram os dele. —Por esse descuido implacável, eu mereço ser recompensada.

George jogou a cabeça para trás e riu quando a ouviu. Então, beijou sua testa, deu-lhe uma tapinha na bunda e a virou em direção à entrada.

—Eu vou te recompensar, prometo —disse ele antes de abrir a porta da estalagem.

—Obrigada, milorde —Tricia apontou ironicamente.

Assim que apareceram, a jovem olhou para Ângela e fez um leve aceno de cabeça. A dama rapidamente entendeu o que ela queria e se colocou no pé da escada.

—Não demore muito —murmurou para George quando saiu do seu lado.

—Apenas o necessário.

Tudo devia estar perfeito para ele. Não queria que nada estragasse o que planejava tão meticulosamente. Por esse motivo, desligou as lâmpadas a gás. Apenas as chamas do fogo iluminavam o interior do quarto. Esperava que a escuridão lhe desse confiança suficiente para se despir diante dela. «Lembre-se de não assombrá-lo. Ele decidirá o momento certo de se mostrar a você», «o sexo é a melhor arma ao seu alcance. Comporte-se com descaro, desinibida, como os amantes. Por que acha que os homens as procuram? Porque precisam de uma mulher para lhes dar prazer. E por que acha que muitas amantes arruínam seus entes queridos? Porque, graças ao sexo, os homens perdem a cabeça e esquecem qual é o seu verdadeiro dever». Tricia seguiria o conselho de Ângela. Agiria descaradamente, procuraria maneiras de dar prazer ao seu marido e ele não pensaria novamente no que o perturbava.

Angustiada com a espera, já que estava sozinha há muito tempo, caminhou até o espelho da cômoda e se olhou. Os olhos dela mostravam a ansiedade que seu coração sentia e os lábios, o desejo pela boca do marido. Ela alisou a camisola que, apesar de alcançar os tornozelos, era bastante ousada porque o tecido era tão transparente que parecia não estar usando nada. Afastou os cabelos úmidos do ombro e se aproximou ainda mais de seu reflexo. Vermelha. Suas bochechas estavam tão vermelhas e quentes que nenhum banho de água morna poderia acalmá-las. O que George pensaria quando a descobrisse tão excitada e acalorada? O que deveria responder se ele perguntasse sobre isso? Como não encontrou uma resposta convincente, virou-se rapidamente e caminhou em direção ao fogo. Se notasse o rubor em seu rosto, argumentaria que o culpado desse rubor eram as chamas e não a ansiedade que sentia por passar uma noite sozinha com ele. Como seria desta vez? Doeria também? Ela sofreria quando entrasse em seu corpo? Mesmo que isso acontecesse, havia decidido não demonstrar sofrimento, mas prazer. O mesmo que ele prometeu que ela teria.

XV

Tricia ficou sozinha por mais de meia hora. Ela prometeu que a encontraria em meia hora, mas não pôde fazer isso.

Enquanto bebia o resto do conhaque da segunda dose, olhou para o andar de cima e franziu a testa. Dúvidas o atacaram novamente e decepção também. Ele vivia uma tortura contínua quando ela estava perto. Por um lado, queria beijá-la, acariciá-la e expressar em palavras aquele sentimento de felicidade que crescia dentro dele. Mas o outro lado o impedia, aquele que continuava lhe dizendo que era um bastardo por tê-la presa em um mundo em que ela não merecia estar, e que por culpa dele terminaria destruída. Ele tinha sido capaz de evitar a realidade até agora. No entanto, no dia seguinte, quando aparecessem em Lambergury, tudo mudaria entre eles. Não haveria risos, beijos, palavras delicadas, mas ressentimento e ódio por descobrir em quem a havia se transformado.

Ele deu um passo à frente depois de colocar o copo vazio no balcão, e em seguida deu um passo para trás. Quando teria a coragem necessária para explicar que, por três anos angustiantes, não conseguiriam mexer em nada daquele lugar horrível, que ela teria de se adaptar àquela situação sinistra? E como manteria em segredo o que aconteceu lá se todos sabiam a história? Ainda que os antigos servos não trabalhassem mais em Lambergury, uma vez que se recusaram a continuar a servi-lo, alguém poderia lhe contar os rumores que se espalhavam pela cidade. O que ela pensaria quando descobrisse que o marido, para aplacar seu sofrimento, se refugiava no prazer sexual? Lhe contariam também que seu tio, Clarke e Madden o encontraram, junto com Logan, fazendo sexo com uma das empregadas? Ele apertou os punhos com tanta força que suas unhas se cravaram nas palmas das mãos. Isso era coisa do passado, de quando não foi capaz de buscar mais soluções para superar o terror que padecia. Agora ele se tornara um homem diferente, aquele que apenas se importava com o bem-estar de sua esposa e que seria incapaz de encontrar outros braços ou beijos além dos dela. E se a trancasse na residência até encontrar coragem para contar tudo? Ele não poderia cometer tal atrocidade. Essa maneira de agir teria mais a ver com seu tio que com ele. Além disso, deveria se lembrar da promessa que fez a Blanche e isso era, libertar o título do mal que ele carregou por séculos.

Ele tentou novamente alcançar o objetivo de se mover em direção ao quarto. Naquele momento, seus pés não precisavam da ordem do cérebro, eles mesmos agiram diante da urgência que seu coração sofria por estar com ela novamente. Colocou a palma da mão esquerda no corrimão e pisou em cada degrau angustiado. Parecia que estava indo direto para a morte, em vez de se enredar e apreciar o corpo de sua amada esposa. Amada... Isso o deixou atordoado. Quando contou ao duque de Rutland, na noite em que os encontrou na sacada, as palavras *porque eu a amo*, surgiram de seus lábios por dever. Mas agora, depois de conhecê-la um pouco mais, estava começando a perceber que essas palavras estavam se tornando realidade.

Caminhou pelo pequeno corredor em silêncio, pensando sobre aquele sentimento que crescia nele e como era estranho falar sobre amor quando nunca o teve. No seu entendimento, poucas vezes se encontrava a felicidade e necessidade em uma esposa, embora seus pais lhe mostraram, durante alguns anos, que o amor existia e que se podia obter. No entanto, esse conceito desapareceu de sua mente enquanto morou com Oliver. Ele colocou a mão direita na maçaneta e girou-a lentamente. Quando abriu a porta, ficou sem fôlego ao ver sua esposa em frente à lareira iluminada apenas pela luz do fogo. Seu coração, aquele que mal podia ouvir ou perceber, porque nada o alterava, começou a pulsar agitado, em êxtase e feliz. Essa era Tricia para ele. Uma constante agitação de sentimentos. Um turbilhão de emoções que, uma vez que parava de girar, só deixava o evidente: ela. Sem fazer barulho, fechou a porta ao entrar e caminhou até ficar em pé ao lado da cama. Quando percebeu que Tricia havia notado sua presença se ia se voltar para ele, George disse:

—Não se mova. Deixe-me ver a imagem erótica que você proporciona.

—Erótica? —Ela perguntou sem mover um único cílio.

—Sim —ele disse, indo em sua direção. —É lindo ver como a luz das chamas passa através do tecido da camisola e desenham a silhueta do seu corpo.

Ele se aproximou dela por trás e a deixou entre ele e a lareira. Quando sentiu as mãos correrem pelas pernas, nádegas, braços, ela começou a respirar fundo, e seu corpo se contraiu e relaxou sem controle.

—Por que deixou o quarto na penumbra? —Ele perguntou com os lábios colados no seu pescoço, inspirando fortemente seu perfume. —Te dói a cabeça?

—Não, só tenho os olhos cansados, e Ângela sugeriu que eu apagasse todas as lâmpadas para não acabar ficando cega —disse como desculpa.

—Gosto das ideias da sua dama de companhia —disse ele enquanto pressionava as pontas dos dedos sobre a barriga de Tricia.

—Enquanto ela continuar a aconselhá-la dessa maneira, também irei considera-la um anjo —ele disse tão gentilmente que seus cabelos ficaram arrepiados.

—Você quer me deixar com ciúmes, meu amor? —Ela soltou divertida quando jogou a cabeça para trás e a apoiou no peito de George.

—Não foi minha intenção, meu amor —ele respondeu com um amplo sorriso.

—Assim espero. Porque, se bem me lembro, me prometeu que não haverá outra mulher em seus braços, exceto eu —disse com pequenos suspiros, pois as mãos dele, aquelas que antes acariciavam sua barriga, agora estavam firmes em seus seios, acariciando, massageando-os por cima da camisola.

—Nunca haverá outra —declarou George antes de abandonar os seios saborosos, agarrando seus braços e virando-a bruscamente

—Nunca! —Ele repetiu.

Logo após repetir o juramento, sua boca procurou a dela com tanta necessidade e desejo que eles se esqueceram de respirar. A língua de George saboreava impiedosamente a de Tricia, se surpreendendo ao perceber que sua ansiedade era de igual intensidade que a dela. Os leves suspiros que ela emitia, o tremor de seu corpo e a maneira como enfiou as pontas dos dedos nos ombros do casaco, o excitaram tanto que sua mente ficou aliviada da pressão que sentira antes de aparecer no quarto. As dúvidas, as indecisões e como agiria na manhã seguinte foram deixadas para trás. Ele se sentiu tão livre que antes que pudesse remover os lábios, começou a tirar o casaco.

—Isso é normal? —Tricia perguntou, lhe ajudando a tirar a roupa.

—Diga-me a que se refere, e eu responderei —disse ele no meio daquele desespero de se despir. Enquanto isso, continuava dando-lhe beijinhos na boca, pescoço, nariz e bochechas.

—Desejar como eu te desejo —ela esclareceu. —Quero te sentir dentro de mim, George. Quero notar novamente a pressão do seu sexo no meu ventre, no meu corpo. Eu preciso que nos tornemos um ser e que ambos gritemos com prazer ao fazê-lo.

—Jesus! —Ele exclamou desesperadamente. Tirou os sapatos, que voaram em algum lugar do quarto e tentou desabotoar a calça. Não conseguindo fazer algo tão simples, porque suas mãos tremiam tanto que não era capaz de liberar o botão da casa, deu um puxão e o arrancou. Então, estendeu a mão direita, pegou a esquerda de Tricia e a colocou na ereção. —Isso não é normal, querida. Em absoluto, não é.

—Está excitado por mim? Me quer tanto quanto eu te quero? —Ela perguntou sem tirar a mão daquela dura barra de carne que vibrava ao tocá-la.

—Estou muito excitado, Tricia. E eu desejo muito você —ele revelou depois de arrancar de uma só vez os botões da camisa.

—Posso tocar em você? —ela perguntou, olhando nos olhos dele e tentando aplacar aquele prazer que percorria todos os poros de sua pele, ao ver como George ficou louco e exasperado, agindo como um animal.

—Pode —assegurou-lhe calmamente, imaginando o que aconteceria a seguir.

Mas sua esposa sempre o surpreendia e, dessa vez, o fez de novo. Ele deduziu, com pesar, que ela colocaria os dedos em seu peito e deslizaria a camisa pelos ombros até tirá-la. Isso não aconteceu. Tricia, ousada, colocou a mão dentro da calça e começou a acariciar sua ereção. George não sabia como reagir, permaneceu tenso, como se tivesse acabado de assistir uma estrela cair do céu. Ele fechou os olhos e deu um suspiro profundo quando seu membro foi tocado pelos dedos macios e delicados. Começou a tremer e se sentiu tão tonto que teve que estender o braço direito para um dos dosséis de madeira para poder se segurar e permanecer de pé.

—Estou te machucando?

—Não, querida. Pelo contrário, me dá tanto prazer que não sei como frear meu desejo de me ajoelhar diante de você —ele respondeu entre suspiros.

—Isso é bom, certo? —Ela insistiu em descobrir.

—Muito —ele respondeu, entreabrindo os olhos para contemplar o rosto mais bonito que já vira.

A FILHA DO DUQUE

Sem pensar duas vezes, ele retirou a mão do dossel e levou-a, juntamente com a outra, para o belo rosto de sua esposa. Quando suas mãos a embalaram, ele a conduziu até sua boca e a beijou calmamente, sem pressa, com prazer, pois o tempo havia parado para eles.

Seu corpo estava tremendo. Todo. Não havia uma única parte que não vibrasse de emoção com o beijo que George estava lhe dando. Ele era tão suave e terno, tão gentil e quente, que ela sentiu vontade de chorar. Esse era o homem que ela encontrava toda vez que olhava para George, o homem que amava, aquele para o qual ela dava, incondicionalmente, seu coração. Muito lentamente e com alguma indecisão, colocou a outra mão no peito de George. Pensou que ele fosse tirá-la, que interromperia aquele momento para preenchê-lo novamente com medo, mas não foi assim. Ele tirou uma das mãos do seu rosto e a colocou sobre a mão de Tricia, como um pedido para que ela continuasse a tocá-lo. E ela o fez. Embora não tivesse certeza de como ele agiria se mudasse de ideia, ela percorreu, com as pontas dos dedos, seu tronco. Quando sentiu a dureza de um mamilo, descobriu com espanto que eles haviam ficado rígidos, como os dela. A excitação também lhes causou tais reações? Ela evitou mostrar felicidade e satisfação ao deduzir que era exatamente o que tinha acontecido. Seu marido sucumbiu ao desejo e à necessidade que ela mesma sentia. E iria agradá-lo até perder as forças, até parar de respirar, até esquecer quem se tornara.

—Minha querida esposa —ele sussurrou depois de separar os lábios daquela boca gloriosa.

—Meu querido marido —ela respondeu sem tirar a mão do sexo dele e sentir como as gotas brotavam dele e molhavam a palma da sua mão.

Tão sedutora e temida como *Lamia*[8].

—Não tenha medo de mim, George. Eu nunca vou machucá-lo —ela assegurou com uma voz embargada. Bem, parecia bonito e revelador compará-la com esse ser mitológico.

Eles se beijaram novamente. A princípio, esse beijo manteve um caráter fraco, frágil e até retraído. Mas pouco a pouco aumentou de intensidade, deixando-os loucos de desejo. Diante dos sons que as brasas faziam dentro da lareira, os gemidos de ambos os amantes ficaram menos silenciosos e encheram o interior do quarto. Tricia notou como sua temperatura corporal aumentou tanto que começou a suar, fazendo com que o tecido da camisola grudasse em sua pele. O que quer que estivesse acontecendo entre os dois, se transformou em algo mais necessário que a própria respiração. Ela continuou a acariciar o sexo de George até perceber em seu pulso a pressão de uma mão forte. Ela abriu os olhos, com medo de pensar que não estava mais indo bem. Mas o que ela observou no rosto do marido não foi a dor, mas a agonia que sentiu ao lutar para não culminar em seu prazer.

—Você é tão perfeita —ele sussurrou, colocando a testa sobre a dela enquanto suas mãos se estendiam ao longo da camisola e começavam a deslizar pelo corpo.

—Você também é perfeito para mim —disse ela, apoiando-se no torso agitado.

Justo quando ele decidiu tirar sua camisa, ela retirou as mãos e as levantou sobre a cabeça. A camisola subiu lentamente as pernas, a cintura, o peito, o pescoço, até ficar completamente nua. George colocou a roupa no chão e olhou para ela com tanto prazer que Tricia notou como seus mamilos endureceram e uma estranha pulsação apareceu entre suas pernas. Excitação. Esse era o termo que a descrevia e era exatamente assim que ela se sentia.

—Gosta do que vê? —Ela se atreveu a perguntar depois de recuar.

Ele não respondeu com palavras, mas com ações. George se ajoelhou diante dela e começou a beijá-la a partir do peito do pé. Quando alcançou seu sexo e a convidou a abrir as pernas, elas começaram a tremer. Assim como aconteceu com ele, quando Tricia acariciou seu sexo, ela teve de estender a mão até um dossel para não acabar no chão.

—Este perfume... sua fragrância de mulher —ele sussurrou enquanto aproximava o nariz dos cachos escuros e inspirava. —Seu gosto... sua essência... sua intimidade —ele continuou ofegando antes de beijar a frente de suas coxas com ternura e alcançar os lábios de seu ventre.

Surpresa, extasiada e desejando sentir o que ele lhe mostrara na noite anterior, ela não hesitou em erguer o pé esquerdo no colchão e mostrar-lhe mais daquilo que ele queria e admirava.

—Eu sou todo sua —ela disse descaradamente. —Mantenha sua promessa, George. Beije-me como deveria ter feito ontem.

Ela não ouviu o suspiro profundo que ele deu pouco antes de colocar a boca nos lábios do seu sexo, nem o ouviu soluçar de prazer quando provou a secreção feminina que emanou no momento da invasão de sua língua no seu sexo. Tudo o que ela pôde ouvir eram seus próprios ofegos, pois eram tantos os que brotavam de sua garganta, que pouco adiantou morder os lábios para silenciá-los. Ela fechou os olhos, absorta naquele mundo de gozo para o qual George a estava levando, enquanto ele descansava suas mãos grandes em suas nádegas, forçando-a a se aproximar ainda mais de seu rosto, facilitando o caminho para chegar àquilo que necessitava.

Atrevida e desinibida foram as únicas palavras que apareceram em sua mente naquele momento. E ela agiu dessa maneira, movendo seus quadris, esfregando seu sexo no rosto de George. Continuou, sem ouvir como seu esposo ofegava por sua coragem e ousadia. A única coisa que ela fez no momento mágico foi perceber e sentir a pressão dos dentes, as carícias da língua e a sucção da boca do seu marido. De repente, começou a gritar e seu corpo iniciou um estranho balanço, que não podia controlar. A temperatura subiu tanto que as gotas de suor se transformaram em pequenos fios de água que sua pele expelia devido à chegada de vibrações que a deixaram louca.

—Prazer —George sussurrou no momento em que virou o rosto entre as pernas. —Quero lhe dar muito prazer, Tricia —ele reiterou, colocando dois de seus grandes dedos fortes na sua entrada.

E ele a penetrou de novo e de novo. E a ouviu gritar tantas vezes que pôde perceber como, nos últimos soluços causados pelo orgasmo, sua garganta começou a se deteriorar. Mas ele não parou. Continuou até assistir a secreção de sua esposa derramar sobre sua mão, até alcançar seu pulso. Apertou os dedos que seguravam a coxa direita de Tricia e, depois de garantir que ela não cairia, afastou a outra mão e se levantou lentamente.

—Beba de você, querida. Saboreie a iguaria mais maravilhosa do mundo.

E ela respondeu a essa ordem, abrindo a boca, permitindo-lhe invadir o interior como havia feito em seu sexo. Quando sua língua provou esse gosto, ela fechou os olhos. Mas os abriu rapidamente no momento em que ele tirou os dedos.

—Meu Deus! —George exclamou antes de abraçá-la e beijá-la novamente.

Naquele momento, os dois se tornaram selvagens, animais que só podiam aplacar aquele estado de monstruosidade se sentindo íntimos, unidos, juntos. Laxton a pegou pela cintura e, esquecendo o que a palavra delicadeza significava, a jogou no colchão. Olharam um para o outro e naquele encontro de olhares, ambos admitiram não se importar, que tudo ao seu redor não tinha a menor importância. Estavam sozinhos, para se divertir, para se livrar de qualquer sentimento angustiante ou desagradável. Sem tirar os olhos cinzentos de sua esposa, ele tirou a calça, a ceroula e, em seguida, a camisa.

Tricia suspirou tão profundamente que George confundiu com um gemido. Um muito parecido com os que ela emitiu quando o orgasmo chegou. Ele se sentiu feliz, calmo e tão seguro de si mesmo que libertou o homem que realmente era e que Tricia encontraria quando estivessem sozinhos.

Quando ela se estendeu na cama, abrindo as pernas, estendeu seus braços em direção a ele, esperando sua chegada. Ele não demorou a acompanhá-la, colocando-se em cima dela e apoiando suas mãos no colchão, beijando-a novamente. Não fez isso com ternura ou suavidade, mas com desespero e luxúria, atrevimento e volúpia, provando a mistura de sabores que eles mesmos haviam feito. Então continuou com o queixo, pescoço e seios. Aqueles mamilos túrgidos estavam tão excitados que percebeu o leve sabor de sua secreção. Havia algo mais hipnótico, saboroso ou viciante? Não. Ele nunca tinha experimentado aquilo até aquele momento e, dada a reação de seu sexo, que se inflou a ponto de doer, não teve escolha a não ser aceitar o vício que sentia por sua esposa.

—George —ela sussurrou, enquanto colocava as mãos nos ombros dele, com alguma hesitação.

—Se eu desfruto do seu corpo, pode fazer o mesmo com o meu —ele comentou tão enlouquecido, tão extasiado, que não percebeu o que havia dito até que ela se sentou na cama e o abraçou.

—Eu te amo, George —ela repetiu novamente. Então, se separou do marido, ajoelhou-se e, sob seu olhar atento, começou a beijar sua boca, pescoço, ombros... exatamente como ele havia feito com ela.

Ao alcançar a cintura, a barriga do marido se contraiu e o sexo duro e grosso vibrou. Tricia olhou para cima e, observando a angústia, a batalha que George estava lutando para não pedir o que ela deduziu rapidamente, abaixou a cabeça e beijou a ponta da ereção sólida.

—Estou morrendo! —Ele gritou, colocando as mãos nas costas dela, inclinando a cabeça em sua direção. —Vai me matar de prazer!

Ela não respondeu. Não quis fazê-lo, porque seu desempenho, por si só, respondeu que era aquilo mesmo que ela pretendia fazer. Matá-lo, assassiná-lo, até que, dessa maneira, um novo George aparecesse. Ela continuou lambendo e introduzindo o falo longo e duro dentro de sua boca até que as mãos que descansavam em suas costas foram colocadas em ambos os lados da cintura e a empurraram para trás, derrubando-a novamente.

—Querida... —sussurrou enquanto ajustava os quadris sobre os dela.

—Nem pense em me tratar gentilmente ou eu juro pela minha vida que você vai me pagar —disse ela, colocando as pontas dos dedos nos ombros fortes e tensos do marido.

—Eu não vou —declarou ele antes de colocar seu sexo na sua entrada. Percebendo o calor de seu acolhimento, ele a penetrou tal como ela pediu.

—Sim! Continue assim, George! Não pare agora! —Tricia gritou após suas investidas brutais. —Entre em mim! Junte-se ao meu corpo para sempre...

Quando ele se jogou sobre ela, devido ao esforço excessivo que estava fazendo, ela pôde tocar o que queria tanto: suas costas. Lágrimas brotaram de seus olhos e caíram no colchão quando notou saliências em sua pele. Eram pequenos e longos inchaços que, após o tempo, ainda estavam presos ali, explicando, silenciosamente, o que ele havia sofrido no passado. Suas suspeitas foram confirmadas: o conde de Burkes era um monstro com todos que moravam com ele, incluindo o seu marido. Ela lentamente afastou as mãos das costas e as colocou no rosto de George, embalando-o como ele sempre fazia quando ia beijá-la.

—Eu te amo —ela repetiu.

E ela diria isso toda vez que tivesse a chance, para que ele nunca se esquecesse disso.

—Tricia... —Ele pôde dizer antes de inclinar a cabeça para beijá-la, no momento em que o orgasmo, o frenesi os alcançaram e os fizeram tremer. —Eu também —ele disse, tão baixinho que sua esposa não pôde ouvi-lo porque seus gemidos o silenciaram.

«Que o casamento seja honrado por todos, e o leito conjugal, conservado puro, porque os imorais e os adúlteros serão julgados por Deus.» **Hebreus 13: 4.**

—Está bem? Eu te machuquei? —Ele perguntou, ao colocar-se ao seu lado e puxá-la para junto ele.

—Estou perfeitamente bem —ela assegurou, acomodando-se ao seu corpo.

As chamas ainda estavam vivas e a luz que emitiam ainda lhes oferecia a penumbra que ela queria ter. Mesmo assim, podia ver o brilho dos olhos do marido. Ele se levantou devagar e a beijou gentilmente na boca.

Inesperadamente, a puxou e a colocou sobre seu corpo. Sorrindo alegremente, Tricia colocou as mãos no peito agitado e olhou para ele em silêncio.

—O que vê quando me olha assim? —Ele perguntou enquanto acariciava seus dedos com os dele.

—Eu vejo um homem, meu marido, a pessoa que cumpriu a promessa de me dar prazer e felicidade.

Naquele momento, George franziu a testa, mas tão rapidamente quanto relaxou.

—Nem sempre será assim —disse ele em um tom que expressava tristeza.

—Se fosse, não gostaríamos de momentos como esse —afirmou ela.

Ela lhe deu um beijo no peito e voltou para o seu lado da cama. Esperava que ele a abraçasse novamente, no entanto, ele não o fez, porque colocou os braços sob a cabeça, adotando uma postura introspectiva, reflexiva.

—Meus pais se amaram até a morte —disse George depois de suspirar. —Lembro que minha casa, onde fiquei treze anos, era cheia de alegria, felicidade e amor. Minha mãe me dizia repetidas vezes que tudo o que eles tinham, deviam a mim, porque, graças ao meu nascimento, puderam realizar seus sonhos.

—Por que ela te disse isso? —Tricia perguntou, virando-se para ele.

Ele jogou o braço direito sobre o tronco e uma perna sobre a dela, como se isso o fizesse escapar da confissão que estava prestes a fazer.

—Meu avô, o quarto conde de Burkes, teve dois filhos homens. Ao primeiro, ele tentou educar como haviam feito com ele, mas meu pai sempre se recusou a seguir seus passos. Eu acho que ele não se sentiu livre da dominação que meu avô exercia até sair para estudar em Cambridge. Numa tarde, a filha de um conde apareceu acompanhada por seu pai e uma donzela. Supostamente, era a noiva que meu avô havia escolhido para ele e seriam apresentados. Mas meu pai não se encantou com a dama, mas a criada. Esse amor foi correspondido e eles mantiveram em segredo bem guardado até que ela engravidou. Naquele momento, meu pai decidiu...

—Fugir com ela —Tricia terminou.

—Sim. Foi isso o que ele fez —ele disse, colocando as mãos nas de Tricia. —Como esperado, meu avô o deserdou e o nomeou um filho não legítimo. Meu tio Oliver tomou o lugar dele —ele murmurou.

—Mas agora tudo voltou para você, como deveria ser desde o começo —ponderou.

—Ele abandonou tudo pela minha mãe e foi feliz —continuou, com pesar. —Eu tive que aceitar porque não tinha outra escolha na vida.

—Bem, você tem a mim. Não sou suficiente para você, milorde? —Ela perguntou ironicamente.

—É mais do que suficiente —disse ele, pegando as mãos dela para trazê-las à boca e beijá-las.

—Então, o que lhe preocupa? —Ela persistiu em saber.

—Posso não ser para você —disse ele, virando-se para ela. Ele apoiou o cotovelo direito no colchão e, enquanto a observava, puxou vários fios de cabelo que escondiam o seu rosto. —Quero fazer você feliz e que nunca se arrependa de ter se casado comigo.

—Caso não se lembre bem, milorde, fui eu quem o obrigou a se casar comigo e, como não há retorno neste casamento, seremos felizes em qualquer lugar, mesmo em Lambergury.

—Eu não tenho tanta certeza —ele declarou antes de esticar o braço que estava descansando na cama, em direção a ela, trazendo-a para mais perto dele.

—Tentaremos —respondeu Tricia quase sem voz.

—Tentaremos —ele repetiu.

Depois dessa promessa, o silêncio reinou no quarto. E, devido ao esforço, ambos permaneceram adormecidos e abraçados.

XVI

Sentada no parapeito da janela, viu George ordenar que vários servos fossem para Lambergury antes de partirem. Como explicou na noite anterior, chegariam para almoçar e, na pressa pelo casamento, ele não havia informado os servos, que trabalhavam na residência, do dia e horário em que apareceriam. Tricia virou-se para dentro do quarto e olhou para Ângela. Recolheu seus pertences e os colocou de volta na mala. Respirou fundo, afastou-se da janela e caminhou em sua direção. Gostava que George cumprisse seu dever como conde e marido, pois ordenou que o dono da pousada lhe servisse o café da manhã e pedisse a Ângela que a ajudasse a se vestir, mas teria preferido ficar com ele na cama e aproveitar o nascer do sol juntos. Como seria acordar e vê-lo ao seu lado? Ele mudaria de ideia quando a encontrasse despenteada e com um rosto sonolento? Talvez, quando chegassem à sua nova casa, e as obrigações do conde o permitirem, ela poderá descobrir se, ao levantar-se, após uma noite apaixonada, continuará a defini-lo como o homem mais atraente e bonito do mundo.

Ela esfregou as mãos, como se estivessem congelando, caminhou em direção à sua dama de companhia e sorriu para ela.

—Fico feliz em vê-la tão bem. É assim que uma mulher recém-casada deve se sentir —disse ela, encaixando a trava da mala.

—Mas apenas se a mulher estiver apaixonada como eu estou pelo meu marido —ela esclareceu sem apagar o sorriso e eliminar o brilho em seus olhos. —Quero agradecer pelo seu conselho, Ângela. Quando adotei uma atitude diferente, tudo entre nós mudou.

—Há um ditado na minha terra que define muito bem esse tipo de comportamento.

—Qual? —Tricia queria saber.

—Um burro não pode ser empurrado por trás, mas colocando uma boa iguaria em sua frente —disse ela, aproximando-se da jovem para suavizar os sinais que se formaram no vestido quando ela se sentou.

—Você está comparando meu marido a um burro? —Ela deixou escapar, divertida.

—Não só o seu marido, senhora. Para mim todos os homens são. Enquanto seus olhos observam algo que querem, esquecem o que os impediu de andar e avançam atordoados —explicou. Uma vez que o vestido já não estava amarrotado, ela foi em direção à porta.

—No meu caso, a iguaria fui eu —disse ela corando. —Embora, devido a esse sacrifício agradável, eu tenha descoberto algo sobre a vida de seus pais.

—Espero que tenha sido algo importante —disse ela, tentando controlar a intriga e o mal-estar causados pelo assunto.

—Sim —ela disse. —Agora entendo a razão pela qual seu tio obteve o título, sendo o pai de George o primogênito.

—Suponho que o comportamento dele não agradou o velho conde e o deserdou socialmente —disse Ângela, abrindo a porta. —Alguns aristocratas tratam seus filhos como se fossem peças de xadrez.

—Nesse caso, o deserdaram porque ele se apaixonou pela donzela de sua noiva e os dois amantes fugiram quando ela ficou grávida —explicou ela enquanto caminhava pelo corredor.

—E ele se vingou da decisão de seu filho, dando o título a um monstro —concluiu a dama de companhia, quando a fechou.

—Exatamente. Como disse, alguns aristocratas não são homens atenciosos e fazem e desfazem a seu bel-prazer —admitiu ela com tristeza.

Após essa afirmação, Tricia atravessou o corredor em silêncio, lembrando as marcas que seus dedos descobriram ao tocar as costas do marido. Soltou um leve soluço quando imaginou o que George teve de sofrer ao lado daquele ogro. Que tipo de sofrimento aquela besta teria imposto a George? Ele alguma vez falaria sobre isso? Seu amor seria valioso o suficiente para esquecer seu passado? Ela esperava que sim, porque realmente não tinha mais nada a oferecer a ele.

—Acho que vou descobrir mais sobre meu marido em Lambergury —comentou Tricia pouco antes de subir as escadas.

—Por que diz isso? —Ângela perguntou à jovem.

—Porque eu temo que aquelas paredes testemunharam a crueldade daquele monstro —disse ela, virando-se para Ângela para olhá-la.

—Ele tirou a camisa, certo? —A dama de companhia continuou. Tricia, com os olhos banhados em lágrimas, assentiu.

—Não estará sozinha, senhora. Tem a mim e, como sabe, farei tudo ao meu alcance para ajudá-la no que precisar.

—Mesmo apagar as marcas do passado?

—Isso não. Mas confesso que tenho bastante destreza em abater galinhas.

—E o que essa habilidade fará por mim? —Ela comentou desenhando um leve sorriso.

—Eu não sei, mas meu instinto feminino me diz que a senhora deve saber —respondeu Ângela, colocando a mão em seu ombro.

—Talvez meu marido ainda não tenha contratado uma cozinheira e o instinto que está falando lhe diga para tomar essa posição —disse ela divertida, antes de pisar no primeiro degrau.

—Se quiserem viver à base de ensopados espanhóis...

XVII

—**Entendeu?** —George perguntou ao servo que levaria suas instruções aos poucos criados que ele ainda mantinha na residência.
—Sim, Excelência —respondeu o jovem.
—Então comece a viagem —ele ordenou.
—Sim, senhor —ele respondeu, fazendo uma ligeira reverência. Sem tardar outro segundo, ele subiu no cavalo e o chicoteou.
Quando o jovem se afastou, George virou-se para Sebastian, seu valete, a quem contratou quando o tio morreu, e franziu a testa.
—Não se preocupe, milorde. Tudo está sob controle.
—Não acredito. Sabe tão bem quanto eu que aqueles dois não ficarão de braços cruzados quando receberem a notícia —disse o conde, ficando ainda mais enfurecido.
—Se desejar, posso ir à vila e descobrir o que foi dito. Sabe que os criados costumam falar bastante se lhes for oferecida uma boa propina —disse seu homem de confiança.
—E se te descobrirem? Clarke poderia usar seu poder para acusá-lo de espionagem e mandá-lo para a forca —disse George, preocupado.
—Não fez isso quando a Sra. Blanche morreu e não fará isso agora, depois que o senhor se tornar o novo conde. Além disso, esses tipos de vermes não estão interessados em atrair atenção ou que outro juiz supervisione seus julgamentos.
—De qualquer forma, tenha cuidado —ele aconselhou, estendendo-lhe a mão.
—Eu terei —disse ele, aceitando a despedida.
George foi para a estalagem, enquanto Sebastian partia. Ele devia se concentrar em atender a sua esposa a contento e afastar todo

e qualquer pensamento inapropriado da sua mente. Se o juiz e o pastor tivessem planejado destruir seu casamento, o seu fiel escudeiro descobriria e poderia lutar contra eles. Na verdade, lutaria contra qualquer um que tentasse prejudicar Tricia. Se algo ficou claro para ele, na noite anterior, é que não permitiria que ela sofresse. Sorriu levemente ao se lembrar do descaro que Tricia demonstrou desde que apareceu no quarto. Essa atitude ousada e desinibida o fez esquecer tudo o que lhe causava dor. Com seus beijos e carícias, viveu o presente e sonhava com um futuro. Até falou sobre seus pais! Nunca contou a ninguém o motivo pelo qual seu avô privou o pai do título, nem que sua mãe era uma donzela. Mas a força que emanava de Tricia tomou posse dele a ponto de ele não controlar o que saía de sua boca, perturbando-o de tal maneira que passou a noite inteira acordado. Agarrando-se a ela, percebendo nos braços sua respiração lenta, pensou no que deveria fazer no dia seguinte e na atitude que pretendia adotar. Também decidiu que Tricia deveria saber de uma vez por todas as cláusulas do testamento, que ela precisava saber o motivo pelo qual permaneceriam em Lambergury pelos primeiros três anos de casamento. Também garantiria que estaria ao lado da esposa toda vez que ela quisesse sua presença... ambos transformariam aquele lar horrível em um lar cheio de paz, amor e respeito. Contanto que pudesse manter tudo o que sofreu lá em segredo..., mas ele também controlaria esse problema. Procuraria maneiras de atacar Clark e Madden primeiro. Não permitiria que ficassem com a herança que lhe pertencia por lei e lhes mostrasse que não era mais a criança medrosa, o adolescente imoral ou o homem fraco. Deixaria bem claro quem se tornara e o que seria capaz de fazer para proteger sua esposa.

 George abriu a porta com a testa franzida, pois o pensamento de envolver Tricia naquela cruzada o perturbou, mas quando ele fixou os olhos na figura que acabara de descer as escadas, esqueceu o desconforto. Um sorriso bobo apareceu em sua boca e seu coração começou a bater forte. Sim, de fato, tudo o que ele precisava para recuperar a esperança era ela. Sem mais demora, caminhou em direção a sua esposa, tomou-lhe uma mão e a beijou.

—Pronta para chegar em nossa casa? —Ele perguntou.

—E você? —Ela estalou desconfiada.

—Sim, querida. Estou ansioso por isso —disse ele, colocando-lhe a mão sobre o antebraço para caminhar ao lado dela.

Tricia não sabia o que dizer ou pensar. Antes de passar a noite juntos, seu rosto mostrava arrependimento e desespero e, naquele momento, parecia um homem diferente. Mais uma vez ele usou o recurso de dois lados da moeda. Ela olhou por cima do ombro de Ângela e, pela maneira como abriu os olhos, percebeu que ela não era a única que estava surpresa com a mudança de atitude de George. Tanto poder tinha o sexo para transformar um homem em alguém totalmente diferente? Depois, lembrou-se do ditado sobre o burro e disse a si mesma que, se tivesse que se tornar uma iguaria todas as noites, faria isso pelo bem de seu casamento.

—Precisamos conversar —comentou George no momento em que entraram na carruagem e ela começou a andar.

—Sobre quê? —Tricia perguntou, virando-se para ele e tirando as luvas.

—Sobre Lambergury —ele determinou. Antes que ela pudesse dizer uma palavra, e a pegou pelas mãos e a puxou para sentar em seu colo.

—Te enviaram más notícias? —Tricia disse, colocando cuidadosamente o braço esquerdo em volta do pescoço de George.

—Não. Isso é algo que precisa saber sobre a residência e como passaremos os três primeiros anos de nosso casamento —ele começou a explicar.

—Os primeiros três anos? Por que esse tempo?

—Tricia... —Ele pegou a mão dela no peito e a levantou junto com a dele. Então a levou para a boca e a beijou gentilmente. —Sei que deveria ter falado sobre esse assunto antes de nos casarmos, mas fiquei com tanta vergonha de ter que explicar as cláusulas que meu tio ditava em seu testamento, que evitei de lhe contar até não ter outra escolha.

—Cláusulas? Por que faria tamanha atrocidade? —Ela perguntou alterada.

—Por que não queria morrer sem que seu legado moral perdurasse.

—Moral? —Ela soltou, surpresa. —Como poderiam definir um homem tão cruel como alguém moral? Essa era a sua doutrina? Esses foram os valores que ele tentou expressar com seu abuso? Quantas vezes ele o açoitou nas costas alegando que eram punições por comportamento indecente?

—Primeiro, ele queria que a próxima condessa de Burkes pertencesse à aristocracia e que a respeitabilidade dela fosse impecável. O que consegui porque você, minha doce esposa, é a mulher mais decente do mundo.

—É bom saber que, apesar do escândalo que causamos na festa do Hamberbawer e a ousadia que mostrei ontem no quarto, ainda me considere uma moça decente —disse ela em tom mordaz.

—Você é —ele assegurou antes de lhe dar um beijo leve nos lábios.

—Que outras cláusulas encontrou? —Ela queria descobrir. Se o desconforto do marido fosse devido a tais cláusulas, ela mostraria que não tinha nada a temer, porque não se importava com onde e como viveria o resto de sua vida, mas com quem.

—Não pode tocar em nada de Lambergury até que três anos se passem —disse ele, depois de respirar fundo. Podemos não encontrar nenhum problema em você redecorar o quarto de Blanche, no entanto, todo o resto deve permanecer como ele o deixou.

—Tolices! —Ela exclamou movendo-se desajeitadamente sobre ele. —Como não vamos reformar algo que está danificado? Além disso, podemos fazer o que quisermos lá dentro, porque ninguém, em sã consciência, virá nos visitar para descobrir se compramos um vaso ou trocamos algumas cadeiras velhas.

—Eles virão —ele assegurou, embalando seu rosto para que o olhar deles estivesse fixos um no outro. —Oliver especificou que, se suas determinações não fossem cumpridas, a herança passaria ao juiz Clarke e ao pároco Madden.

—Mas que tipo de homem pode fazer uma coisa dessas! —Ela trovejou, com raiva. Ela se levantou e sentou no banco acolchoado. Então, se virou para ele. —E você aceitou simplesmente? Tanto desejava se tornar seu sucessor?

—Não se trata disso, Tricia. Como expliquei ontem, meu pai deveria ter sido o conde de Burkes e não meu tio. Juro que não faço isso por mim mesmo, mas para honrar sua memória.

«E para manter uma promessa» —disse a si mesmo mentalmente. No entanto, ao ver o rosto confuso e enojado de Tricia, se odiou novamente por dar a Blanche sua palavra, por levar sua esposa a um lugar horrível e por tentar transformar uma casa cheia de maldade em um paraíso.

Tricia não disse nada por alguns segundos, tempo que passou contemplando o rosto de George. As sombras que cercavam seus olhos não desapareceram, confirmando assim que a inquietação e o desconforto eram verdadeiros. Ela fixou os olhos nas mãos. Aquelas mãos grandes e macias, que acariciavam seu corpo e rosto com uma ternura sem medida, haviam se tornado dois punhos duros.

—Prometo que não mudarei nada e que nunca farei nada que possa prejudicá-lo —assegurou ela, voltando ao seu lugar. —Se os móveis forem velhos, passaremos cera e, se as cortinas estiverem sujas ou mofadas, cuidarei para que sejam lavadas e costuradas.

—Oh querida! —Disse George, abraçando-a com força. —É tão compreensiva que ainda acho que Deus a colocou no meu caminho para me dar o que ele havia me tirado.

—Nisso consiste um casamento... —ela sussurrou, colocando o rosto em seu peito agitado.

Ela permaneceu abraçada a ele até sua respiração voltar ao normal. Enquanto isso acontecia, ela continuava pensando na nova confissão. Muito embora ele estivesse começando a revelar coisas importantes sobre sua vida, ainda mantinha um segredo importante. Para ela, não interessava se morassem em uma caverna por três anos, o que desejava, com todas as suas forças, era descobrir o que havia acontecido ali e que impacto isso teria no futuro dos dois. A ideia de estar diante de um homem que, sob as sombras do passado, não conseguia encontrar a paz, a atormentou. O que aconteceria quando tivessem filhos? Ainda seria piedoso ou se tornaria o ser que foi seu tio? Um leve calafrio sacudiu seu corpo ao lembrar que ele mudava facilmente seu comportamento. E se ele adotasse esse tipo de comportamento pelo resto da vida? Ela respirou fundo, tentando aplacar aquele sentimento ruim. George não podia ser tão mau quanto o falecido Burkes, porque o sangue de pais bondosos corria em suas veias. E era a isso que ela devia se apegar. Precisava acreditar que ele odiava tudo o que havia vivido e que libertaria o homem que enxergava quando o observava.

—Tricia, está acordada? —Ele perguntou suavemente enquanto acariciava seu rosto.

—Não percebi que eu havia adormecido —comentou ela, afastando-se dele.

—Bem, adormeceu — disse ele, beijando sua testa. —Imagino que ainda esteja cansada.

Sim, ela estava. Mas não por causa do que fizeram na noite anterior, mas porque não foi capaz de acalmar sua mente e esquecer tudo o que a preocupava: seu marido, Lambergury, os três anos que viveriam naquele lugar e os segredos. Bem, ela tinha certeza de que George não mantinha um, mas muitos...

—E você? Conseguiu dormir? —Ela estava interessada em descobrir.

—Não. Fiquei tão inquieto, tão nervoso por você, que não consegui fechar os olhos.

—Não deveria —declarou ela com um sorriso falso. —Lembre-se de que sou uma Rutland e que, quem carrega esse sangue, enfrenta todos os problemas com coragem e honra.

—Sim, mas... aguenta isso? —Ele perguntou, apontando um dedo para a janela.

Quando Tricia se virou até a janela, seus olhos se arregalaram enquanto visualizava mentalmente o que supunha que Lambergury era. Nuvens cinzentas cobriam metade da residência. Pássaros negros voavam sobre os telhados. Um ar forte movia as copas das árvores e arrastava as folhas caídas no chão. Disse caverna? Bem, pois havia se enganado com essa palavra. Aquilo não poderia ser comparado a algo tão insignificante. Era o lar onde podiam habitar os fantasmas de uma história assustadora, ladrões e assassinos de uma cidade ou um monstro, como era o falecido conde de Burkes. Como George suportou viver em um lugar tão sombrio, sinistro e triste?

—Diga-me algo, Tricia —disse Laxton com um fio de voz.

—Parece-me —ela começou virando-se para ele e mostrando um sorriso largo —que não teremos apenas que encerar móveis ou lavar e costurar cortinas para alegrar a aparência de Lambergury.

—Sinto muito —George apontou, estendendo as mãos para ela. —Entende agora por que decidi me casar com Sarah Preston?

—Claro! —Ela exclamou, ofendida. —Ela é a rainha da frivolidade e este lugar teria sido sua residência perfeita. Mas sou eu quem se casou com você, não se esqueça.

—Eu nunca poderia esquecer uma coisa dessas! —Ele soltou, segurando as mãos dela e puxando-a até que se juntaram novamente. —A única coisa que tento lhe explicar é que, desde que te conheci, lutei para que ficasse longe de mim, porque eu sabia que você não era digna disso.

—Eu mereço um homem que me ama, George. —Onde eu moro é indiferente. Você me ama?

—Sim! —Ele disse antes de beijá-la com tanta paixão que acabaram ofegando.

XVIII

«*Porque* *Deus não perdoou os anjos quando pecaram, mas os jogou no inferno e os entregou a poços de escuridão, reservados para um julgamento.*» *2° Epístola do apóstolo Pedro, 2: 4.*

George a ajudou a descer. Quando pôs os pés no chão, seus sapatos e roupas se enchem de folhas, que o vento havia carregado de um lado para o outro. Tricia colocou a mão esquerda na testa e tentou impedir que poeira, areia e folhas chegassem aos seus olhos. Só lhe faltava entrar no tenebroso lugar com estes banhados em lágrimas ou cega. Envolta e protegida pelo corpo do marido, avançou pelo curto caminho de terra e buracos. Naquele momento, só pensava em entrar na casa o mais rápido possível e observar o que a esperava lá dentro. Repousava no passado o costume que os recém-casados tinham ao entrar na residência onde morariam. Nunca permitiria que George a levasse em seus braços e cruzasse o limiar de um lugar tão sombrio para lhes dar boa sorte, pois estava muito claro que não a teriam lá. Assim que alcançou o terceiro degrau de mármore, quebrado pela passagem do tempo e pelos flagelos da chuva, ela olhou para trás para confirmar a expressão no rosto de Ângela. Esta, parada em frente à porta da carruagem em que viajara encarava a construção, não deixava de se benzer e murmurar possíveis orações. Isso a confortou. Compreender que ela não era a única pessoa que descrevia o lugar como horrível e assustador, tranquilizou-a bastante.

—Boa tarde, milorde, milady —os cumprimentou, quando a porta de madeira se abriu, um mordomo muito alto, vestido de rigoroso luto.

—Boa tarde, Herald —George respondeu sem tirá-la de junto de si, como se tivesse medo de que ela fugisse se a soltasse. —Recebeu minhas instruções? —Ele acrescentou, caminhando rapidamente até que ambos estavam no meio do corredor. Uma vez lá, sacudiu as folhas e ajudou Tricia a se livrar delas.

—Sim, senhor, e foram cumpridas conforme solicitado —disse o criado tentando fechar a porta sem conseguir, pois, Ângela, depois de se recuperar do choque, levantou as saias do vestido preto e correu atrás do casal. Logicamente, não deixaria sua protegida sozinha naquele momento difícil de lidar. Os serviçais têm que entrar pela porta dos fundos —ele informou à mulher.

—Bem, então você já sabe por onde deve entrar —respondeu Ângela, afastando o criado com um esbarrão e dando-lhe um olhar de ódio.

—A Sra. Dominguez desfrutará de total liberdade enquanto servir à condessa —disse George, virando-se para o mordomo e confiando que aquele gesto de consideração em relação à acompanhante relaxaria a esposa o suficiente para que ela não o deixasse de fora do quarto naquela noite.

—Como queira, milorde, —ele respondeu com uma ligeira reverência, mas sem tirar os olhos da espanhola.

—Tricia —ele sussurrou quando percebeu que ela havia permanecido imóvel e continuava olhando para frente e para trás. —Querida?

—Está tudo bem, George —disse ela, desenhando um sorriso falso.

—Quer que eu lhe mostre nosso quarto para descansar um pouco ou prefere que lhe mostre nossa casa? —Ele sugeriu, ao pegar sua mão para beijá-la e acalmar o desconforto que suas palavras expressavam.

«Nossa casa», ela pensou, contemplando novamente tudo o que os cercava. Certamente tinha muita sorte de ter nascido dentro de uma família rica, sua mãe sempre esteve preocupada sobre como manter o lugar limpo e cuidado, havia no teto de seu quarto um lustre de cristal de *strass* e uma cortina cujos tons eram mais brilhantes que os raios do sol. Mas isso não a tornava uma moça mimada ou que costumasse viver com grandes luxos. O que havia lá, o que encontrava ao seu redor, nada tinha a ver com riqueza ou opulência, mas com miséria e insalubridade. Aquele bárbaro não apenas machucara fisicamente, mas também os forçara a viver em absoluta podridão e sujeira. E entre os pobres subjugados, estava o seu marido. O homem que empalideceu quando viu sua reação.

—Quero conhecer nossa casa —disse ela, depois de tomar força suficiente para não vomitar devido ao mau odor que havia ali dentro.

—Como quiser —ele respondeu, relaxando instantaneamente. —Herald, informe ao cozinheiro que adiaremos o almoço em algumas horas. Também preciso que alguém ocupe o lugar de Sebastian e leve a bagagem que encontrarão na minha carruagem para nossos quartos.

—Sim, excelência.

—Seria conveniente que...

—Senhora? —perguntou Ângela aproveitando o momento em que o conde falava com o mordomo e a deixou sozinha.

—Se vai dizer algo sobre a aparência ou o cheiro desta casa, não faça isso. Não sou cega, nem perdi o olfato —disse ela, olhando-a com os olhos estreitados.

—Não senhora. Só queria perguntar se a senhora está tudo bem se eu for ao meu quarto para desfazer as malas.

—Está tudo bem —ela respondeu antes ir em direção a George, que lhe estendia a mão.

—Realmente quer fazer isso? —Ele perguntou quando o criado e Ângela saíram. —Eu posso entender...

—Quero que me mostre onde vamos viver nos próximos três anos —assegurou-lhe firmemente. —Porque tudo isso —ela acrescentou, olhando para ambos os lados da casa —desaparecerá no mesmo dia em que o prazo do seu tio terminar.

—Obrigado —disse ele, beijando sua bochecha. Ofereceu-lhe um braço e, depois que ela aceitou, levou-a para a galeria à esquerda.

—Tudo o que vê foi construído em mil e quinhentos e noventa —ele começou a contar. —Somente a madeira que vê foi reformada. Aparentemente, meu bisavô caiu da velha escada quando um dos degraus quebrou e ordenou que o salão fosse reformado com castanha da Índia.

Tricia agradeceu a Deus pelo fato de aquele parente distante ter rolado escada abaixo e substituído a madeira, porque, do contrário, não tinha dúvidas de que ela agora estaria no mesmo estado do mármore do lado de fora.

—Quem são? —Ela perguntou quando entrou em uma passagem na qual suas paredes, amarelas por muitos anos sem pintura, estavam cobertas de enormes retratos e cujas molduras, aparentemente de ouro, pareciam tão negras quanto o carvão.

—Meus antepassados e suas esposas —esclareceu. Ele se afastou dela e apontou para a foto em que um homem, vestido com armadura, segurava uma lança enquanto pisava no abdômen de um enorme cervo. —Esse era Lorde Brayton Laxton, o primeiro conde de Burkes.

—Ele era um cavaleiro medieval? Porque eu tinha entendido que os Burkes surgiram em mil e seiscentos e cinco, quando o rei Jaime Sexto da Inglaterra e Primeiro da Escócia lhe concederam esse título por ter salvo sua vida na *Conspiração da Pólvora* —disse ela, surpresa.

—Sim, foi assim que os Laxton se tornaram aristocratas —disse ele, orgulhoso pela sabedoria de sua esposa. —No entanto, não apenas adquiriram um título de nobreza, mas também adotaram seus caprichos extravagantes. No caso de Lorde Brayton, ele gostava de usar armaduras toda vez que organizava uma caçada por suas terras. Como me explicou minha falecida tia, Blanche tinha pavor de morrer durante uma caçada —ele declarou sarcasticamente.

—E como ele morreu? —Ela ficou interessada em saber enquanto avançava para o próximo quadro, o de uma mulher. O rosto dela estava tão pálido quanto o que o marido apresentara quando chegou, e seus olhos transmitiam tanta dor, tanta dificuldade, que ela rapidamente se afastou dele para que não fosse contagiada.

—Nos braços de sua amante —concluiu George, observando a foto da esposa de lorde Brayton.

—Ele foi o culpado pela obsessão moral que seu tio mantinha? —perguntou, dando outro passo à frente, contemplando uma nova pintura e notando nelas a mudança tão drástica que aqueles rostos refletiam. Enquanto Lorde Brayton exibia um grande sorriso, os outros continuavam sérios e usavam ternos escuros, como se tivessem sido retratados durante períodos de luto. Olhou de relance para George e suspirou. Era verdade que ele também usava preto, mas suas gravatas, camisas, lenços e coletes lhe davam aquele tom de cor que o diferenciava de seus ancestrais.

—Sim —admitiu. Ele colocou as mãos atrás das costas, ficou ao lado de Tricia e caminhou devagar. —Após o escândalo que causou sua morte, seus descendentes e filhos adotaram uma atitude severa em relação ao casamento e à vida social. Suponho que chegaram à conclusão de que, se adotassem esse comportamento de ferro, todos parariam de acrescentar adjetivos tão embaraçosos quanto imorais ou libertinos ao título de Conde de Burkes.

—Entendo... —ela murmurou, continuando até o último retrato.

Quando o rosto do homem e seu rosto se cruzaram, ela notou como suas pernas tremiam tanto que a fizeram perder a força. Ele! Deve ser ele! Porque todos os anteriores expressavam confusão e desconcerto. Mas aqueles olhos apenas mostravam crueldade e infâmia. Tanto que, apesar de estar morto, percebia como esta lhe atravessava a pele.

—Eu lhe apresento a Oliver Laxton, o monstro.

—George! —Ela exclamou virando-se para ele.

—Não sabia que o descreviam dessa maneira? Não tinha lhe contado? —Ela balançou a cabeça em sinal de negativa. —Talvez tenha ouvido falar sobre o moralista Burkes, o temível educador Burkes ou, possivelmente, o ético e rigoroso Burkes. Embora o tenham nomeado de várias maneiras, não consigo me lembrar de todos —ele murmurou.

—A vida deste homem não me interessa, nem o que pensavam sobre ele —declarou ela decididamente e erguendo o queixo. —Estou ciente do que foi apenas por ver o lugar onde você morou desde que seus pais morreram. Só espero que Deus seja justo e que a alma dele esteja queimando no inferno —acrescentou ela, altiva.

—Tricia... —ele sussurrou surpreso com sua força, sua energia e como ela enfrentou a miséria que lhe mostrara.

—Onde está seu pai? Quero saber como era e descobrir se você se parece com ele —ela disse, ainda olhando os dois lados do corredor para encontrar o retrato do pai de George.

—Fisicamente, sou idêntico à minha mãe —ele expressou com uma auréola de saudade quando começou a caminhar novamente. —E aqui você não encontrará nenhum retrato dele. Quando meu avô o deserdou, removeu qualquer evidência que o lembrasse de sua existência.

—Melhor - ela admitiu. —Um homem que abandonou tudo por amor não deve ser cercado por pessoas tão vaidosas e convencidas quanto essas.

Esse comentário fez George se virar para ela e desenhar um pequeno sorriso. Depois, deu vários passos à frente e se colocou na frente da imagem de uma mulher.

Tricia seguiu em silêncio e, uma vez que ficou na frente do retrato, ela olhou para a pintura. Ela não devia ter mais de trinta anos, mas a expressão em seu rosto era a de uma velha que implorava pela chegada da morte. Seu cabelo loiro estava preso em um coque baixo grosso. O vestido, como o dos outros, era preto, mas era o único que tinha uma renda cinza no peito, que abarcava de um ombro ao outro. Mais do que uma condessa, parecia uma empregada por causa da austeridade daquelas roupas. Lentamente, olhou para as mãos e descobriu que não usava o anel que as outras esposas exibiam com aparente orgulho. A única coisa que encontrou em um dedo da mão direita foram finos fios pretos que rodeavam o dedo. O que eles significaram para ela? Por que se recusou a usar o anel de casamento, aquele que a nova condessa de Burkes deveria usar? Então, pensou sobre o dela. Ela levantou a mão direita e ficou pensativa. Havia comprado para ela? George queria começar uma nova era ao seu lado e, portanto, não ofereceu o que pertencia às outras condessas?

—Esta é Blanche, minha tia e esposa de Oliver —ele disse.

—Era tão jovem quanto eu imagino? —Ela perguntou se colocando ao seu lado. Naquele momento, esqueceu tudo sobre o anel e concentrou-se em confortar George, agarrando sua mão.

—Sim. —disse ele, dando um passo em direção à pintura sem se soltar de Tricia. —Oliver não queria que o título fosse devolvido ao meu pai e ele arranjou um casamento com uma jovem mulher vinte e cinco anos mais nova que ele. Acreditava que isso lhe garantiria filhos e que isso manteria seu precioso título de conde.

—Blanche estava doente? Por isso ela não teve filhos? —Tricia estalou com uma mistura de surpresa e preocupação com o tom de voz do marido.

—Ela engravidou dez vezes —explicou, erguendo o rosto para olhar terna e dolorosamente o retrato da mulher —mas todos os seus filhos nasceram mortos.

—Deus o castigou —declarou Tricia, referindo-se ao velho Oliver. —A justiça divina foi concedida a ele.

—Não foi a justiça divina —disse George, liberando-se lentamente da mão de sua esposa —mas a crueldade humana.

Não acrescentou nada sobre essa afirmação, porque deduziu que esse era outro segredo sobre Blanche, um que só George conhecia. Ela desviou o olhar de George e olhou de novo para a imagem da falecida condessa. Então, olhando novamente para os fios em volta do dedo, ela entendeu o que queriam dizer. Seus filhos, aqueles que morreram, aqueles que permaneceram em seu ventre e não viram a luz do sol ou sofreram a maldade de seu pai.

—Quantos disse que ela perdeu? —Tricia perguntou contando os fios.

—Dez —ele respondeu, virando à esquerda. Com a cabeça baixa, ele se afastou da pintura e voltou a andar.

Antes de seguir, Tricia olhou para a mulher e suspirou profundamente. Nove fios. Blanche tinha atado nove fios pretos ao redor do dedo e isso poderia significar uma coisa: que ela e o décimo filho morreram ao mesmo tempo.

—Sinto muito —ela sussurrou antes de voltar para o lado do marido.

Os dois continuaram em silêncio até George ficar na frente de uma porta dupla de madeira escura. Ele colocou as duas palmas nelas e a abriu com um empurrão suave. O rangido dos eixos fez com que os cabelos de Tricia se arrepiassem.

—Este é o salão de baile —explicou, dando vários passos em direção ao interior. —Embora, como pode ver, pelo estado em que se encontra, já faz muito tempo que não se celebra um baile por aqui.

Em silêncio, Tricia se virou, observando o salão sem piscar. O vestido, devido ao movimento suave, carregava o pó que estava no piso velho e imundo. As paredes eram da mesma cor que o resto da casa e, o ruído que causava o vento era ouvido com mais força ali dentro, devido às rupturas que apresentavam os vidros das janelas. Então, ela olhou para o pequeno palco no final do ambiente e, pelos círculos escuros que havia nele, deduziu que a madeira estava podre. Tentando manter a calma, olhou para o teto e soltou um grito quando encontrou vários morcegos presos nas vigas. Séculos... fazia séculos desde que aquelas paredes haviam recebido os últimos convidados. Quem, em sã consciência, gostaria de comparecer ao baile que um monstro ofereceria?

—Eu imagino que o baile de encerramento tenha sido realizado por Lorde Brayton —comentou ela, desenhando um sorriso sarcástico.

—Não, foi meu tio quem oficiou o último e o fez por um único propósito —ele murmurou.

—Qual? —Ela perguntou, se aproximando de George por trás.

—Acabar com o compromisso do visconde de Devon com a senhorita Moore —disse ele, virando-se para ela.

—Ele tentou separar Anne e Logan? —O marido assentiu. —Bem, ele não conseguiu —disse a condessa com orgulho.

—Ele também não alcançou o segundo objetivo —disse ele, dirigindo-se para a saída com as mãos nas costas.

—Outro objetivo? —Ela estalou, enquanto o seguia. —Qual foi o segundo objetivo? Não pôde avisá-lo sobre isso? Porque, se bem me lembro, vocês dois eram grandes amigos —ela insistiu, de maneira afoita.

—Nós éramos e, graças a você, retomamos essa amizade —comentou com emoção perceptível.

—O que ele queria fazer? —Ela persistiu em saber quando os dois saíram da sala.

—Algo que Logan conseguiu resolver com maestria —disse ele, apertando a mandíbula.

Se o que Oliver planejou tivesse acontecido, ele jamais se perdoaria e a culpa o mataria lentamente. No entanto, embora não pudesse informá-lo sobre o objetivo daquele convite, já que estava trancado na masmorra para que não o ajudasse, Logan sabia como sair vitorioso nos dois casos. Como seu amigo sempre dizia, os

Bennett haviam feito um pacto com o diabo, que cuidava de suas almas perversas.

Tricia não insistiu mais no assunto. Enquanto caminhava ao lado de George e ele lhe mostrou a sala de jantar e a cozinha, ela se lembrou da conversa que teve com Anne. Ela lhe disse que o tio de seu marido era um ser maligno, perverso e cruel, mas não explicou que ela mesma havia testemunhado esse mal. «Deixe que ele saiba que você sempre estará ao lado dele, que ele não está sozinho», lembrou ela. Anne tinha razão. George precisava ter certeza da sua presença o tempo todo e que deveria estar seguro de que poderia contar com sua ajuda sempre que necessário. Tricia olhou para ele de lado e notou como seu coração se partia em mil pedaços. A tristeza de George era dela, sua dor e angústia, idem. E como ela não queria basear seu casamento em algo tão triste, essa tortura teria de ser resolvida imediatamente. Ambos construiriam um futuro promissor sobre aquela maldita destruição. Mais segura do que nunca, ela pegou a mão dele. George, a princípio, pareceu surpreso, como se não estivesse acostumado a seus gestos de afeto. Então, a conduziu ao peito e a pressionou contra si.

—Quer visitar o andar superior? Lá estão nossos aposentos —ele sugeriu cautelosamente.

—Se é isso que quer... —ela disse, antes de se aproximar tanto que lhe possibilitou, finalmente, dar-lhe o abraço que ele pediu sem palavras.

—Eu não quero fazer isso —ele admitiu, arrependido. —Isso está destruindo minha alma porque ainda acho que você não merece morar aqui, nem é digna de me ter como marido.

—Eu te amo, George —disse ela, erguendo o rosto e ficando na ponta dos pés. Eu não me importo onde estamos, desde que façamos isso juntos.

—Você é a luz...

—Eu sou sua luz em toda essa escuridão —ela interrompeu antes de beijá-lo.

XIX

—Só consegui encontrar dois cobertores —disse Ângela em espanhol, carregando-os sobre as mãos. Ela os colocou na cama, virou-se para Tricia e colocou as mãos na parte inferior das costas, como se estivesse tentando amenizar uma dor terrível.

—Não havia mais? —A condessa disse na mesma língua, levantando-se do tamborete. Pegou uma mecha do seu cabelo e começou a acariciá-lo com as duas mãos.

—Sim, meia dúzia, pelo menos. Mas alguns serviram de ninho para nossos amados roedores e outros estão comidos, mordidos ou velhos.

—Teremos que fazer uma lista de tudo o que precisamos. Se o vento cessar nos próximos dias, iremos à cidade e compraremos as coisas mais urgentes —disse a jovem, dando importância a outro problema, entre os muitos, expostos pela donzela. Entre eles, estava a necessidade prioritária de contratar lavadeiras e costureiras.

Pelo menos, ela foi bastante gentil ao não dar sua opinião sobre onde morariam e a impediu de entrar em colapso quando perdeu suas forças. Seu dever como esposa a fez manter uma atitude afável e compreensiva em relação a George, mas na solidão oferecida por aquela sala, queria se ajoelhar e chorar. No entanto, Ângela não permitiu. Ela a lembrou que era uma Rutland e que eram caracterizados pela força e coragem com que enfrentavam o mundo.

—Como seu marido me informou, pode trocar os móveis deste quarto e decorá-lo como desejar —disse ela, caminhando em direção ao fogo. Pegou o atiçador e moveu as toras ardentes para dentro. Então, levantou o ferro incandescente e o observou pensando se estaria com calor suficiente para ferir o mordomo. Bem, desde que ela entrou na residência, ele não a deixou sozinha por um segundo. Toda vez que ela se virava, ele estava de pé atrás dela e olhando-a como se quisesse fazê-la desaparecer com os olhos.

—Sim, eu sei —ela admitiu, sentando-se na cama. —Mas não sei por onde começar —acrescentou, em dúvida.

—Eu começaria pela cama —disse Ângela, soltando a barra de metal e afastando pensamentos criminosos de sua mente —as cortinas, a cômoda e também removeria esses quadros. Não entendo por que uma mulher cobre as paredes do quarto com pinturas de paisagens.

—Talvez ela tenha olhado para eles e sonhado em estar lá —disse ela, com alguma tristeza.

—A liberdade não está em uma pintura, senhora —interveio Ângela, caminhando em direção à penteadeira. —Temos que lutar para alcançá-la.

—Ela não podia lutar e só pode alcançá-la em sonhos... —disse Tricia calmamente.

—Não tenho tanta certeza —disse Ângela, enchendo a bacia com água. Embora por causa da escuridão, não pudesse confirmar que fosse realmente água.

—Por que diz isso? —Tricia perguntou, abraçando-se às suas pernas.

—Se os boatos são verdadeiros...

—Eles são —determinou a jovem. —Não está ciente do estado em que esta casa se encontra? Não andou pela galeria de pinturas e parou para contemplar a imagem do monstro?

—Sim e sim —respondeu Ângela. —É por isso que insisto em explicar que a falecida condessa alcançou essa liberdade após a morte. Certamente sua alma foi direto para o céu.

—Com seus filhos... —Tricia murmurou novamente.

—Deus os protege enquanto o diabo se diverte torturando o torturador —declarou Ângela com o jarro nas mãos. —Mas não quero que pense que será outra esposa infeliz —ela argumentou depois de pousar o jarro de barro na penteadeira. —Seu marido a ama e essa diferença marcará um antes e um depois nesta casa.

—Às vezes acho que o seu destino a instou que me encontrasse —comentou Tricia divertidamente. —Porque, graças às suas palavras, sou incapaz de ficar brava ou triste.

—Meu destino, o seu, o do seu marido ou o da casa é forjado com os sentimentos e decisões que cada um toma ao longo da vida. Eu sabia que meu destino deveria ser permanecer ao seu lado desde que notei a pressão da sua mão na minha enquanto lhe contava a história do meu marido. E juro por Deus que minha lealdade é tão grande que daria minha vida, se isso a fizesse feliz para sempre —explicou ela, segurando as lágrimas que faziam seus olhos brilharem.

—Ângela! —Exclamou, pulando da cama para abraçá-la. —Eu também te amo!

—Isso é muito bonito, senhora, e só expressa a beleza e a bondade que seu coração possui —ela admitiu, assoando o nariz. —Foi por isso que Deus colocou o senhor em seu caminho; foi por isso que se apaixonou assim que o viu naquela tarde e, semanas depois, evitou o compromisso iminente com a senhorita Preston. Só Deus sabe que uma alma sincera e ao mesmo tempo forte, como a sua, pode libertá-lo desse passado que, embora ele não admita, continua a atormentá-lo.

—Mas... quanto tempo vai demorar para ele se libertar? —Ela perguntou, levantando o rosto banhado em lágrimas.

—O que tempo que precisar. Como sempre digo, deve ser paciente e mostrar que o ama. Só isso —ela disse, separando-se lentamente da jovem.

—Paciência... —Tricia sussurrou, enxugando as lágrimas com as mãos.

—Se é verdade que Deus criou a mulher a partir da costela de Adão, não apenas adquirimos carne e ossos, senhora. Nesse pedaço também levamos a inteligência e a paciência deste. Já que, para viver com homens, precisamos de ambas em abundância —ela admitiu divertida.

—*Deus fez o homem dormir profundamente e, enquanto dormia, pegou uma de suas costelas e, com isso, o Senhor Deus criou a mulher* —recitou Tricia.

—Sim, mas nessa passagem em Gênesis esqueceram de se referir às duas qualidades, dentre tantas, que a mulher arrancou do homem —acrescentou Ângela.

E ambas começaram a rir e não deixaram de fazê-lo até que George saiu da escuridão.

XX

Ele aproveitou a ausência de Tricia para se reunir Sebastian na biblioteca. Durante o jantar, e com a discrição que caracterizava Herald, informou que o criado havia chegado e que esperava vê-lo o mais rápido possível. Para George foi muito difícil vê-la subindo as escadas e não poder acompanhá-la ao quarto para acalmar aquela inquietação que não demonstrava com gestos. Porém, o desejo de descobrir o que deveriam enfrentar o inquietava tanto que não conseguia pensar em mais nada. Ele não permitiria que aqueles que juraram lealdade a Oliver destruíssem sua vida. Protegeria sua esposa acima de tudo. No entanto, a notícia que o servo trouxe o pegou de surpresa.

—Tem certeza do que diz? —Ele insistiu.

—Sim, milorde. Eu tenho certeza absoluta. A fonte da informação é tão confiável quanto minha lealdade ao senhor.

—Eu não entendo... —ele murmurou, levantando-se da cadeira. —Essa fonte lhe contou desde quando estão nesse estado de rebeldia?

—Segundo ela, desde que a notícia de seu compromisso com Lady Rutland chegou aos ouvidos do juiz e do pastor. Ambos, como vingança, contrataram um homem para se mudar para Brighton e falará em seu nome com os capatazes de ambas as empresas.

Sua raiva aumentou tanto que ele notou como suas mãos estavam suando. Claro, aqueles dois não estavam sentados em suas cadeiras confortáveis, observando como desfrutava daquilo que Oliver lhes prometeu no passado. Mas nunca imaginou que seu plano incluiria falência das duas empresas mais importantes de propriedade dos Burkes: a dedicada ao ferro, que supria as necessidades da ferrovia, e a companhia de navegação, destinada à fabricação de novas embarcações. Se desaparecessem, a herança dos Burkes decairia tanto que os levaria diretamente à ruína.

—Malditos bastardos! —Exclamou. Se virou para a mesa e deu um soco, fazendo com que tudo caísse no chão ou tremesse. —Como não considerei essa opção?

—Porque, como eu, pensou que se concentrariam em fazer o seu casamento fracassar e não em assediar servos leais com mentiras —Sebastian disse sem desviar o olhar da figura tensa de seu senhor. —Se quiser, posso partir para Brighton amanhã mesmo e conversar com os trabalhadores da fábrica. Quando descobrirem que nada é verdade e que tudo o que ouviram é uma farsa traçada pelo juiz Clarke e pelo reverendo Madden, abandonarão a rebelião e retornarão ao trabalho.

—Não —ele declinou rapidamente. —Eu tenho que resolver essa questão pessoalmente. Eles se recusarão a ouvir o discurso de outro homem que não seja de quem paga seus salários —disse ele, caminhando em direção à parede à sua direita. Com um golpe, afastou um quadro no qual os dois cães favoritos de Oliver foram retratados e abriu a porta de madeira que ele escondia. —Partirei em dois dias —anunciou ele, apertando a mandíbula, pois não gostava da ideia de deixar Tricia sozinha naquela casa horrível. Havia prometido a ela que estaria ao seu lado e teria que quebrar sua promessa mais cedo que o esperado. —Enquanto preparo a viagem, preciso que me faça um favor —acrescentou ele, sem eliminar a raiva em seu tom.

—Tudo o que me pedir, excelência —disse ele, surpreso ao perceber que o conde confiava tanto nele que lhe revelou onde as joias da família estavam guardadas, o segredo mais bem guardado por séculos e sobre o qual todos especulavam sobre a quantia.

—Penhore tudo isso —ordenou enquanto atirava os sacos de tecido preto que havia no interior do cofre sobre uma antiga e roída

poltrona. Quando viu o rosto de horror de Sebastian, esclareceu:
—Não se preocupe, terá uma carta escrita de próprio punho, para que não pensem que as roubou. —Então, estendeu a mão direita e começou a tirar as que estavam no fundo da caixa. —Quando receber a fortuna que as joias valem, divida-a em duas partes. Uma será distribuída entre os servos da aldeia que trabalharam sob as ordens de Oliver e o restante será dado como compensação aos que temos nas fábricas.

—Como diz? —Ele perguntou, arregalando os olhos.

—Se eu quiser provar que não sou como meu tio e que o novo conde de Burkes fará desaparecer a atrocidade e a destruição que meus ancestrais mantiveram, devo agradecer como é devido a quem suportou suas tiranias —explicou ele, jogando a última sacola. Fechou a pequena porta de madeira novamente, colocou o quadro, virou-se e observou o que havia tirado.

—Ainda não te entendo muito bem, excelência. Quer que penhore as joias que pertencem à sua família há vários séculos para pagar os salários que aqueles que serviram aos Burkes realmente deveriam ter recebido?

—De fato —ele disse. —Muitos deles continuam sofrendo a miséria a que foram forçados e isso os ajudará a superá-la. Além disso, minha esposa não precisará delas, nem vou oferecê-las. Desde que foram adquiridas, só deram azar às condessas que as usaram e essa maldição tem que acabar. Está na hora de essas joias fazerem o bem, não o mal —disse ele, caminhando em direção à garrafa de conhaque. Uma quantidade generosa de licor foi derramada em um copo e bebida de um só gole. Então o encheu novamente, olhou por cima do ombro para o servo surpreso e serviu outro para ele. Com os dois copos nas mãos, caminhou em direção a Sebastian.

—Acostume-se à boa sorte, velho amigo, porque haverá muito a partir de agora —ele declarou, oferecendo-lhe a bebida. Ele, a princípio, não sabia muito bem se tinha que aceitá-la, mas quando

George se aproximou, ele aceitou: —O moralista estrito morreu e com ele a condenação, injustiça e o infortúnio.

—A senhora Blanche ficaria muito orgulhosa do senhor, milorde —disse Sebastian, erguendo o copo.

—Então, vamos brindar a ela. Para a única mulher que lutou para que a perversidade que respirava neste miserável lar não se apossasse da minha alma —comentou antes de brindar com o servo que o impedira de descer à masmorra e ouvir os últimos soluços de vida de Blanche.

—A ela! —Sebastian repetiu antes de beber o licor de um só trago, assim como o conde.

XXI

Colocou as mãos nos dois lados da banheira de aço e se levantou. Ao sair, olhou em direção ao fogo e refletiu sobre as informações que Sebastian havia lhe dado. Miseráveis. A única palavra que encontrou para descrevê-los foi essa. A ganância dos dois era tão grande que pretendiam arruiná-lo, não obtendo a herança que lhes foi prometida. Mas ele não ia permanecer de braços cruzados. Seu objetivo era lutar incansavelmente. Não apenas pela promessa que fez a Blanche, mas também pelo bem-estar de sua esposa. Nada nem ninguém o impediriam de cumprir seus votos de casamento, ele a protegeria, a amaria e daria tudo de que precisava até o fim de seus dias.

Enquanto observava o que estava ao seu redor, caminhou lentamente para ficar ao pé da cama e franziu a testa por não sentir a repulsa que normalmente percebia ao estar naquele quarto. Nunca imaginou que algo tão simples, como penhorar as joias e direcionar seus valores às famílias desfavorecidas que sofriam a crueldade dos Burkes, lhe traria tanto prazer e bem-estar, o transformando em um homem diferente. «Tudo o que vê é inútil, porque a matéria pode desaparecer a qualquer momento, George. O que realmente importa na vida é o que uma pessoa guarda por dentro e o seu interior me diz que você será um bom e gentil conde. Quando conseguir se tornar esse homem, lembre-se de olhar para trás e resolver os problemas que nunca foram resolvidos. Porque todo mundo que constrói muros fortes para sua futura casa, poderá erguer uma mansão sólida, que nunca será destruída ao longo dos anos, mas que se manterá tão firme e segura como o primeiro dia» disse Blanche em uma tarde de dezembro enquanto limpava suas costas com um pano. Sofreu outra punição injusta, na qual seu tio, depois de chicotear as costas com um chicote até sangrar, o forçou a permanecer nu em um sofá ao lado de uma varanda com as janelas abertas. Passou tanto frio, que sua pele se tornou violácea e vários de seus dentes trincaram pelos tremores.

Levantou o rosto e o cravou no crucifixo situado sobre a cabeceira da cama. Então estendeu uma mão para o dossel desta, na qual dormiu durante quinze anos, e o apertou como se quisesse romper a grossa peça de madeira. A lembrança daquela passagem de sua vida o levou a outra ocorrida na semana anterior e isso lhe causou uma raiva mais irracional do que pode abrigar no passado. Se a Sra. Hamberbawer não tivesse ordenado remover o sofá da varanda da sala onde levaram Tricia para se recuperar do desmaio, o ataque de raiva o cegaria a ponto de destruir aquela casa luxuosa. Aquele dia foi a segunda vez que escutou os batimentos de seu coração e em ambas situações a causa dessas palpitações aceleradas foi sua esposa.

Pegou o roupão de seda preta que Herald deixou sobre o colchão, colocou-o e atou o laço com rapidez enquanto pensava em sua mulher, a jovem ousada que tinha saído para a varanda para explicar-lhe que a senhorita Preston não era a esposa certa para ele. Claro que não! Sua mulher perfeita ofereceu um escândalo em uma das festas mais importantes da sociedade londrina, disse a seus pais que havia perdido a virgindade com um espanhol e agarrou sua mão, para confortar sua tristeza, toda vez que ele lhe mostrava uma das salas na casa onde ela seria forçada a viver pelos próximos três anos. Sua mulher ideal se tornara esposa, condessa e tudo o que ele precisava na vida para ser feliz.

«Qual é o gosto da minha boca?» George lembrou-se da pergunta que ela fez depois de beijá-la pela primeira vez. «Mel». Ele continuou dizendo, porque sua mente estava tão confusa e suas emoções tão alteradas que não sabia se as palavras que saíam de sua boca eram adequadas para uma jovem mulher ouvir. «Gosta de mel, George?» Ela perguntou através de suspiros suaves causados pela paixão do beijo. Ele não apenas havia gostado, como ficado louco. Desde a chegada em Lambergury, ele acrescentara mel a tudo o que havia no prato, para que a comida não lhe parecesse nojenta. Graças a ela, não tinha morrido de fome.

«Mel...» ele pensou, incapaz de apagar o sorriso largo e travesso que seus lábios desenhavam. Hoje à noite, não apenas sua boca teria gosto de mel, mas toda ela...

Pegou o castiçal na cômoda e saiu do quarto. Desceu as escadas mais rápido que uma criança esperando por um presente, entrou na cozinha e vasculhou o armário em busca do que procurava. Quando encontrou o jarro de mel, olhou para ele e soltou uma risada alta. Doce, pegajosa e saborosa. É assim que Tricia ficaria naquela noite. Teria imaginado que a primeira noite naquele lugar horrível seria a mais divertida e erótica da sua vida? Não, até Tricia aparecer no seu caminho, havia apenas escuridão. Mas, graças a ela, alguma luz já estava surgindo ao seu redor.

Com as duas mãos ocupadas, uma com o jarro de mel e a outra com o castiçal, subiu tão rápido quanto desceu. A passos largos, se colocou na frente do quarto onde sua esposa estava. Descansou o candelabro ao lado do que havia aceso sobre uma mesa, soprou as três velas e virou-se para a porta. Com a agitação típica do amante que alcançará seu objetivo em breve, girou a maçaneta e entrou. No entanto, e apesar do barulho que ele fez, elas não o ouviram e ele decidiu se esconder nas sombras para prestar atenção na conversa que as duas mulheres mantinham. Quando percebeu que elas não falavam inglês, mas espanhol, franziu o cenho. O que estariam dizendo? Conversavam sobre ele? Falariam nessa língua para que ninguém descobrisse as impressões que ambas tinham sobre a casa? Sua alma se encheu de tristeza e seu coração começou a bater rapidamente quando ele se virou para uma cômoda para depositar o pote de mel. Talvez não tenha sido uma boa ideia. Talvez a esperança de que ela não se sentisse infeliz naquele lugar fosse apenas um reflexo de sua própria necessidade. Porém, quando as duas começaram a rir, por um comentário que Ângela fez, segurança e expectativa retornaram a ele. Tricia estava sorrindo como um anjo, seu anjo...

—Imagino que a conversa tenha sido divertida. Não é uma afirmação, mas uma pergunta, porque não entendi nada do que falaram —ele comentou, saindo da escuridão.

—George! —Tricia exclamou sem apagar a felicidade do rosto e misturá-la com a surpresa que causara sua presença furtiva.

—Milorde. —Ângela disse com uma ligeira reverência. —Garanto-lhe que mencionamos um versículo da Bíblia —disse ela em inglês.

—Da Bíblia? —Ele estalou, apoiando-se em um dossel da cama e cruzando os braços.

—Gênesis dois, de vinte e um a vinte e quatro —disse a dama.

—*Deus fez o homem cair em um sono profundo, e enquanto dormia, tomou uma das suas costelas e com isso, o Senhor Deus criou a mulher.* Estou errado? —George disse, olhando para sua esposa com a mesma voracidade que Adão contemplou a maçã que Eva lhe ofereceu.

—Segundo Ângela, naquela costela, não apenas arrancamos carne e sangue do homem, mas também a virtude de ser paciente —comentou Tricia, respondendo às labaredas ardentes, que mostravam os olhos do marido, da mesma maneira.

—Mas é apenas a minha opinião, milorde —a dama disse rapidamente. —Isso não significa que os homens não sejam, apenas que, na minha experiência, as mulheres têm mais paciência...

—Não peça desculpas, senhora Dominguez —disse George, desenhando um grande sorriso. —Eu concordo com o seu raciocínio. A mulher nasceu com a extraordinária virtude da paciência, porque deve tê-la para suportar o marido.

—É muito atencioso, excelência —apontou Ângela, inclinando a cabeça levemente. —Milady, se não necessita mais de mim. Vou me retirar para o meu quarto.

—Obrigada por tudo, Ângela – apontou, enquanto sua dama se dirigia para a porta.

Ela não conseguiu observar como a mulher se afastava do quarto, pois toda a atenção estava concentrada em admirar a expressão indecente do marido. Aquele que a transformou em desavergonhada e que aumentou tanto a temperatura de seu corpo que lhe causou umidade em todos os lugares.

—À senhora —respondeu a espanhola ao sair.

Quando Ângela fechou a porta, se benzeu e foi para o quarto. Agradeceu a quem decidiu colocar os quartos dos serviçais no outro extremo da residência, porque naquela noite, depois do que havia notado em seus rostos, ninguém que permanecesse perto deles iria adormecer.

—Sra. Dominguez —disse Herald, aparecendo em algum lugar no decorrer do longo corredor, fazendo Ângela parar e colocar as mãos no peito com medo – Já terminou seu trabalho como dama de companhia hoje?

—Não —ela disse, erguendo o queixo e andando altivamente até deixá-lo para trás. —Enquanto a senhora respirar, continuarei exercendo essa função —ela resmungou.

—Sabe onde é o seu quarto? —Perguntou Herald, avançando atrás dela como se fosse um cão de guarda.

—Sim, claro que eu sei —assegurou, virando-se para ele.

—Encaixe bem a porta e gire a chave, senhora Dominguez. Como pode ver, apenas homens moram aqui —continuou ele, falando naquele tom de voz que poderia aterrorizar qualquer criminoso temível.

—E? —Ela estalou, erguendo uma de suas sobrancelhas negras.

—E muitos deles dormem em camas frias há anos —disse ele, apertando a mandíbula.

Ângela apertou os lábios para evitar responder a essa insinuação. Enrijeceu as costas e andou sem parar até chegar à porta do quarto, enquanto ouvia os passos fortes de quem a seguia. Quando girou a maçaneta para abri-la, observou que o titã vestido de preto, cuja imagem podia ser confundida com a da própria morte, permanecia a vários passos dela.

—Boa noite, senhora Dominguez —disse ele sem desviar o olhar e com as mãos atrás das costas.

—Boa noite —ela respondeu antes de entrar no quarto.

Depois que fechou a porta e passou a trava, se apoiou na maçaneta e suspirou. Por que suas pernas tremiam quando ela o encontrou no corredor? Pela primeira vez em seus trinta e cinco anos, havia temido por sua vida? Sem parar de procurar as respostas para suas perguntas, se afastou da entrada e caminhou até chegar à cama. Quando se sentou, a poeira que cobria os lençóis se espalhou pelo ar. Murmurando milhares de insultos em espanhol, levantou-se num só pulo e os removeu.

XXII

—Paciência... —George sussurrou.

Olhou em direção à porta, certificando-se de que estivesse fechada, virou o rosto para a esposa e exibiu um sorriso tão perverso que sua esposa, o vendo, tremia de emoção. Descruzou os braços, caminhou até a mesa de cabeceira onde deixou o castiçal e soprou as três velas. Então, se virou para Tricia e caminhou em sua direção.

—Sim... —ela ofegou quando apreciou como a paixão, a luxúria e o desejo que sentia, também eram visíveis nos olhos cinzentos do marido.

—E você deve tê-la comigo, querida? —Ele perguntou, pegando-a pela cintura e puxando-a como se quisesse abrigá-la nas suas entranhas.

—Sim —disse ela, erguendo o rosto e respirando a fragrância de sabão e masculinidade que seu marido exalava. —Eu tenho de ter muita com você, George.

—E que motivo eu lhe dei para isso, milady? —Ele estalou, beijando seu pescoço lentamente, enquanto rezava para que não se referisse à incômoda situação em que deveria permanecer.

—Seu atraso... —gemeu, fechando os olhos. Ela inclinou a cabeça para trás e colocou as mãos nos ombros de George para agarrá-lo e evitar um acidente iminente.

—Eu tinha assuntos a tratar —ele respondeu enquanto seus lábios corriam pela garganta, queixo e pousavam gentilmente nos de Tricia.

—Você os resolveu? —Disse

—Por enquanto... —ele assegurou antes de beijá-la com aquela fome e selvageria que seus olhos expressaram quando entrou.

Não soube quando George a pegou e direcionou a uma parede no quarto. A única coisa que pode saber, em meio àquela névoa de prazer causada pelos beijos apaixonados e urgentes do marido, era que estava presa entre seu corpo rígido e a parede e que, embora quisesse fugir, não podia fazê-lo.

—George... —ela ofegou quando percebeu como as mãos dele se agarravam aos seus pulsos, puxando-os para longe de seus ombros até colocá-los em sua cabeça.

—Tricia... —ele respondeu, dando-lhe um olhar cheio de possessão, desejo e ânsia.

—Por que tenho a sensação de que nunca esquecerei esta noite? – Ela lançou, divertida.

—Por que você não vai —ele assegurou, antes de beijá-la novamente.

Apertou-a com mais força contra a parede, levou seus quadris aos da esposa e esfregou-os, de modo que ela não tivesse dúvidas de como estava excitado e do seu desejo em penetrá-la. O suspiro que Tricia soltou quando afastou sua boca da dele, o deixou com mais fome do que já tinha. George, febril com a excitação de sua esposa, apoiou os lábios no queixo e desceu ao peito. Abriu a boca, mordeu um mamilo sobre o tecido e depois o lambeu. O súbito espasmo de prazer que tomou conta de Tricia a fez gritar e aproximar seu corpo do dele. Laxton levantou o rosto até que ambos os olhares se encontraram e ficou feliz em observar o desejo crescente que os olhos de sua esposa expressavam. Ele se obrigou a se concentrar em seu propósito, que não era outro senão fazê-la enlouquecer de prazer, e continuou com esse plano. Mordeu seu rígido mamilo novamente e, depois de ouvir um novo grito de Tricia, agarrou o outro, mordendo e lambendo-o, como fizera com o anterior. Quando se sentiu saciado, afastou suas mãos dos pulsos de Tricia e, com as palmas das mãos estendidas, acariciou seus braços e ombros, até colocá-las nos seios dela, aqueles seios duros e macios.

—Eu ficaria assim a vida toda —disse ele com voz rouca, enquanto apertava os seios com as mãos. —Nasceu para ser adorada e amada, e é isso que pretendo fazer ao longo da minha vida: te adorar e te amar —acrescentou ele, ajoelhando-se diante dela.

Sua boca desceu pelas costelas, barriga, quadris até que conseguiu se colocar diante do sexo, ainda coberto pela camisola. Inspirou o delicioso perfume feminino que ela exalava entre as pernas e, devido ao choque desse prazer, sua visão ficou nublada. Ela era tão feiticeira, tão hipnotizante, que o abstraiu de todo o mal e o fez ver um quarto iluminado, quando a verdade era que apenas a luz do fogo o iluminava. Lentamente, deslizou suas mãos por aquele corpo trêmulo, até que conseguiu alcançar a bainha da longa camisola. Sem tirar os olhos do rosto de Tricia, subiu lentamente o tecido, até que alcançou a cabeça de sua esposa. Depois disso, olhou para baixo e se concentrou nos cachos escuros que tinha na frente da sua boca.

—Mesmo se eu passar o resto da minha vida bebendo de você, sempre terei sede... —ele disse antes de aproximar os lábios e saborear a essência feminina produzida pela excitação daquelas dobras úmidas.

A invasão de sua língua, as carícias e as suaves investidas causaram um tremor tão imenso que seus joelhos flexionaram. Então, ela sentiu a pressão das mãos de George nos dois lados dos seus quadris, segurando-a com força. Absorvida pelo prazer que ele havia prometido e realizado, colocou as mãos nos cabelos do marido, enroscou vários fios entre os dedos e aproximou-o mais dos seus quadris. A resposta de George ao ato ousado foi lambê-la, morder seus lábios, como se quisesse levá-los consigo. Então, se concentrou em um ponto muito sensível do sexo dela. Quando a língua tocou nessa área várias vezes, a fez gritar e morrer, ainda estando viva.

Naquele instante, os espasmos leves se transformaram em abrasadores, desconcertantes e maravilhosos tremores.

Ela inclinou a cabeça para a frente e a imagem do marido desapareceu quando colocou o seu cabelo entre eles. Angustiada, pois precisava vê-lo e descobrir se sua expressão continuava a mostrar prazer, como os dela, jogou a cabeça para trás e tentou manter os olhos abertos. Mas seus cílios ficaram pesados devido ao desejo e seus olhos acabaram se fechando. Teria sido normal que ela tivesse vergonha de se ouvir ofegar ou se sentisse envergonhada quando pediu ao marido para não parar, para continuar a levá-la a esse estado de frenesi, para continuar a enlouquecer a ponto de esquecer o lugar horrível em que residiriam pelos próximos três anos. No entanto, não havia rubor ou repulsa, mas complacência e alegria. O sangue, o que fervia dentro dela, corria em suas veias e a queimava enquanto passava pelas veias. Ela gritou de novo, até ficar sem voz quando os espasmos, aqueles lindos tremores se tornaram convulsões tão incríveis que ela queria fechar as pernas e afastar seu marido de perto dela. Mas no momento em que se rendeu a esse estado agradável e, ao mesmo tempo, de agonia, ele se afastou dela, deixando-a ofegante. Sem poder abrir os olhos, sentiu como ele se levantou e trouxe a boca tão perto da dela que terminou por beijá-la.

Ela não conseguia respirar. Os lábios de George pressionaram tanto os dela que não lhe deram um segundo para recuperar o fôlego. Desmaiou... não apenas pela falta de ar nos pulmões, mas também pela emoção e desespero que ele transmitiu beijando-a, tocando-a, fazendo seus quadris se ajustarem tanto aos dela, que a rigidez de seu membro excitado causou uma leve dor naquele lugar.

—Eu te amo —ele disse quando o beijo terminou. —Eu te amo tanto que não sei o que seria da minha vida sem você.

—Você não precisa pensar nisso —ela respondeu, levantando lentamente a camisola, fazendo seus pelos se arrepiarem quando ela sentiu o toque daquela peça em sua pele. —Porque sempre, sempre, estarei com você —prometeu.

Uma vez que ficou nua, não se cobriu nem alegou uma expressão sarcástica sobre o motivo de ela permanecer assim, enquanto ele continuava vestido. Já sabia o motivo pelo qual ele estava se escondendo e sonhava com o dia em que confiaria tanto nela, que lhe revelaria o segredo sem que ela precisasse insistir. Ainda olhando para ele, estendeu as mãos em direção ao peito de George para acariciá-lo sobre sua bata. Mas ele as afastou rapidamente, levantou-a, colocou as mãos nas nádegas de Tricia e, sem parar de beijá-la, levou-a para a cama. Uma vez lá, deslizou através de seu corpo lentamente. O toque de seda nas pernas, na barriga e nos seios a fez estremecer. Não sabia o que havia acontecido, mas seus sentidos estavam tão despertos que era capaz de ver, cheirar, ouvir, perceber e provar com tanta intensidade que começou a ficar assustada.

—Deite-se —ele ordenou, entendendo que ela estava tão confusa que não conseguia se deitar na cama.

Tricia recuou e, uma vez que notou a pressão do colchão em suas coxas, sentou-se e se acomodou nele.

—Venha comigo —disse ela, estendendo a mão para se enroscar em seus braços.

—Logo, minha querida —ele respondeu, indo para a porta.

—George! O que houve? Por que você está saindo? —Ela perguntou, sentando-se e lutando para que as lágrimas que enevoavam seus olhos não escorregassem pelo rosto.

—Não vou a lugar nenhum —comentou, ao voltar. Ele levantou a mão direita e mostrou-lhe um pequeno pote de mel.

—O que é isso? —Ela estalou, inquieta.

—Você se lembra do sabor que sua boca tinha na primeira vez que eu te beijei?

—Mel —respondeu, fazendo aquelas lágrimas desaparecerem num piscar de olhos.

—Hoje à noite, querida esposa, sua boca não terá apenas gosto de mel, mas também o resto do seu corpo —assegurou ele, depositando o pote no colchão.

Levou as mãos na direção do laço e a desamarrou. Lentamente, e permitindo que Tricia contemplasse a frente de seu corpo, deslizou sobre seus ombros e braços até que seu roupão terminasse no chão.

—Você cumprirá sua promessa? —Ela disse, mordendo o lábio inferior suavemente.

Felicidade era um termo simples demais para descrever a alegria que ela sentiu quando o viu se despir. Estava tão orgulhosa dele, que sentiu seu peito se inflar de emoção e seu coração enlouquecer com tamanha agitação.

—De qual delas diz exatamente? —Ele perguntou, pegando o pote novamente.

Subiu na cama, colocou seus joelhos em ambos os lados dos seus quadris e a olhou determinado a devorá-la. Antes de colocar o pote de mel na lateral do colchão, colocou vários dedos dentro e tirou uma boa quantidade.

—Para que eu não esqueça essa noite... —disse Tricia, inclinando-se para trás e se rendendo incondicionalmente ao próximo sacrifício.

—Sim, exatamente, pretendo fazer exatamente isso —disse ele antes de colocar os dedos na boca de Tricia e deslizá-los por seu queixo, pescoço e seios. —Decididamente, hoje é o melhor dia para fazê-lo... —Ele sussurrou no momento em que seus lábios tocaram os dela.

Seu sabor, o de George e o do mel, se misturam na boca, produzindo uma combinação tão suculenta quanto erótica. As duas línguas, impregnadas pela substância grossa, acariciaram e dançaram a dança do frenesi, transportando-os para um mundo remoto, diferente e cheio de luxúria. Muito gentilmente, estendeu as mãos e as colocou no pescoço de George. No entanto, não demoraram muito ali, porque, à medida que George se mexia para continuar lambendo as áreas por onde havia espalhado o mel, as deixou estendidas sobre a cama.

—George... —ela sussurrou, agarrando-se firmemente aos lençóis, balançando a cabeça da direita para a esquerda, como se aqueles movimentos repentinos fizessem as sensações e formigamentos que seu marido causava ao absorver e saborear cada poro da pele manchada desaparecer. —Oh, Deus! —Ela gritou, fora de si.

Apesar de seus movimentos, apesar dos arrepios que isso lhe causara, continuou a devorá-la sem lhe dar uma pequena trégua sequer. Enlouquecida, pelas centenas de choques que a acometiam, Tricia fechou os olhos. Ângela lhe dissera que ela deveria se sacrificar para salvar a alma do marido? Bem, isso atestava que havia cumprido a sugestão de sua dama. Embora não soubesse muito bem se ele se libertava da escuridão ou ela entrava. Porque, de acordo com a Bíblia Católica, havia evocado Deus em vão e o que eles estavam fazendo era a descrição perfeita de vários pecados mortais: o da gula, da ganância e da luxúria.

—George, o que está fazendo? —gritou. Apoiou os cotovelos no colchão e arregalou os olhos para confirmar que George havia colocado as solas dos pés na cama.

—Cumprindo a promessa —ele a lembrou, acariciando-o lentamente dos joelhos até os quadris, fingindo acalmar com suas carícias aquela turbulência que despertou nela.

Inclinou o rosto para Tricia e deu-lhe um beijo tão apaixonado que a deixou sem fôlego. Então, e colocou novamente na frente de suas pernas e a olhou com tanta necessidade e voracidade que Tricia se perdeu na perversão que expressava seu olhar cinza.

—Tem certeza? –Ela estalou, deitando-se novamente.

—Sim —ele disse com um sorriso largo. Não tirou os olhos dela nem quando pegou o frasco e encheu a mão com mel. Precisava ter

certeza de que Tricia permaneceria tranquila e que confiaria nele.
—Acalme-se, querida —ele disse enquanto espalhava o néctar por seu sexo. —Aproveite tudo o que vou lhe dar —ele acrescentou antes de sair da cama. Ficou de joelhos e, uma vez que suas mãos agarraram as nádegas de sua esposa, ele a puxou.
—George! —Ela exclamou.
—Relaxe —ele repetiu no mesmo instante em que seu hálito, que emanava ao falar, lhe ofereceu a primeira carícia. Então, levou os lábios àquelas dobras manchadas e inspirou avidamente aquela mistura de aroma de mulher e cheiro característico de mel. Fechou os olhos, abriu a boca e colocou sua língua nela. Inicialmente, para ela se acostumar com os toques, a acariciou com a ponta, mas não demorou muito para apreciar aquela iguaria saborosa com sua língua inteira. Ela despertou nele tanto apetite, que não deixou restar uma única gota...

«Porque de dentro, do coração dos homens, surgem maus pensamentos, fornicações, roubos, homicídios, adultérios, ganância, males, enganos, sensualidade, inveja, calúnia, orgulho e loucura. Todos aqueles males saem lá de dentro e poluem o homem.» **Marcos 7:21 - 23.**

Gritou tão alto o nome do marido, que o interior do quarto devolveu o som na forma de eco. Agarrou os lençóis tão desesperadamente que seus dedos, em algum momento, perderam a sensibilidade e seu corpo tremia com tanto vigor que notou como ele se elevava do colchão. Foram as mãos do marido, agarradas às coxas, que a impediram de levitar. Ela estava se contorcendo... o prazer a fez se contorcer, convulsionar e gritar a ponto de perder a consciência. O que George fez não teve nada a ver com um simples ato de fazer amor, mas sim um ritual de posse, de dominação, cheio de perversão e luxúria. Mas que Deus a isentasse, no dia de sua morte, de todos os seus pecados, pois ela havia caído nas mãos do diabo e não iria se separar dele... nunca!

—Meu amor... —ele sussurrou quando pousou sobre ela.

Enquanto ainda ouvia os suspiros que sua esposa emitia, devido aos espasmos que continuaram ao orgasmo, ele colocou seu membro rígido e ereto na abertura do sexo de Tricia.

—Eu quero você dentro de mim, George. Eu preciso de você... —ela murmurou com uma voz agonizante, enquanto embalava aquele lindo rosto em suas mãos. —Pegue-me, sou toda sua e sempre será assim.

—Eu sei —disse ele, apoiando a testa na de Tricia. —Eu sei —ele reiterou, movendo-se lentamente em direção ao seu interior.

Entre suspiros, soluços e respirações profundas, ambos se tornaram um só ser. Eles ficaram tão loucos, tão alucinados por causa do desejo que professavam, que não ouviram como a estrutura da cama soou quando sacudida, nem ouviram como a cabeceira batia na parede ao ritmo dos movimentos que George fazia com os quadris. Empurrava e se retirava, entrando e saindo, uma e outra vez. Em cada investida dentro dela, a necessidade de senti-la mais perto se tornava mais real, forte e urgente. Fora de si, perdido em um mundo irracional e insolente, George pegou as mãos de sua esposa e as colocou sobre a cabeça.

—Tricia, abra seus olhos e olhe para mim —ele pediu, com uma voz tão rouca que parecia que sua garganta havia ficado seca.

—Estou te vendo, George. Vejo você... —ela respondeu, cumprindo sua ordem, permitindo que ele observasse o brilho que seus olhos apresentavam pelo desejo, pelo estado de prazer ao qual a levou e mostrando com aquele olhar que seu amor era tão verdadeiro quanto profundo.

—Minha! Você é e sempre será minha! —Ele gritou na última estocada, na última posse, no último suspiro que deu antes da chegada de seu próprio orgasmo.

—Sou —Tricia pôde dizer e, logo depois, gritou o nome do marido novamente.

Tremores. Os braços de George tremeram tanto que seus cotovelos logo tocaram o colchão e seu corpo, molhado e escorregadio de suor, caiu sobre ela como um bloco de chumbo. Mas não se afastou até sua respiração se abrandar, até que as forças retornassem, até que as mãos da mulher que ele amava se afastassem de suas costas e acariciassem seus antebraços.

—Sinto muito —ele disse, deitando-se no lado direito. Estendeu sua mão e a atraiu tanto que pôde sentir em seu peito as batidas arrítmicas do coração de sua esposa.

—Não tem por que sentir nada, George. Foi maravilhoso ter você sobre mim. Sabe? Tive a sensação de que, por alguns segundos, precisava de mim e que só eu poderia ajudá-lo a lidar com a fragilidade que suportava.

—Precisei de você desde o momento em que te conheci, —disse ele, acomodando-se no colchão para que Tricia se colocasse sobre ele. Uma vez que ela fez isso, George empurrou os fios que haviam sido colados pelo suor em seu rosto e a observou maravilhado. —Sempre vou precisar de você... —ele adicionou, antes de se curvar e lhe dar um beijo gentil nos lábios.

—Bem, antes de tudo, eu preciso saber o que vou achar de você quando o vir se levantar ao meu lado de manhã, desgrenhado e com sono —admitiu Tricia, colocando o rosto no peito dele.

—Eu tenho muitas coisas para fazer —disse ele, apertando a mandíbula enquanto acariciava as costas com as pontas dos dedos.

—Mas você já as resolveu, certo?

—Não todas. Oliver, durante sua vida, não resolveu algumas questões importantes e eu tenho que trazer ordem a todas elas. Aceitar o título não significa apenas ser mais um membro da aristocracia, mas também tenho que enfrentar certos contratempos imediatamente, —disse ele, olhando para o teto.

Não era hora de explicar a Tricia que deveria partir para Brighton em dois dias. Havia definido que a melhor coisa para os dois era manter segredo até o dia seguinte, mas temia que a reflexão tivesse alertado sua esposa inteligente.

—Por que isso me dá a sensação de que suas palavras estão me dizendo algo que você não quer me dizer? —Ela perguntou, afastando o rosto do torso de George para poder olhá-lo.

—Não é isso, querida —disse ele, abraçando-a. —Eu só quero explicar que devo resolver certos problemas que não foram resolvidos no passado e que são vitais para o nosso futuro.

—Dê-me um exemplo —pediu ela, virando-se para deitar no colchão.

E o momento da verdade chegou.

—Sabe que eu tenho duas fábricas em Brighton, certo? —Ele comentou, apoiando-se no cotovelo direito e virando-se para ela.

—Sim —ela disse, estendendo a mão até chegar ao lençol e se cobrir. Por que tinha a sensação de que o que ouviria não seria do seu agrado? Por que teve um palpite de que tudo o que George fizera com ela era uma compensação por algo que aconteceria em breve?

—Quando você subiu para o quarto, aproveitei a sua ausência para ter uma reunião com Sebastian. Por esse motivo, demorei a chegar —ele confessou, ainda olhando para ela. Estendeu a mão esquerda e acariciou uma bochecha com o polegar.

—E?

—E ele me explicou que os empregados das duas fábricas estão alterados desde a morte do meu tio.

—Por quê? —Ela soltou.

Ele deixaria Lambergury? É isso que pretendia lhe contar? Não prometeu que sempre estaria ao seu lado? Descumpriria sua palavra? Ele não queria levá-la junto?

—Porque alguém os fez acreditar que uma dúzia de trabalhadores será demitida e que aqueles que ficarem trabalharão mais horas por um salário mais baixo —explicou ele, com pesar.

—Quem foi capaz de fazer algo tão assustador? —Ela estalou, sentando na cama e agarrando o lençol como um escudo. —Quem quer te prejudicar?

—Muitas pessoas... —ele concluiu, aproximando-se dela até poder colocar a cabeça em suas pernas. —Durante décadas, o ódio aos Burkes aumentou porque nunca foram benevolentes com aqueles que trabalhavam sob suas ordens.

—Eu entendo... —ela murmurou, acariciando os cabelos dele.

—E é seu dever que eles saibam que você é diferente, ou não?

—Sim —ele disse, fechando os olhos e apreciando as carícias de sua esposa. —Eu sou.

—Quando você vai? Quando regressará? —Ela perguntou, contendo um grito repentino.

—Dentro de dois dias e eu estimo que voltarei dentro de uma semana. Tenho que resolver as dúvidas desses trabalhadores, me informar sobre os projetos a serem concluídos e firmar mais alguns contratos. Também analisarei as contas das duas fábricas e tentarei contratar meia dúzia de empregados para que possam descansar aqueles que há anos não têm um dia de folga.

—Isso não se resolve em uma semana... —Tricia murmurou, com pesar.

—Você sabe que eu a levaria comigo se não estivesse em perigo —comentou George. Ele se levantou, colocou as costas na cabeceira da cama e puxou-a para perto até que pudesse segurá-la em seus braços. —Mas, segundo a opinião de Sebastian, a situação é alarmante e não seria conveniente para você me acompanhar. Os trabalhadores estão tão desesperados que podem tramar algo contra você, e não estou disposto que sofra nenhum dano por minha causa.

—Eu sei —ela admitiu, abraçando-o também.

—Mas eu ainda não fui, minha querida —ele começou embalando seu rosto depois de separá-la um pouco dele. —Ainda temos um dia para ficarmos juntos e podemos tirar vantagem disso.

Se desejar, se quiser, amanhã poderemos visitar a cidade e comprar tudo o que vai precisar até eu voltar.

—Eu preciso de muitas coisas, George, e um dia de compras não é tempo suficiente para transformar Lambergury em uma casa aconchegante. —Vendo como o marido franziu a testa, ela se apressou em esclarecer —mas poderíamos nos concentrar no que precisamos, como contratar empregadas que sabem costurar e lavar. Não entendo por que seu tio não contratou nenhuma mulher, elas são muito necessárias para a boa organização de um lar.

—Ele não as queria —murmurou, olhando para a lareira. Uma pequena mentira a acrescentar, porque a realidade não era outra senão o desejo de Oliver de mantê-lo longe do pecado. Desde que o encontrou com Logan, demitiu as criadas que trabalhavam em Lambergury. Ele achava que, dessa maneira, George retornaria à castidade, honestidade e meditaria sobre a moralidade.

—Bem, eu preciso delas —ela assegurou. —Como também preciso de cobertores, lençóis e alimentos para encher a despensa. Segundo Ângela, não há nada na cozinha que possa nos alimentar sem nos causar algum tipo de doença. Além disso, eu gostaria de ver móveis para mudar este dormitório.

—Suspeito que sua dama espanhola tenha feito uma extensa lista de tudo o que precisa —disse ele cautelosamente.

—Sim. Mas juro que eliminei muitas de suas prioridades. Eu não acho que precisamos de novos talheres de prata. Se polirmos os que temos, será mais do que suficiente para poder comer com eles.

—Você só me pede isso? Não se preocupa com mais nada? —Ele insistiu, ao aproximar a boca da esposa e olhando-a aturdida por sua generosidade e solicitude.

—Isso e que você não demore muito.

—Eu não vou —ele prometeu, antes de beijá-la mil vezes.

XXIII

Ao abrir os olhos, sorriu. Tal como ela havia pedido na noite anterior, George não havia saído, ainda estava na cama, ao lado dela e a abraçando. A emoção que a dominou quando o viu foi tão grande, que a bela imagem do marido, descansando em paz, ficou embaçada com o aparecimento de algumas lágrimas. Sim, ele era realmente o homem mais sedutor e fascinante que ela já conhecera, apesar de seus cabelos loiros estarem bagunçados e a barba crescida escurecer seu rosto. Seu querido George, seu marido, seu amado e o mais gentil conde que já conhecera cumpriu sua promessa. Muito devagar, para não acordá-lo, estendeu a mão direita e acariciou sua mandíbula com as pontas dos dedos. Enquanto sentia a aspereza daquela barba rala, pensou em tudo o que ele havia sofrido antes que ela entrasse em sua vida. Não devia ter sido fácil para ele viver com o conde defunto depois de ter desfrutado da proteção e abrigo de seus pais benevolentes. Quem pôde ajudá-lo nos momentos mais difíceis da sua curta vida? Quem, de todas as pessoas que permaneceram em Lambergury, teve tanta misericórdia de salvá-lo das maldades do conde? Tricia fechou os olhos e deixou as lágrimas vagarem pelo rosto, quando um nome apareceu em sua mente: Blanche. Sim, certamente a esposa da besta, a mulher que perdeu seus dez filhos, sentiu a necessidade de cuidar dele. Ela o tratou como o filho que nunca teve? Lutou para salvá-lo dos castigos aos quais foi submetido? O que ela fez quando o conde chicoteou suas costas? Chorou de impotência? Tricia engoliu em seco, para eliminar o nó que apertou sua garganta, e tentou afastar esses pensamentos de sua mente. Mas achou impossível assimilar que um homem tão caridoso, como o marido, sofresse atrocidades. Sem contar com a situação miserável em que ele foi forçado a residir. Até onde ela sabia, a aristocracia, até mesmo as mais simples, sempre mantinha uma imagem resplandecente na frente dos outros. No entanto, aquele local, aquela residência a ser chamada de lar, não exibia a posse econômica ou social que caracterizava a linhagem dos Burkes. Aquela casa estava tão arruinada e sombria que, como concluiu antes de entrar, era um paraíso para assassinos ou ladrões.

—No que está pensando? —George perguntou sem abrir os olhos, deixando os dedos de sua esposa acariciarem seu rosto.

—Acho que me tornei a mulher mais sortuda da Inglaterra por ter me casado com o homem mais maravilhoso do país —respondeu ela, desenhando um sorriso forçado.

—Você me considera maravilhoso depois do que fizemos durante a noite? —espetou.

Ele abriu os olhos e, sem lhe dar tempo para fugir para longe dele, colocou-se sobre ela e a beijou.

—George... —ela gemeu, quando seus lábios aliviaram a pressão dos do marido.

—Querida... —ele disse, beijando-lhe o nariz, bochechas, pescoço, seios...

—Você não vai querer...? Oh! Não seja mau! —Ela gritou, sorrindo, enquanto colocava as mãos no rosto e o separava de seu ventre. —Lembre-se que não podemos perder a manhã toda aqui.

—Não vai ser a manhã toda, amor, só um pouco... —ele ronronou, colocando a boca novamente na barriga dela. Ele separou os lábios e, com a ponta da língua, acariciou o umbigo da mulher.

—Eu prometo que recompensarei você se parar de fazer isso comigo —ela sussurrou, colocando as duas mãos em seus cabelos loiros e desgrenhados.

—Me recompensará? —George soltou-se rapidamente, afastando-se do abdômen de sua esposa. Apoiando-se nas palmas das mãos, ele a escalou com a majestade que um leão exibe depois de capturar uma presa. —Como pretende me recompensar, minha senhora? Porque deve me oferecer algo muito perverso para que elimine a necessidade imperativa de torná-la minha novamente —ele disse, movendo seu membro ereto e duro sobre os quadris de Tricia, para que ela não questionasse sua confissão.

—Acha que é uma boa ideia untar você com mel? —Ela arregalou os olhos quando notou o sexo rígido de seu marido a roçando lá em baixo. Com a mão esquerda, ela bateu levemente no antebraço direito de George e, uma vez que se inclinou para o lado, se viu livre da pressão daquele corpo forte e erótico.

—Querida, acho que sua pele, minha língua e meu estômago tomaram muito néctar açucarado essa noite —concluiu, desenhando um enorme sorriso enquanto observava Tricia puxar o lençol para se cobrir e sair da cama.

—Você gostaria de uma garrafa de champanhe, meu senhor? —Sugeriu com um ligeira reverência. Então, rapidamente enrolou o lençol ao redor do corpo e caminhou até a janela. O momento de alegria que vivia a fez esquecer que George odiava expor seu corpo nu à luz e, sem pensar nisso, ela puxou a cortina, facilitando a entrada dos raios do sol e iluminando o interior do quarto. O vento se foi —ela disse, olhando para fora. —Espero que não volte em alguns dias.

—Ele não voltará —ele assegurou.

Quando ela ouviu a voz do marido tão longe, se virou rapidamente para descobrir o motivo dessa distância. Olhando para ele parado do outro lado do quarto e vestindo o roupão de seda, seu coração se encheu de tristeza. O que eles fizeram durante a noite não mostrou que ele podia confiar nela? Ainda não estava pronto para lhe contar seus segredos? Ela silenciou um soluço e desviou o olhar para fixá-lo no que supunha ser um jardim, porque, em vez de flores alegres, havia apenas caules secos espalhados pelo chão. Então, ela olhou para as montanhas e suspirou.

—Atrás delas está o mar —explicou George, parado atrás de Tricia.

—Bem, alguém devia tirá-las de lá para que fosse possível ver o mar toda vez que se chega à janela —ela disse, sarcasticamente.

—Você já o viu? —Ele perguntou, pegando-a pelos braços e virando-a para ele.

—Sim, naveguei por ele durante minha viagem à Espanha e visitei a maravilhosa praia de uma pequena cidade em Granada —ela lembrou, quando seus olhos se encontraram e ela pôde reconhecer nos de George o brilho da preocupação.

—Certamente nossas praias são melhores que as dos espanhóis —disse ele, desenhando um pequeno sorriso. Ele embalou o rosto de sua esposa com as duas mãos e deu-lhe um beijo leve. —Quanto tempo demora para se preparar? —Quis saber.

—Não muito. Acho que Ângela estará no corredor com o café da manhã esperando que você saia —ela explicou, enquanto o abraçava e tentava confortá-lo com relação àquilo que perturbava seus pensamentos.

—Então eu tenho tempo suficiente para informar Herald que ele deve preparar minha bagagem —disse ele, colocando os braços em volta da sua cintura para trazê-la ainda mais para perto dele.

Sentiria falta dela, sentiria tanto sua falta que teria dificuldade em permanecer são durante os dias em que estivesse longe. Mas não havia outra solução se quisesse oferecer-lhe a vida que ela merecia. Embora a agonia de não tê-la consigo não fosse durar muito. Assim que chegasse a Brighton, convocaria uma reunião com todos os trabalhadores e deixaria claro que, sob seu comando, as injustiças e as punições cessariam e que todos os que trabalhavam nas fábricas seriam pagos e respeitados como mereciam.

—Vou te dar tudo o que você precisa... —murmurou, colocando o rosto no seu peito.

Não era justo que tivesse que sair tão cedo. Não era justo deixá-la sozinha naquele lugar escuro e não era justo que alguém que odiasse os condes anteriores interferisse em uma disputa que ele não iniciou. Por que as pessoas não podiam dar a ele um voto de confiança? Por que não ficaram calmos até que explicasse o que pretendia fazer? Por que não lhes concederam mais alguns dias para que ambos desfrutassem do casamento? «Tenho que consertar o passado para termos um futuro juntos». Isso lhe disse quando contou sobre a revolta nas fábricas. No entanto, não tinha certeza de que seu marido seria capaz de fazê-lo nos dias em que pedira...

XXIV

—**Coloque** as esmeraldas —disse ela a Ângela, no momento em que olhava no espelho e decidia que o colar e os brincos mais adequados, para acompanhar o vestido que escolheu, eram aqueles em particular.

—Como sempre, a senhora tem um gosto requintado —respondeu a dama, pegando o colar que ela lhe pedia no porta-joias.

—Acho que vão me dar a aparência de condessa que todo mundo quer ver —disse ela, com certa inquietação. Não podemos esquecer nenhum detalhe e preciso mostrar uma imagem impecável.

—A senhora sempre mostra —disse a dama, observando-a sem piscar. —Não deve se preocupar.

—Faço isso porque meu marido me confessou que nossa aparição na cidade causará agitação e expectativa.

—Imagino que estejam ansiosos para conhecer a jovem e bela esposa do novo conde —disse Ângela, enquanto estendia o colar sobre o peito de Tricia.

—Não se trata disso. Aparentemente, nenhum Burkes andou pelas ruas com a esposa segurando o seu braço —disse a jovem.

—Há uma primeira vez para tudo —disse Ângela, fechando a gargantilha —e espero que haja muitas em seu casamento.

—Eu também espero... —ela sussurrou, acariciando as pedras verdes com as pontas dos dedos.

Mas ela teria essas primeiras vezes quando ele retornasse, depois de conversar com os empregados e anunciar as decisões que havia tomado. Enquanto isso, não haveria muitas primeiras vezes entre eles.

—Eu não entendo por que sua pele está tão grudenta hoje —disse a dama de companhia, enquanto se dirigia ao porta-joias para pegar os brincos.

—Bem, eu sei qual é o motivo, mas não seria respeitoso lhe dizer —respondeu Tricia antes de esboçar um sorriso sedutor.

—E por que não me pediu para preparar um banho? — Disse Ângela, voltando-se para ela.

—Porque eu não posso me atrasar. Se quisermos comprar tudo o que precisamos e entrevistar candidatas em potencial, não teremos tempo suficiente com algumas horas —disse ela, afastando os cabelos que escondia sua orelha direita para que Ângela pudesse colocar o brinco nela.

—Reze para que não haja muitas moscas naquela cidade —disse a senhora, segurando o brinco. Enquanto ela colocava o outro, ouviu um leve sorriso de sua senhora. Desde que entrou no quarto, a jovem não conseguiu fazer nada além de suspirar e sorrir. Isso a encheu de alegria, pois a felicidade de sua senhora também era a dela.

—O que as moscas têm a ver com todas as tarefas que temos que fazer? —Ela perguntou, virando-se para ela.

—Porque gostam muito de mel, milady e, assim que sentirem o cheiro, voarão sobre a senhora se fosse um excremento de cavalo suculento.

—Ângela! —Tricia exclamou, divertida.

—Sempre a seu serviço, milady! —Ela respondeu, antes que as duas rissem de novo e se esquecessem, por alguns segundos, a podridão em que viviam. —Está pronta para deslumbrar seu amado conde? —Ela perguntou quando pararam de rir. Deu vários passos para trás, a inspecionou de cima a baixo e ficou muito orgulhosa ao confirmar o quão bonita sua senhora estaria diante dos moradores locais.

—Sim —ela disse, endireitando as costas e caminhando pelo corredor.

—Não tenho dúvidas de que o seu destino era se tornar uma grande condessa —disse Ângela, caminhando pela passagem estreita atrás dela.

—Nasci para ser a condessa de Burkes e casar com um homem tão maravilhoso quanto meu espo...

Tricia ficou em silêncio quando se colocou no primeiro degrau da escada e observou a figura sedutora de George esperando por ela no corredor. Embora a cor do terno ainda fosse preta, a camisa, gravata, colete e lenço eram malvas. Ela tinha lhe dito, antes que ele saísse do quarto, de que cor seria o seu vestido? Não, ela não fez isso, porque escolheu o vestido depois que Ângela lhe mostrara três de tons e desenhos diferentes. Então, isso só poderia significar que eles tinham uma sintonia tão grande que, apesar de estarem longe, pensaram no mesmo. Com um farto sorriso que cruzou seu rosto e sentindo seu coração bater forte novamente, ela desceu lentamente até que George a recebeu.

XXV

—**Milorde,** está tudo pronto —disse-lhe Herald quando ele estava no pé da escada para esperar sua esposa.

—Muito obrigado. Também preparou a carruagem na qual a senhora Domínguez e Sebastian viajarão? —Ele perguntou, colocando as mãos atrás das costas e pisando repetidamente no chão com a ponta do sapato direito.

—Sim, Excelência —ele respondeu com algum desconforto.

—O que há de errado? O que te preocupa? Chegou alguma informação que eu deveria saber? —Ele insistiu em descobrir quando percebeu a inquietação com que o mordomo falava.

—Não, milorde. Garanto que está tudo sob controle. Até vários de nossos servos já estão na cidade para proteger a condessa o tempo todo —ele informou.

—Então, qual o motivo do desconforto que notei em sua voz?

—Acho que não devo comentar sobre esse assunto.

—Herald, trabalha nesta residência há mais de três décadas. Viu e ouviu coisas que poderia ter usado para arruinar os Burkes e, devido à sua lealdade, nunca o fez. Então, se algo lhe perturba, pode me dizer, porque eu lhe asseguro que o remediarei imediatamente.

—Se o senhor quiser assim.

—Sim —disse George categoricamente.

—Nesse caso, considero que a dama da companhia da condessa não deve viajar sem supervisão.

—Como? Porque diz isso? —George retrucou confuso e surpreso que esse fosse o motivo de sua preocupação.

—Porque não seria apropriado, dadas as circunstâncias, que a mulher de confiança de sua esposa viajasse sozinha com Sebastian.

—Sabe que ela é viúva, certo? E que, com trinta e cinco anos, pode fazer ou desfazer como desejar? Lembre-se de que Oliver morreu e que eu sou uma pessoa totalmente diferente.

—Eu sei disso, milorde. O que eu não sabia era que a dama é viúva. Pensei que seu luto se devesse à morte de um parente próximo —ele mentiu. Sim, ele sabia disso e, por esse motivo, não gostou da ideia de que ela permanecesse ao lado de um homem tão educado e sorridente como Sebastian.

—Bem, o senhor estava errado em seu palpite. Não entendo como um homem tão astuto, como penso ser o senhor, não descobriu quando me ouviu chamá-la de Sra. Dominguez —disse ele, irônico.

—Desculpe, milorde. Tenho estado tão ocupado esquivando os comentários prejudiciais e cruéis da dama em relação à minha pessoa, que não percebi esses detalhes importantes —disse ele, abaixando a cabeça.

—Entendo... —ele murmurou, acariciando o queixo enquanto observava o empregado com olhos desconfiados.

—Milady chegou —anunciou Herald, quando olhou para cima e a viu.

Quando ouviu, George virou-se rapidamente para as escadas e ofegou enquanto a observava. Ele não conseguia definir sua beleza e seu brilho com palavras singelas. Ela, a jovem que olhou para ele e corou ao se lembrar do que haviam feito na noite anterior, emitia tanta luz que a escuridão de Lambergury desapareceu.

—Malva... —ele murmurou, caminhando em sua direção.

Como era possível que, apesar de não especificarem a cor do vestido que ela usaria, coincidissem com o mesmo tom? E, naquele momento, agradeceu a Deus novamente por tê-la colocado em sua vida e por ajudá-lo a se lembrar o que a palavra felicidade significava. Com o coração batendo tão rápido que podia sair do peito a qualquer momento e com um sorriso tão grande que podia sentir os cantos dos lábios roçando os ouvidos, ele a recebeu.

—Definitivamente devo ter morrido e acordei no céu —disse ele, pegando a mão dela para beijar as dobras dos seus dedos, escondidas sob uma luva branca.

—Milorde, não é conveniente me dar esse tipo de elogio, porque produzem ruborização inapropriada para uma condessa —apontou Tricia, divertidamente.

—Bem, milady, ocorre que, ver esse rubor, enquanto você permanece nua na minha cama, me transforma em um homem tão louco e libidinoso que fico incapaz de tirar minha boca da sua pele doce —ele sussurrou em seu ouvido, enquanto caminhavam de braços dados em direção à porta de saída.

E Tricia sentiu suas bochechas queimarem.

—Pretende acompanhar suas excelências? Se bem me lembro, é a dama de companhia e, como pode ver, milady não precisará de seus serviços durante a manhã —disse Herald quando ficou parado sob o umbral da porta de entrada, observando o casal feliz se distanciar.

—Claro! —Ângela exclamou, virando-se para o mordomo. —Milady tem muitas tarefas a fazer e precisa, hoje mais do que nunca, da minha ajuda.

—Seria mais apropriado que ficasse aqui e arrumasse a casa dos condes para quando retornarem —disse o servo, franzindo a testa.

—Minha missão —disse ela, aproximando-se dele e pressionando seu colete preto impecável com o dedo da mão direita —não é cuidar dessa residência repulsiva, mas acompanhar a senhora e diminuir o sofrimento que ela passa desde que colocou seus pés preciosos nesse chiqueiro.

—Acho que não deveria expor suas opiniões tão livremente —disse ele, agarrando o pulso dela e rapidamente a puxando para longe de seu peito. —Deduzo que sua origem espanhola, considerada desrespeitosa, barata e imoral, é inadequada para a importante posição que lhe foi outorgada.

Alto. Apesar de que ela fosse uma mulher alta, Herald a superava em uma cabeça. Mesmo assim, ela não se assustou. Fixou seus olhos claros nos escuros do mordomo e continuou com firmeza.

—Não preciso dar nenhuma explicação sobre quem sou, de onde venho, o que faço dentro do meu quarto ou o que vou fazer durante as horas que passo nesta casa sombria —disse ela, perdendo o controle. —Mas vou esclarecer várias coisas, mordomo desse bloco pestífero —disse ela, relutante. —Além de atender a sua excelência e ser uma espanhola muito rancorosa, tenho a incrível capacidade de abater galinhas antes que elas piem pedindo misericórdia.

—E? —Ele levantou as sobrancelhas escuras e enrijeceu o corpo devido à proximidade.

—E —ela repetiu, recuando. Ângela pegou a saia do vestido preto com as duas mãos, levantou-o e deu-lhe um olhar de ódio. —E garanto que a garganta de um homem é tão frágil quanto as daquelas aves —acrescentou antes de virar-lhe as costas e sair para entrar na carruagem onde Sebastian estava esperando por ela. —Obrigada, você é muito gentil —disse ela quando o homem estendeu a mão para ajudá-la.

—Não precisa agradecer, senhora —disse o homem. —Espero que não ache desconfortável viajar comigo.

—Nem um pouco! Essa pequena viagem juntos nos proporcionará a ocasião perfeita para conversar —disse ela, sentado ao lado da janela. Quando olhou para a porta, descobriu que o mordomo ainda estava parado na entrada e a encarava com a testa franzida. Engraçado, porque irritá-lo se tornaria seu esporte favorito enquanto morasse lá, ela se aproximou do vidro e mostrou a língua.

—Espanhola amaldiçoada! —Herald ralhou, batendo a porta com força.

—Conversar? O que quer saber? —Sebastian perguntou, inquieto.

—O que acha de começarmos a conversa falando sobre o Herald? —Ela retrucou, virando-se para o companheiro. —Quanto tempo ele leva trabalhando em Lambergury? Por que está sempre de mau humor? Já o viu sorrir? Ele se veste assim por causa do luto do conde ou porque gosta de ter a mesma imagem que um coveiro?

XXVI

—Não! —Tricia exclamou quando, depois que George bateu no teto da carruagem para avisar ao cocheiro que eles poderiam partir, tomou-a em suas mãos e a colocou em seu colo.

—Não? —Ele perguntou, dando-lhe beijos no pescoço e nos ombros, locais onde o tecido do vestido não a cobria.

—George, não quero que meu vestido amasse e que todos pensem sobre o motivo pelo qual a condessa de Burkes apresenta uma imagem tão desleixada —disse ela, ao mesmo tempo que era incapaz de apagar o sorriso malicioso que seus lábios desenhavam.

—Quando virem a sorte que eu tive por ter me casado com uma jovem tão bonita, certamente muitos saberão a verdade —George murmurou, abaixando, com as pontas dos dedos, um pouco mais a roupa para continuar beijando seu ombro.

—Por favor —disse ela, virando-se para ele. Pegou o rosto dele com as duas mãos e o levantou para encontrar seus olhos. —Eu imploro, George. Não continue.

—Me pede algo impossível, minha senhora —argumentou. Logo depois, ele colocou a mão na parte de trás do pescoço dela, puxou-a em direção à sua boca e a beijou.

Como poderia resistir ao prazer dos lábios do marido? Como poderia parar todas as emoções que a dominavam quando aquelas mãos grandes e poderosas varriam seu corpo tão ansiosamente, se ela já havia se tornado viciada em seus desejos? Não. Ela não podia lutar contra algo que havia pedido sem precisar falar.

—Podemos nos concentrar no que vamos fazer? —Ela deixou escapar quando aquele beijo apaixonado e devastador terminou.

—Tudo bem —ele cedeu, descansando a testa no ombro dela. —Meus ouvidos pertencem a você, minha querida. Diga-me tudo o que quiser.

Colocou os braços em volta da cintura dela e, com os olhos fechados, usou todo seu ímpeto para que isso acalmasse sua ereção e pudesse se concentrar na conversa.

—O que prefere fazer primeiro?

—O que sugere? —Ele perguntou, inspirando seu perfume inebriante de amora. Era uma tortura. O que Tricia estava fazendo com ele naquele momento era tão cruel, pois nenhum castigo lhe daria mais dor do que aquele, estar privado de usufruir do corpo dela novamente.

—Acho que a melhor opção é comprar tudo o que precisamos e depois entrevistar as empregadas. —Quantas podemos contratar? —Ela continuou falando, enquanto colocava as mãos nos antebraços que rodeavam sua cintura.

—Sua programação está ótima —afirmou com severidade. E toda a magia que haviam vivido desapareceu como névoa com a chegada do sol. —Depois de comprar tudo o que precisa, deixarei você com meu administrador para supervisionar as entrevistas e para que concluam juntos quantas pessoas podem ser contratadas.

—Não vai me acompanhar? Acho que é seu dever, como conde e marido, confirmar que minhas escolhas... George! —Ela exclamou quando ele a tirou do colo e a colocou no assento. —O que há com você? Disse algo inapropriado?

George olhou para o rosto confuso de sua esposa e se sentiu um vilão por tê-la feito mudar de expressão tão abruptamente. Mas ao ouvir que ela lhe pedia ajuda para entrevistar as criadas, a névoa de prazer que o possuía desapareceu. Não, não poderia estar ao seu lado quando as entrevistasse, isso se alguma delas aparecesse, porque, desde o acontecido com Birdie, nenhuma criada com dignidade, por mais necessitada que estivesse, ousou se candidatar a um emprego.

Ainda assim, Oliver teria recusado categoricamente. Segundo seu tio, todas as mulheres levavam os homens à perdição, imoralidade e desestabilizavam a capacidade de raciocínio que possuíam. Mas, além da repulsa conhecida e famosa que seu tio professava em relação a elas, havia também outra razão pela qual ele não deveria acompanhá-la. Apesar dos anos que se passaram desde aquele infortúnio, as pessoas não teriam esquecido o que Clark e Madden relataram na cidade. Não havia dúvida de que, se ele estivesse presente, as criadas o olhariam com desconfiança, porque, enquanto sua amada esposa procurava as funcionárias mais adequadas para as tarefas às quais seriam destinadas, elas pensariam qual, dentre todas, ele escolheria para realizar suas perversões.

—George? —Ela perguntou vendo-o tão quieto e pensativo.

—Minha querida, confio no seu bom senso —ele alegou como uma desculpa, pegando as mãos dela.

—Ainda assim, eu considero isso...

—Prometo que voltarei assim que você terminar as entrevistas. Se lhe parecer bem, enquanto você escolhe, vou me dedicar a passear pelas ruas e explicar, a todos os senhores que conheço, que casei com a mulher mais bonita e inteligente do mundo e que, por isso, posso me dedicar a outras pessoas e assuntos menos femininos —explicou ele, tentando não mostrar a angústia de deixá-la sozinha em um momento tão importante para ela.

—O orgulho é um pecado mortal —Tricia murmurou sem remover as palmas de suas mãos das do marido.

—Então, minha senhora, que o Senhor Deus me condene por esse pecado horrível quando eu morrer —disse ele, antes de beijar ternamente suas duas mãos e abraçá-la novamente.

Chegaram à cidade logo após o término da conversa, mas foi mais do que suficiente para a mente de Tricia pensar em milhares de razões pelas quais o marido evitava estar presente durante as entrevistas. Entre todas as opções que ela considerou, preferiu uma que poderia explicar esse comportamento desconcertante: se, como ele havia dito, todas as condessas haviam sido tratadas com desprezo e nenhuma delas teve o direito de opinar sobre como coordenar Lambergury, George, com seu voto de confiança, deu-lhe a liberdade que as outras esposas não tiveram. Isso apenas confirmava sua grande bondade e seu desejo de fazer da nova geração de Burkes uma família diferente.

—Realmente precisa de sete latas de hidróxido de sódio? —Ele perguntou, depois que ela pediu ao atendente, do oitavo estabelecimento que visitaram, aquele líquido perigoso.

—Talvez eu devesse pedir mais dez, certo? —Ela respondeu, estreitando os olhos e colocando um dedo no queixo para tocá-lo suavemente.

—Se me disser qual a função que desempenharão, poderei responder —disse ele, colocando as mãos atrás das costas e aproximando o rosto do de Tricia, para que pudesse sentir o perfume dela novamente.

—Não sabe que o hidróxido de sódio é usado para fazer sabão e, com isso, pode limpar tapetes, lençóis, colchas, pinturas, cortinas...? —Ela listou sem remover o sorriso do rosto quando viu o semblante chocado que George mostrou.

—Não, eu não sabia. Mas se sua intenção é deixar Lambergury brilhando durante a minha ausência, lhe aconselho a adicionar os dez em que pensou —ele disse, afastando-se dela e fixando o olhar na lojista quando ela retornou para junto deles. —Meus lacaios aparecerão esta tarde para pegar tudo o que compramos e pagar a dívida —ele informou com um tom de voz que deixou Tricia espantada porque, até então, ele não havia falado tão solenemente.

—Por favor, adicione mais dez unidades de hidróxido.

—Sim, excelência —respondeu a lojista.

—Não gostou da minha ideia? —Ela perguntou depois de pegar o braço que ele lhe ofereceu e caminhar em direção à saída.

—Pelo contrário, acho excelente. —Está mais que na hora de uma condessa levar ordem a Lambergury, mas apenas não se esqueça de que não deve mudar nada na residência, exceto no nosso quarto.

—Não mudarei. No entanto, acho que um pouco de higiene não vai doer —disse ela com firmeza. Ela podia viver cercada de miséria, mas, pelo menos, que fosse um lugar limpo e decente.

—Eu confio em você —ele disse, sem olhar para ela.

Andaram pela longa avenida até chegar à residência do administrador. Naquele momento, Tricia notou como a figura e o rosto do marido endureceram. Ele apertava tanto sua mandíbula que poderia se soltar a qualquer momento. Lentamente, virou a cabeça para onde ele estava olhando e descobriu que havia dois senhores na calçada oposta, de idade parecida à do seu pai, embora suas silhuetas não fossem tão esbeltas quanto as dele. Enquanto um era tão obeso que não era possível saber onde suas costas terminavam e as pernas começavam, o outro era muito alto e extremamente magro. Quando o seu olhar e o daqueles homens se encontraram, eles colocaram a mão no chapéu e a cumprimentaram.

—George? —Ela perguntou, virando-se para ele e descobrindo que seus olhos estavam cheios de sombras, maldade e ódio.

—Senhora Domínguez! —George trovejou.

—Sim, excelência? —A senhora respondeu rapidamente, dando um passo à frente.

—Acompanhe a condessa e ajude-a nas compras. Confio no seu bom senso para excluir as funcionárias inadequadas ou preguiçosas —afirmou ele, ao oferecer-lhe o braço de sua esposa, que estava tão inquieta que seus lábios gloriosos tremeram.

—Claro, milorde —disse a dama, colocando-se no lugar que o conde havia ocupado um segundo antes. —Vamos, senhora. Temos muito o que fazer lá dentro.

—George? —Ela repetiu sem se mexer.

—Está tudo bem, querida —disse ele com um sorriso falso. Então, se virou, endireitou sua figura esbelta e caminhou firmemente na direção daqueles que ainda os olhavam descaradamente.

—Sabia que tive uma conversa muito interessante com Sebastian durante a viagem? —Ângela começou a dizer enquanto gentilmente puxava sua senhora em direção à entrada. —Ele me contou muito sobre a vida do nojento Herald. Aparentemente, trabalha com a família do seu marido desde que completou a doce e tenra idade de vinte anos. Como também explicou que fez cinquenta e dois no mês passado, percebi que ele mora em Lambergury há 32. Agora entendo por que o rosto dele sempre está sempre tão avinagrado... —disse ela sem parar, sem tomar sequer um pouco de ar.

—Ângela... —Tricia sussurrou, olhando para ela com preocupação.

—Sua excelência é um homem poderoso, senhora, e tenho certeza que terá sucesso em qualquer situação —ela tentou confortá-la.

—Eu sei —ela respondeu, entrando no estabelecimento, mas não antes de olhar por cima do ombro esquerdo e ver George parado na frente daqueles estranhos com um comportamento desafiador.

XXVII

Embora tenha ordenado que os criados enviados à cidade, fizessem todo o possível para mantê-los longe de sua esposa, encontraram uma maneira de se aproximar e conhecê-la. Quem dentre eles, os dois teriam ameaçado? Seus trabalhadores não se sentiam seguros sob sua proteção? Se esse fosse o motivo, antes de partir para Brighton, teria de falar com eles e deixar muito claro que o relacionamento entre os Burkes e aqueles desgraçados terminou no momento em que ele tomou posse do seu título. Enquanto caminhava em direção a Clark e Madden, olhou para a direita e descobriu que Sebastian havia abandonado sua posição anterior para se aproximar bastante. Talvez pensasse que estava se dirigindo a eles com a intenção de lhes dar o que mereciam, e o fiel servo queria evitar um escândalo. Algo que, pelos sorrisos nos rostos repugnantes dos dois homens que o observavam, pretendiam que acontecesse. No entanto, para seu bem-estar pessoal e mental, ele aprendera que algumas palavras podem machucar mais do que bons socos.

—Laxton! Que alegria vê-lo novamente! Agora mesmo eu estava perguntando a Clark se teríamos que ir a Lambergury, sem sermos convidados, para que pudéssemos conversar sobre o ocorrido —disse o reverendo cumprimentando e estendendo a mão.

—Imagino que sua esposa não se importe em receber a visita de dois vizinhos tão honrosos quanto nós.

—Não fale assim comigo de novo —ele rosnou, enquanto estava na frente deles. Ele olhou para a mão que lhe ofereceu com repulsa, depois fixou os olhos nos dois rostos. —Para você eu sou milorde ou excelência e, enquanto viver, não se aproximará de minha esposa nem colocará os pés nas minhas terras novamente —acrescentou, apertando os punhos.

—Pare de bobagens —o juiz interveio. —Sabe tão bem quanto nós que nunca mereceu esse tipo de distinção ou privilégio.

—Mas eu os tenho —declarou ele, solenemente.

—Sim, porque conseguiu convencer aquele advogado miserável escolhido por seu tio em Londres —o magistrado o censurou. —Mas lembre-se disso, apesar de ter se casado... com ela —disse ele, franzindo a testa. —Ainda não estabeleceu todas as condições que Oliver determinou em seu testamento. —Sou bastante paciente, Laxton, e durante três anos podem ocorrer tantos infortúnios que é impossível saber o que o amanhã nos trará —acrescentou ele, mordaz.

— Se vocês se aproximarem dela para tentar prejudicá-la, eu juro por Deus que mato os dois —disse diminuindo a distância que havia entre eles.

—Deus nos perdoe de cometer essa atrocidade! —Madden respondeu, olhando para ele sem piscar. —Nunca prejudicaríamos uma mulher.

—Não precisamos falar ou nos relacionarmos com a condessa para destruir seu casamento —interveio o juiz. —Você cuidará disso sozinho, porque o sangue de Oliver corre por suas veias —acrescentou ele, cruelmente.

—Você está errado —George murmurou.

—Sua jovem esposa sabe o que você fez com a criada? —O pároco intercedeu novamente. —Porque foi uma questão tão escandalosamente imoral que ainda é lembrada na cidade...

—Ele se casou com uma Rutland —mencionou Clarke —e, caso não se lembre, velho amigo, o pai dela foi um dos maiores crápulas de Londres. Se esqueceu por que uma de suas mãos parou de funcionar? Estou certo de que, depois dos escândalos causados pelo duque, sua filha não ficará surpresa ao saber que o marido fez certas perversões sexuais com...

Ele não se conteve por mais tempo. George agarrou os dois pelos colarinhos das camisas e os forçou a olhar nos olhos um do outro, vermelhos de raiva e sombreados pelo ódio.

—Afastem-se da minha esposa, de Lambergury e da minha vida —disse ele com os dentes cerrados. —Se desobedecerem a minhas ordens, prometo que os farei pagar. Como bem sabem, eu tive o melhor professor para me ensinar como fazer um homem sofrer a ponto de clamar por sua morte. —Depois disso, ele os soltou.

—Clark, está ouvindo esse filho insolente de Deus ameaçar dois homens de reputações louváveis? Essa atitude violenta não é repreensível o suficiente para realizar um julgamento e mandá-lo para a cadeia? —O reverendo continuou sarcasticamente enquanto ele arrumava a camisa.

—Não precisaremos de um julgamento para obter o que nos pertence —disse o magistrado, dando a George um olhar desafiador. —Ele próprio nos servirá o que é nosso, muito em breve, em uma bandeja de prata —afirmou, desenhando um sorriso largo.

—Isso nunca vai acontecer —afirmou o conde antes de se virar e caminhar em direção ao escritório do administrador.

A cada passo que dava, a inquietação e a raiva aumentavam. Ele tentou se acalmar, mas não conseguiu. O desejo de voltar até eles e dar-lhes a surra que mereciam se tornou tão poderoso que podia sentir o sangue fervendo, ansiando pela sede de vingança. No entanto, essa atitude criminosa diminuiu quando lembrou-se que sua esposa estava dentro do escritório e que esperava por ele. Se cometesse a loucura de agredi-los, cumpririam o propósito de afastá-lo dela para sempre.

—Milorde —Sebastian disse quando apareceu ao seu lado.
—Está bem.

—Não —ele respondeu sem o olhar. —Eu ainda quero apertar a garganta deles com minhas próprias mãos —acrescentou, levantando as mãos e pressionando-as com força.

—Bem, não faça isso, senhor. —Pense na sua esposa, na falecida condessa e na mudança que começou desde que chegou —afirmou o lacaio.

—Acha que isso será suficiente para que todos esqueçam o que aconteceu no passado? —Ele perguntou, cético.

—Sim. Senhor, prometo que sim —disse ele rapidamente. —Para que aceite essa verdade, preciso informá-lo que nesta manhã visitei as casas daqueles criados que me pediu. Sabe como receberam esses pagamentos em atraso e a generosidade que descobriram existir no senhor?

—Não —ele respondeu com um longo suspiro.

—Com tanta gratidão, que todos oraram a Deus para ajudá-lo a ter um casamento bem-sucedido e alcançar de uma vez por todas a prosperidade que merece —disse ele.

—Foi isso que eles disseram? —Ele estalou, em espanto.

—Eu juro que sim. Não houve uma única pessoa que não me pediu para beijar suas mãos e agradecê-lo por sua imensa piedade.

—É um bom começo, não é? —Ele estalou antes de ficar na frente da porta do escritório. Então, abaixou a cabeça e decidiu mudar de direção. A melhor coisa a fazer era ir à carruagem e aguardar a chegada de Tricia lá porque, embora Sebastian lhe falasse sobre perdão e uma nova vida para ele e sua esposa, ainda não tinha certeza de que isso era possível.

—Sim, meu senhor. O melhor começo que o novo conde de Burkes poderia ter —declarou ele antes de caminhar atrás dos passos do conde.

XXVIII

Tricia sentou na cama e olhou para a bandeja de comida que Ângela lhe trouxe. Ela imaginou que a noite anterior à partida de George seria diferente. Pensou que jantariam juntos, conversariam sobre os dez novos funcionários e ambos ririam das perguntas inadequadas e suspeitas que a dama de companhia fazia às candidatas. Mas não foi assim... Depois de deixar o escritório do administrador, Sebastián informou que o marido estava esperando por ela na carruagem. Sem perder um segundo, ela correu para encontrá-lo. Quando o cocheiro abriu a porta para ela, seu marido não era mais o homem gentil, compreensível e amoroso que conhecia. Ele permaneceu distante durante o retorno, com os braços cruzados e olhando pela janela. Deduziu então que a conversa que teve com aqueles dois estranhos, que a observaram sem piscar da calçada oposta, não havia sido agradável para ele. Na verdade, ela já o imaginara ao notar as sombras nos olhos do marido e na atitude que exibiu ao descobrir os dois homens. Quem eram? Por que ela tinha a sensação de que esses homens lhes causariam problemas?

Imaginou que a raiva de George passaria quando chegassem em casa, mas o que ela esperava não aconteceu. Assim que saíram da carruagem ele a levou até a porta, em um silêncio sinistro, George a deixou quando Herald lhes abriu a porta.

—Reúna todos os criados na sala de jantar —ele ordenou ao mordomo, antes mesmo de cumprimentá-lo. —Quero todos lá em cinco minutos! —Trovejou.

—Sim, excelência —respondeu ele e saiu.

—George —ela disse.

—Tricia, por favor, não é hora de perguntas ou respostas —disse ele, dando vários passos em direção à sala onde convocou a todos.

—Vá para o quarto e me espere lá. Prometo que subirei o mais rápido possível.

Acompanhada por Ângela, ela fez o que foi solicitado. Mas as horas passaram e George não apareceu. Desespero e tristeza a tomaram tanto que não pode dar uma única mordida em seu prato favorito. O que aconteceu enquanto ela esteve dentro do escritório? O que ele havia falado com aqueles dois homens para torná-lo tão frívolo e cruel quanto seu tio? Porque o olhar de George escureceu e o enfureceu tanto que parecia estar encarando o falecido conde de Burkes.

Ela pulou da cama e caminhou pelo quarto procurando possíveis respostas. Mas a única coisa que causou essa busca angustiante foi o aumento do seu desconforto. Exasperada e determinada a não passar a noite sozinha, saiu do quarto com tanta pressa que se esqueceu de vestir o roupão. Quando alcançou o primeiro degrau da escada, parou ouvindo e observando o interior da residência.

Silêncio. A casa inteira permanecia em um silêncio arrepiante. Aumentando seu desejo de procurá-lo, uma vez que ela imaginava que nada de bom havia acontecido lá, segurou o corrimão e desceu lentamente, sem deixar de olhar à sua volta. Como suportaram viver em um lugar tão terrível? Por que o falecido conde pelo menos não mandou consertar as janelas de vidro quebradas? Por que as cortinas não foram trocadas? Estavam tão gastas e perfuradas que ela podia ver o que havia do lado de fora sem precisar abri-las. De repente, ouviu o rangido da madeira em que pisou. Agarrou o corrimão com as duas mãos e fechou os olhos, esperando uma tragédia acontecer. Ao não ocorrer, tomou forças e baixou tão rápido como pôde. Toda a casa estava em um estado lamentável e a única coisa que podia fazer, durante os três próximos anos, era limpar aquela miséria.

—Milady? —A voz de Herald, que apareceu na frente dela sem fazer barulho, a assustou. —Desculpe, excelência, não queria assustá-la.

—Não se preocupe, Herald —disse ela, retirando as mãos da garganta.

—Como posso ajudá-la, senhora?

—Eu só quero saber onde está meu marido e se a reunião que ele convocou já terminou —continuou ela, olhando para a escuridão que tomava os lados direito e esquerdo da casa. E ela concluiu, com pesar, que Lambergury era ainda pior à noite. Se o inferno existisse, seria muito parecido com o que ela tinha diante de seus olhos.

—Sim, há pouco mais de duas horas, mas sua excelência se trancou na biblioteca desde então —assegurou-lhe em tom preocupado.

—De verdade? —Ela perguntou, assustada.

—Sim.

–Está bem. Obrigado por tudo. Pode se retirar —ela disse, olhando com medo para o corredor pelo qual ela deveria andar.

—Boa noite, milady —ele comentou, curvando-se levemente.

—Boa noite —ela respondeu, antes de ir para aquela área da casa.

Seus pés varreram o chão na passagem escura onde estavam os retratos dos antepassados de seu marido. Seus cabelos estavam arrepiados e ela sentiu cócegas repentinas na nuca, como se aqueles rostos a olhassem com desprezo por tomar a decisão de descobrir o que estava acontecendo com George e ajudá-lo. Envergonhada, assustada e ansiosa para deixar para trás aquelas figuras cruéis, ela ficou em frente à biblioteca e abriu a porta tão lentamente quanto a mão trêmula que segurava a maçaneta permitia.

E a escuridão não tinha fim...

Não havia lustres à luz de velas, apenas as chamas cintilantes da lareira iluminando a biblioteca. Ela olhou para frente, esperando encontrá-lo atrás de uma mesa, lidando com o assunto que o impedia de subir ao quarto, mas George não estava lá, mas em frente à lareira, sentado em uma enorme poltrona velha. Um raio de luz açafrão o rodeava. O movimento das chamas dentro da lareira refletia-se nas paredes e prateleiras, transformando-as em longas sombras flutuantes. Parecia que havia caído no inferno e que milhares de almas negras voavam ao seu redor. O leve movimento que a mão direita de George fez para sacudir o líquido âmbar que estava dentro de um copo, despertou-a daquele devaneio infernal. Ele havia passado as duas horas bebendo? Por quê? O que poderia preocupá-lo tanto para se afastar dela? Por que não procurou refúgio em seus braços para acalmar o que o perturbava?

Ela caminhou muito lentamente em direção à poltrona, embora tenha parado a caminhada quando descobriu que havia uma prateleira removida da parede ao lado dele. Era uma passagem? Lambergury escondia túneis? Para onde levavam? Por que George não lhe contou quando mostrara o interior da residência? Apesar da necessidade urgente de descobrir o que estava escondido ali, se concentrou no marido, que ainda estava tão absorto em seus pensamentos que não havia notado a presença dela.

Em pé entre ele e a lareira, descobriu que usava camisa, sem gravata e com vários botões desabotoados. Seus cabelos loiros pareciam despenteados, como se ele tivesse passado muito tempo os tocando desesperadamente, e o tornozelo da perna direita descansava no joelho esquerdo. Cansado e abatido. Foi assim que ela o encontrou ao vê-lo.

—Você não deveria estar aqui —disse ele, sem olhar para cima ou desviar o olhar, como se continuasse observando o fogo através de seu corpo.

—Eu devo estar onde você está —ela respondeu, estendendo as mãos até que embalassem seu rosto. —O que há de errado com você? Por que não foi para o nosso quarto? O que o mantém aqui? —Ela perguntou ternamente quando seus olhares se encontraram. O ódio se foi de seus olhos cinzentos, mas a tristeza tomou seu lugar.

—Não sei por que Deus a colocou na minha vida, porque não mereço uma mulher como você. Não deveria estar feliz em tê-la ao meu lado e você deveria se livrar de...

—Pare de falar bobagens —ela o silenciou, colocando um dedo nos lábios dele. —Merece tudo o que tem e o que conseguirá daqui para a frente —afirmou, afastando o dedo gentilmente. —Porque é o homem mais honesto e compassivo que já conheci.

—Diz isso porque não conhece meu passado —ele murmurou. Ele levou o copo aos lábios e bebeu o resto da bebida em um só gole.

—Você poderia me contá-lo. Dessa forma, eu mesmo decidirei se suas reflexões estão corretas ou não —disse ela. Muito devagar, para que sua atitude frágil não mudasse novamente, ela afastou a perna que descansava sobre a outra. Depois que os dois pés pousaram no chão, ela levantou a camisola até os joelhos e sentou-se em seu colo. —Depois de ouvi-lo, se eu determinar que não é um homem adequado para mim, vou abandoná-lo e encontrar um novo amor —ela comentou acariciando seu pescoço, ombros e braços com as duas mãos.

—Tricia. Vá para a cama. Prometo que subirei quando me tranquilizar e refletir sobre tudo o que ocupa minha mente —ele implorou, virando a cabeça para a esquerda para evitá-la, porque só o fato de estar com ela, sentir o seu toque doce e inebriante, sentir seu perfume o fazia esquecer todo o ódio que devia sentir pelo juiz e pelo reverendo.

—Eu não vou sair sem você —ela assegurou, depois de colocar as mãos no peito dele, que, devido a esse contato, começou a se mexer agitado.

—Você é uma mulher muito teimosa, minha esposa —respondeu ele. Olhou para ela e estendeu os dedos da mão direita para lhe entregar o copo. Em seguida ele pousou suas mãos nas costas de Tricia e a puxou ainda mais para perto de si. —Não entendo como uma mulher tão brilhante insiste em estar com um homem como eu.

—Como me disseram, o amor causa loucuras, milorde —disse ela, inclinando a cabeça para a frente, de modo que as pontas dos cabelos negros acariciavam o rosto, o pescoço e os ombros do marido.

—Então, devo concluir que está completamente apaixonada por mim —disse ele com uma voz tão rouca que parecia não ter nada para beber há anos.

—Desde o primeiro dia em que te vi —ela declarou, pouco antes de aproximar a boca da dele e beijá-lo com a mesma necessidade que George expressava quando o fazia.

As suas mãos pararam de acariciar o peito dele, aquele que se movia ao ritmo da respiração, para se concentrar em desabotoar os botões da camisa. Uma vez que ela pôde tocar a pele e o cabelo naquela parte do corpo, Tricia ficou tão excitada que começou a mover os quadris inconscientemente.

—Não aqui —ofegou George quando suas bocas se separaram.

Ele não queria possuir sua esposa lá. Não conseguiria ouvir os gemidos de Tricia no mesmo lugar onde ouviu seus próprios gritos de dor, desespero e gritos de desamparo. O sentimento de culpa o consumiria quando ela descobrisse que eles haviam feito amor a poucos passos da masmorra em que Blanche morreu e em que ele permaneceu por tantas horas e até dias, cumprindo punições injustas.

—Aqui sim —afirmou Tricia antes de abaixar as mãos para desfazer o botão. —Me prometeu que encheríamos Lambergury de amor e é isso que eu quero fazer —acrescentou, colocando suas mãos por dentro das calças.

Assim que George agarrou seus braços para afastá-la, ele congelou ao notar que as pontas dos dedos dela acariciavam seu sexo. Suspirou profundamente, olhou para ela atordoado e descobriu com espanto que seus olhos só podiam ver o belo rosto de sua esposa, que tudo ao seu redor deixou de existir. Como encontrar algum sentido se ela o levou diretamente à loucura?

—Tricia... —ele sussurrou antes de fechar os olhos e se embebedar com o prazer que começava a escorrer por sua pele.

Suas mãos continuaram acariciando as costas de sua esposa de cima a baixo. Quando o desejo cresceu, quando a necessidade de tê-la se tornou tão urgente que seu interior doía, essas carícias ficaram desesperadoras. Ele cravou as pontas dos dedos nela e apertou o tecido da camisola, como se quisesse impedi-la de sair do seu lado.

—George —ela ofegou. —Abra os olhos e olhe para mim —ela pediu.

Ao fazê-lo, ele pôde ver o brilho nos olhos preciosos da mulher que amava. A necessidade expressada naqueles olhos era semelhante à dele, tão semelhante, que se tornaram o mesmo ser. Lentamente, George afastou as mãos das omoplatas de Tricia e abaixou-as lentamente, até se fixarem em seus quadris. Ao levantá-la, pois queria baixar as calças, ela protestou.

—Não seja impaciente, minha querida —disse ele, repreendendo-a enquanto deslizava as próprias calças até os joelhos. Uma vez exposto diante dela, acrescentou. —Agora pode me ter inteiro. Sou todo seu.

E foi o que Tricia fez, apoiou os joelhos na cadeira e deslizou lentamente pelo sexo ereto do marido.

—Mova-se assim —ele indicou, quando suas grandes mãos pousaram em sua bunda, amassando e acariciando, encorajando-a a aprofundar.

—Oh, Deus! —Tricia exclamou, quando sentiu uma forte pressão dentro de seu corpo.

—Continue. Não pare. Continue assim, meu amor —continuou ele, encorajando-a.

As oscilações foram de lentas a rápidas, de suaves a ásperas, de fracas a profundas. Tricia fechou os olhos, apoiou as mãos nos

A FILHA DO DUQUE

ombros de George e deixou que a dança continuasse até que sua mente, perdida em uma névoa sensual de prazer, a fizesse esquecer a preocupação e inquietação que sentira horas antes. Ela forçou os olhos a se abrirem ao sentir o impulso das mãos grandes ajustando seus quadris aos dele, como se fossem duas peças de um quebra-cabeça que precisavam se unir para formar um desenho. Desejo, paixão e luxúria a invadiram tanto que ela não conseguia controlar os movimentos de sua cabeça. Seus cabelos se agitavam como se uma rajada de vento tivesse entrado na biblioteca, a boca aberta para liberar todos os gemidos de prazer que percorriam seu corpo e suas mãos, apesar de descansarem nos ombros do marido, tremiam tanto que deslizavam através deles.

—Eu te amo —ela deixou escapar, quando o tremor nos quadris ficou desesperador, urgente.

—Minha esposa, minha linda mulher —George respondeu sem parar de movê-la sobre ele. Levou os lábios à boca dela e a beijou com a mesma paixão que seu sexo a penetrou.

Depois disso, o som de seus suspiros interrompeu o silêncio daquele lugar e, como lhes acontecia toda vez que estavam juntos, nada era importante, exceto estar um com o outro.

—Minha senhora —ele murmurou, ao sentir seu corpo tremer com a chegada do orgasmo.

—Meu senhor... —ela respondeu, antes de pressionar os dedos com mais força contra os ombros do marido e murmurar um grito de satisfação enquanto pressionava os lábios nos dele.

Eles, o prazer, o amor e a luz que emitiam quando estavam juntos, eliminaram a escuridão e a dor causadas durante séculos naquele lugar terrível.

George tirou as mãos dos quadris de Tricia e a abraçou quando os espasmos daquele clímax cessaram. Ele respirou fundo, enchendo-se daquela mistura de perfume que causava o esforço do sexo e a fragrância de amoras-pretas. Como ele poderia suportar tantos dias longe dela?

—Eu já sinto sua falta —comentou Tricia, como se estivesse lendo sua mente. —Ainda não partiu e eu já quero que você volte —ela admitiu tristemente.

—Eu prometi a você que não demoraria —disse ele, retirando os braços do corpo dela. —Então, com muita ternura, colocou as mãos em seu rosto e se sentiu um vilão por deixá-la triste.

—Você me prometeu —continuou ela, forçando-se a não chorar.

—E eu cumprirei minha promessa —afirmou antes de beijá-la novamente.

Tricia descobriu naquele beijo terno, suave e quente que George estava tão angustiado quanto ela. Isso significava que, apesar de não dizer que a amava, ele a amava? O sentimento de tristeza aumentou quando ela deduziu que sim. Não era justo para nenhum deles ter que se separar justo quando começaram a entender e amar um ao outro.

—Vamos, querida —disse ele, ajudando-a. Depois que os pés de Tricia pousaram no chão, ele se levantou do sofá, subiu suas calças, olhou para ela e a abraçou novamente.

—George, você tem que descansar —ela o lembrou quando o abraço terminou. —Amanhã espera por você... o que você está fazendo? George! —Ela exclamou, sorrindo enquanto ele a pegava em seus braços.

—Você realmente acha que pretendo passar o resto da noite dormindo? —Ele perguntou, enquanto caminhava em direção à saída.

—Sim, foi por isso que desci.

—De verdade? —Ele estalou, erguendo uma sobrancelha. —Você desceu para me lembrar que eu deveria dormir?

—Sim —ela respondeu, sem apagar o sorriso largo que seus lábios desenhavam.

—Bem, você não se manteve fiel ao seu propósito, minha senhora.

—Não?

—Não —ele disse. —O que você fez quando veio me procurar foi acordar a fera que estava dormindo. Agora, ela não fechará os olhos novamente até que sua fome seja saciada —ele disse atravessando o corredor.

—E essa fera está com muita fome? —Ela lançou, descansando o rosto no peito do marido, para não ver novamente os retratos daqueles que o machucaram tanto.

—Ela está vorazmente faminta —assegurou-lhe, enquanto pisava no primeiro degrau da escada.

XXIX

Ouvindo passos se aproximando, Ângela rapidamente afastou a orelha da porta da biblioteca e correu o mais rápido que pôde para se esconder embaixo da escada. Ela não queria ser encontrada bisbilhotando, só queria confirmar que a angústia de Tricia havia desaparecido. Deu um suspiro de alívio ao ver o conde ir para o quarto com a amada nos braços. Por fim, a calma chegou a Lambergury porque, se sua senhora estava inquieta desde que chegaram, ela ficou mais ansiosa ao observar a estranha atitude do marido. Estava tão angustiada que procurou uma maneira de encurralar e questionar Sebastian. Este último, assustado com a raiva que ela apresentava, explicou quem eram os dois homens e por que sua excelência estava tão chateada. Também esclareceu o objetivo da reunião misteriosa e, finalmente, Ângela entendeu tudo. Era normal que ele estivesse nervoso e que procurasse uma maneira de protegê-la do mal daqueles filhos do demônio, enquanto permaneceria em Brighton. Mas ele não precisava se preocupar com a moça, ela a manteria segura até ele voltar e se, para fazer isso, tivesse que usar uma adaga escondida sob as saias, faria com prazer. Uma das coisas que o seu marido ladrão lhe ensinou foi se defender de quem quisesse machucá-la, embora a ele isso não tenha servido de muito.

Enquanto caminhava para a cozinha, já que o nervosismo a havia tirado o sono, pensou sobre a ganância que alguns humanos possuíam. Era tão grande e cruel que não eram capazes de permitir que um casal jovem e amoroso alcançasse um futuro próspero. Da mesma forma, ela concluiu com prazer nessa reflexão, que todo o pessoal que trabalhava naquele local apresentava tanta lealdade ao novo conde, que não apenas cuidaria da condessa, mas também do próprio senhor.

Quando entrou na cozinha, estendeu a mão em direção a uma pequena mesa e pegou um dos candelabros. Com muito cuidado, uma vez que aquele lugar era iluminado apenas pela pouca luz que as brasas emitiam e ela não queria alertar ninguém sobre sua presença, caminhou até a lareira e acendeu as velas com as brasas. Então, foi até a enorme mesa de madeira no centro, pousou o candelabro no canto e foi em direção aos armários com as mãos na cintura.

—Onde diabos essa caçarola inútil foi colocada? —Ela perguntou em voz alta, enquanto caminhava para a primeira prateleira que encontrou. —Esses ingleses sempre transformam o simples em complicado! —Ela continuou em espanhol.

—Senhora Dominguez?

—Por Deus bendito e todos os seus anjos caídos! —Ela exclamou em sua língua materna, colocando as mãos no peito quando descobriu que, parado na entrada, estava a figura alta e sinistra do mordomo.

—O que disse? —Herald perguntou entrando.

—Eu disse —ela começou a falar em inglês —que odeio todos os mordomos que parecem furtivos e assustam as boas moças que precisam de um copo de leite quente antes de voltar para seus quartos.

—Está mentindo —ele continuou com aquela voz áspera que arrepiava os cabelos de quem ouvisse.

—E como sabe que eu estou mentindo? —Ela perguntou, de pé atrás da mesa grande, acreditando que isso lhe daria proteção suficiente para fugir assim que tivesse uma pequena chance.

—Porque havia usado poucas palavras, da primeira vez que falou —disse. Ele desviou o olhar de Ângela e o fixou em uma das portas do armário na pia. Quando estava na frente dele, abriu e pegou a panela que, supostamente, a dama de companhia estava procurando.

Com ela em uma mão, caminhou até a mesa e a colocou na frente dela. —O cozinheiro mantém o leite atrás desse biombo, mas terá de usar uma xícara para se servir.

—Não sei se devo agradecê-lo ou mandá-lo para o inferno —murmurou Ângela. Se virou, pegou uma das xícaras de porcelana em um pequeno armário e caminhou até o biombo. Levantou a tampa da panela cheia de leite, colocou a xícara e tirou-o tão cheio que algumas gotas caíram no chão. Voltando para a mesa, Herald estava tão perto que podia sentir o cheiro do sabão que ele usara.

—Afaste-se! —Ela ordenou, empurrando-o com a mão livre.

—Na noite anterior, eu a instruí a se mover com cuidado pela residência para não atrair a atenção dos homens que moram aqui —ele resmungou, seguindo-a. —E vejo que faz o que quer, porque hoje, além de andar sem vigilância, teve a indecência de deixar seu quarto em roupas menores.

—Roupas menores? —Ângela retrucou, virando-se para ele. —Isso se chama roupas menores? Bem, está errado! Isso, Sr. Herald, é chamado de roupão e oculta uma camisola longa, casta e austera. O que está por baixo dessas roupas não lhe interessa e não deve pensar nisso.

—É uma mulher muito atrevida —disse Herald, aproximando-se. —Quanto tempo foi casada? Do que seu marido morreu?

—O que disse? —Ela rosnou de espanto e agarrou a xícara com tanta força que poderia esmagá-la a qualquer momento.

—Desde que apareceu, eu me pergunto por quanto tempo esteve casada e se a morte de seu marido tinha alguma relação com o veneno de víbora que mantém dentro de sua boca sem filtros —ele murmurou, com ciúmes. Como lhe ocorria andar por aí vestida assim? Não estava ciente do que poderia acontecer com ela?

—Não te interessa quanto tempo durou meu casamento ou como meu marido faleceu —disse ela, arrogante. —Mas deduzo que testemunhou tanto mal nesta residência que não considerou a possibilidade de uma morte normal —disse ela, erguendo o queixo. Muito menos diria àquele idiota que uma vítima do marido se defendeu com uma arma! O que lhe faltava para aumentar seu suplício?

—Vi muitas coisas desde que comecei a trabalhar sob as ordens do finado conde —ressaltou com tanta aflição em seu tom de voz que, por um segundo, Ângela teve pena dele.

—Teve chances de ir embora —argumentou, movendo-se para o lado até se afastar. Ela foi até a panela e serviu o leite. Então, foi até a lareira e colocou o leite sobre as brasas. —Todo mundo é livre para escolher o destino de sua vida. Se não o fez, foi porque teve o prazer de viver sob as ordens daquele monstro.

—Não! — Herald exclamou, socando a mesa. —Eu não tinha outra escolha!

—Se o senhor diz... —Ângela comentou, fixando os olhos no leite, que estava começando a soltar vapor.

—Meu pai era um dos poucos burgueses que moravam na cidade que visitou hoje —ele começou a dizer. —Mas a má administração fez com que ele perdesse toda a riqueza que conseguiu ao longo dos anos. Seis meses depois, quando não podia mais suportar a miséria a que nos levou, se suicidou, deixando minha mãe e eu sozinhos e desamparados.

—Eu não quis lembrá-lo... —Ângela tentou dizer olhando para ele com tristeza, mas Herald levantou a mão direita para que ela o escutasse.

—Saí da escola e encontrei um emprego que me permitisse alimentar minha mãe. A única pessoa que me ofereceu uma posição decente foi o conde. Talvez porque no fundo ele se sentisse culpado por ter incitado meu pai a esse mau investimento.

—Aquele homem não tinha consciência, arrependimentos ou culpa. Se tivesse, teria impedido que o seu pai se arruinasse

—murmurou Ângela, enrijecendo o corpo e observando-o sem piscar.
—Possivelmente... —Herald sussurrou, descansando as mãos na mesa.
—O que aconteceu com sua mãe? —Ela perguntou, enquanto enrolava o tecido da túnica na mão direita para agarrar a alça da panela quente.
—Ela acabou se casando com um viúvo que, felizmente para ela, a tratou com a delicadeza e o respeito que merecia —declarou ele, com um longo suspiro.
—Por que o senhor não foi embora então? —Ângela persistiu, colocando outra xícara na mesa. Enquanto Herald a olhava perplexa, ela dividiu o leite em ambos os recipientes, sentou-se em uma das cadeiras perto do mordomo e colocou as mãos em volta do copo quente.
—Para onde? —Ele perguntou, sentando-se em outra cadeira.
—As únicas referências que eu poderia mostrar a futuros senhores eram aquelas que o conde escreveria e, como concluiu desde que chegou, elas não seriam muito adequadas.
—Mas com a chegada do senhor, tudo será diferente, eu lhe garanto. Pode até se livrar desses trajes deprimentes —apontou Ângela, retirando a mão do copo para colocá-lo sobre uma das de Herald. A princípio, ele a encarou tão surpreso que ela riu alto.
—O que acha engraçado, senhora Domínguez? —Ele disse, sem remover esse contato.
—Eu rio de você, Herald —comentou ela, sorrindo. —Eu nunca imaginei que um ser tão empertigado, sinistro e doentiamente rude, fosse, no fundo, um homem tão sistemático
—Não sou sistemático, mas cortês —disse ele, virando-se na direção dela.
—Cortês? —Ela retrucou, divertida. —E o que a palavra cortês significa para o senhor?

—Ser cortês, senhora Domínguez, é a única qualidade em que me concentro agora para conter certos anseios por sua pessoa —respondeu ele, olhando-a.

—Pois não seja. Garanto-lhe que não tenho... —Ângela ficou em silêncio quando aquele imenso homem vestido de preto retirou, como se estivesse pegando fogo, sua mão da dela.

Então ele se levantou e, em um milésimo de segundo, a dama de companhia sentiu o calor daquelas grandes mãos em seu rosto.

—Tem certeza de que não quer minha cortesia, Ângela? —Ele perguntou, aproximando seus lábios dos dela. —Porque, ao aceitar o que eu quero fazer desde que me empurrou na porta, seu futuro e o meu mudarão.

—Eu tenho certeza —ela conseguiu dizer, porque seu coração estava batendo tão forte que se moveu para sua garganta e a impedia de respirar.

Herald a beijou com tanta ansiedade e avidez que Ângela não percebeu quando ele a levantou da cadeira e a sentou na mesa. Tampouco notou o momento em que o prendedor que tinha enrolando seu cabelo, voou, as xícaras viraram, o leite derramou e as velas dos castiçais se apagaram. A única coisa que a espanhola podia se concentrar era em admitir que, a partir daquele momento, ela não queria mais a cortesia de Herald.

XXX

Ele permaneceu sentado na poltrona ao lado da cama por várias horas sem parar para olhar para ela. Sua linda esposa, que transformara sua tristeza em imensa felicidade, dormia um sono tranquilo. Se conteve mil vezes para não se aproximar dela e envolvê-la em seus braços novamente. Mas não queria acordá-la, não queria que Tricia se levantasse para se despedir, não queria ver como a figura dela se desfazia à distância ou vê-la chorar. Preferia se lembrar dela assim, debaixo do lençol, com seus cabelos selvagens e mostrando em seu rosto a paz que ele também estava começando a sentir. Não era um adeus, ele se forçou a pensar enquanto se levantava e caminhava em direção à porta. A separação duraria apenas cinco dias e, uma vez que ele voltasse, ninguém o afastaria dela novamente.

Antes de fechar a porta, olhou para ela novamente e seu peito se estufou de alegria. Tricia era a mulher perfeita para ele. Não apenas porque expressava luz através de todos os poros da pele, mas também porque na cama estavam em total sintonia. Ele fechou a porta, desenhando um leve sorriso depois de se lembrar da coragem que ela demonstrou ao segui-lo até a varanda de Hamberbawer. Graças a essa atitude ousada, sua vida se transformou em algo maravilhoso e até começou a acreditar em milagres.

—Bom dia, milorde —disse Sebastian quando o encontrou no meio do corredor.

—Bom dia. Sabe se prepararam tudo o que eu pedi? —Ele perguntou, colocando as mãos atrás das costas.

—Sim senhor. Além disso, Herald acabou de me confirmar que a bagagem está na carruagem e que o cocheiro está esperando pelo senhor —ele o informou.

—Vamos em frente —disse ele ao entrar no cômodo onde se vestiria.

Dez minutos depois, George desceu as escadas com uma angústia terrível percorrendo seu corpo. Nunca pensou que sair daquele lugar seria tão agonizante, mas a mulher que ainda estava dormindo era a culpada por essa nova visão. Ela foi a primeira a pôr em prática a mudança que ele prometera a Blanche...

Quando pisou no chão do corredor, olhou para as duas pessoas esperando por ele na entrada e franziu a testa quando descobriu uma certa tensão nelas. Nunca se comportariam como duas pessoas civilizadas? Passariam a vida inteira se odiando?

—Herald, espero que esteja ciente da responsabilidade que estou lhe depositando. Não apenas terá de ficar de olho nos funcionários, mas também terá de cuidar da vida de minha esposa —afirmou ele com firmeza. —Como anunciei ontem, Clarke e Madden não devem se aproximar durante a minha ausência e, se o fizerem, tem minha permissão para pegar uma das armas que tenho na biblioteca e atirar neles.

—Sim, excelência. Não se preocupe, cuidarei de Lambergury e de sua esposa até o senhor voltar, exatamente como me pediu.

—Senhora Domínguez —disse George, dando um passo em sua direção. —Confio na senhora para manter minha esposa entretida nesses dias. Lembre-se de que só se pode limpar, que não se pode mudar nada, exceto no nosso quarto.

—Sim senhor. Não se preocupe. Ajudarei a senhora em tudo o que ela me pedir e irei aconselhá-la de boa-fé, quando ela requerer. Embora, se me permitir comentar, garanto que a condessa, apesar de muito jovem, saberá lidar com facilidade com tudo o que decidiu realizar.

—Não tenho dúvidas de que minha esposa fará isso corretamente, mas estou preocupado com as novas criadas. Não sei se elas são tão fiéis à condessa quanto a senhora. Como Sebastian lhe explicou ontem, após sua terrível coação, o mal de Clarke e Madden podem atravessar essas paredes fortes.

Ângela sentiu suas bochechas queimarem de vergonha. Ela nunca imaginou que Sebastian falaria com o senhor sobre a pequena reunião que tiveram. Mas, no fundo, estava feliz por ele tê-lo feito, pois esse gesto confirmou sua lealdade a ele.

—Desculpe, senhor —disse ela, abaixando a cabeça levemente —mas como disse, minha devoção à condessa é tal que não pude ficar omissa.

—Agradeço por ter um sentimento tão nobre pela minha esposa. Juro por Deus que é a única coisa que preciso ouvir agora —afirmou George, sinceramente.

—Milorde —disse Herald —acho que seria apropriado informá-lo que a senhora Dominguez decidiu usar uma adaga sob a saia do vestido.

Ao ouvi-lo, George olhou primeiro para o mordomo e depois para a espanhola. Ele tinha ouvido bem? Até esse ponto, Ângela pretendia proteger sua esposa? Que Deus tenha pena daqueles que queriam prejudicá-la!

—Sabe utilizá-la? —Ele perguntou, desenhando um sorriso largo.

—Claro, senhor —respondeu a dama, erguendo o rosto com orgulho. —Eu posso fazer maravilhas com uma adaga nas mãos. —Depois disso, estreitou os olhos para Herald.

—Eu confio em ambos —disse George, colocando uma mão no ombro esquerdo de Herald e a outra no direito de Ângela. —Por favor, façam tudo ao seu alcance para mantê-la segura.

—Sim, excelência —declararam em uníssono.

Depois disso, George saiu sem olhar para trás, entrou na carruagem e sentiu o coração bater ao ver os telhados de sua casa desaparecerem à distância. «Não vou me demorar» —pensou repetidamente.

—Como pôde dizer ao senhor que estou escondendo uma adaga? —Ângela disse a Herald quando ele fechou a porta. —Não pensou, por um segundo, que eu poderia ter sido demitida? —Ela acrescentou colocando as mãos na cintura.

—Foi por isso que eu o fiz! —Ele estalou, olhando para ela. —Ao lhe confessar o que pensava, minha expectativa era de que o senhor ficasse satisfeito com sua decisão e não a expulsaria de Lambergury —murmurou.

—E o que teria acontecido se ele não tivesse reagido com tanta benevolência? Quer se afastar de mim tanto assim? Nem se estivéssemos casados há trinta anos! —Ela resmungou, enquanto erguia as saias do vestido para subir as escadas.

—Eu teria corrido atrás de você —disse ele, uma vez que correu para ela, agarrou seu braço e a virou na direção dele. —Ontem eu lhe disse que, uma vez que não fosse cortês contigo, seu futuro e o meu mudariam. Se lembra?

—Oh, que bela declaração de amor! —Ângela exclamou, sarcasticamente. —Para um homem frívolo, sinistro e ilusório, tenho que admitir que é um...

E ela não terminou a frase porque Herald a puxou na direção dele, pegou sua cabeça nas mãos e a beijou por um longo e lascivo minuto, deixando-a lânguida e ofegante em seus braços.

—Não sou proficiente em declarações de amor, além do mais, ainda não sei se isso pode ser chamado de amor. Tudo o que posso dizer é que espero que esses trinta anos se passem e que ainda precise dos seus beijos. E agora, minha espanhola, confirme que a senhora está acordada. Se aquelas criadas quiserem ganhar seu salário, aparecerão em breve, e a condessa deve estar pronta para recebê-las. Entendeu? —Ele acrescentou lentamente, liberando-a.

—Sim —ela ofegou, sem saber o que mais a surpreendeu, o beijo ou a sinceridade que suas palavras expressaram. Ela se virou e, notando o intenso olhar de Herald nas costas, subiu.

Uma vez que abriu completamente os olhos e a névoa que a envolvia desapareceu, ela se virou e subiu as escadas devagar, porque aquele ato apaixonado de Herald roubou todas as suas forças.

Quando Ângela abriu a porta, toda aquela névoa de excitação e emoção que a paixão do mordomo lhe causara, foi esquecida no momento que encontrou a senhora de camisola em frente à janela, com as mãos no rosto e chorando sem consolo. Ela correu para Tricia e abriu seus braços que ela se aconchegasse entre eles.

—Não vai demorar muito para ele voltar —disse ela, abraçando-a com força. —Estou certa de que ele fará tudo o que estiver ao seu alcance para retornar a Lambergury o mais rápido possível.

—Por que não me levou com ele? Por que não me acordou para dizer adeus? —Ela choramingou, escondendo o rosto no peito da donzela.

—Senhora, seu marido ficou tão triste com essa partida que não aguentou se despedir —disse ela, apertando-a com mais força. —E a deixou aqui para protegê-la. Deve estar ciente de que, se algo acontecesse com a senhora, ele ficaria louco.

—Eu teria ficado no hotel enquanto ele resolve os problemas nas fábricas —ela soluçou.

—Não tenho dúvidas de que não colocaria em risco o trabalho do seu marido, mas se os funcionários estiverem tão alterados quanto eu ouvi, poderiam procurá-la e sequestrá-la. Sabe que tipo de sofrimento e desespero esse sequestro levaria ao seu marido?

—Ele enlouqueceria —ela sussurrou, enxugando as lágrimas do rosto —e se tornaria tão cruel quanto o falecido conde —acrescentou.

—De fato, e o que a senhora pretende fazer é fazê-lo mudar, certo?

—Sim —ela disse, com firmeza.

—Então mostre que a senhora também quer essa mudança, saindo deste quarto para cumprir o que lhe prometeu. Quando o senhor regressar e ver o esforço que fez, seu amor e devoção certamente crescerão.

—Você acha?

—Senhora, basta olhar nos olhos do conde para confirmar que ele a ama tanto que poderia cortar as pernas se isso a deixasse feliz —assegurou-lhe sem hesitar.

—Eu também o amo —afirmou ela, caminhando em direção à cômoda.

—Bem, vamos esquecer toda a tristeza e nos concentrar na alegria que isso causará ao seu marido quando ele voltar e ver o que a senhora fez aqui —disse ela, caminhando em direção ao quarto de vestir.

—Mas vai ser tão difícil me levantar e não tê-lo por perto —ela murmurou.

—A senhora é muito jovem —comentou Ângela com um sorriso —mas aprenderá com o tempo que um casamento é consolidado não apenas quando estão juntos, mas também quando estão separados. Às vezes, mesmo as esposas bondosas, oram para que nos deixem sozinhas várias vezes ao dia e também para que nunca adoeçam. Que Deus tenha piedade das mulheres quando seus maridos adoecem! —Ela apontou, revirando os olhos. —Não sabe o quão infantis se tornam quando isso acontece. Tudo gira em torno deles, incluindo a vida da esposa, que não deve descansar ou adoecer, é claro. Mas garanto-lhe que ainda não é o caso —acrescentou, fazendo um gesto de indiferença. —Isso só acontece depois de décadas e décadas vivendo juntos. Deve se concentrar agora em desinfetar esta residência e pensar em como curar a ardência que surgirá no meio das suas pernas quando o conde retornar. Gostaria que eu preparasse algumas garrafas de bálsamo?

—Ângela! —Tricia exclamou com diversão.

—Sempre ao seu serviço, milady —ela respondeu antes de colocar o vestido de sua escolha na cama.

XXXI

Tricia olhou para o reflexo no espelho, cobriu as bochechas com as mãos e suspirou. A palidez não desapareceu apesar de beliscar suas bochechas. Seu rosto estava empenhado em mostrar a doença rara da qual ela sofria há uma semana, justamente quando recebeu a última carta de George. Em todas as anteriores, confessou que sentia falta dela a ponto de enlouquecer se não voltasse logo e que seus dias se tornaram frios sem ela. Mas naquela, apenas se concentrou em explicar que os problemas nas fábricas não haviam sido resolvidos, que tinha vários contratos importantes sobre a mesa para resolver e que havia concordado em ter mais três reuniões com os diretores da ferrovia. Ela lhe disse para não se preocupar, resolver todas as tarefas para que não precisasse voltar a Brighton durante muito tempo. E aí toda a comunicação entre os dois terminou. Depois disso, nada.

Ela se levantou e foi em direção à porta, surpresa por Ângela não ter aparecido. Ultimamente, sua dama tinha uma atitude bastante estranha, como se estivesse escondendo um segredo muito importante. Mas não importava o quanto tentasse arrancá-lo dela, ela mudava a conversa rapidamente. Sem esperar que chegasse, Tricia saiu do quarto e, enquanto caminhava pelo corredor, ouviu a agitação das novas criadas. Desde que apareceram, Lambergury havia recuperado alguma vida e higiene. Até o ouro nas molduras da pintura recuperaram seu brilho! No entanto, apesar de tudo, ela não estava feliz. Essa foi a causa de sua doença. Por isso, acordava todas as manhãs vomitando e seu corpo estava tão fraco. Poderia morrer de amor? Dramaturgos e poetas sempre falavam em seus escritos que o desgosto poderia matar um amante e estavam certos. Ela se sentiu da mesma maneira desde que leu a carta.

—Senhora, desculpe pela demora —comentou Ângela, quando a encontrou descendo as escadas. —Eu tive que resolver um incidente na cozinha —ela acrescentou, alisando os cabelos.

—Eu não entendo o motivo pelo qual parece tão desgrenhada ultimamente —disse ela, emburrada, pois aquele era outro sintoma de sua doença. De repente, ela ficava feliz e no segundo seguinte ficava com raiva de todos que se aproximavam dela. Seu desconforto desapareceria quando George voltasse? Ela só esperava que isso não demorasse muito ou encontraria um túmulo coberto de flores.

—Senhora, eu não sei se notou, mas desde que o senhor partiu, quinze dias atrás, não paramos de limpar, matar ratos e tirar lixo —explicou ela, quando a condessa pisou no último degrau. —Isso requer esforço e movimentos que me impedem de mostrar uma imagem decente.

Além disso, havia outro motivo que não podia revelar, porque ela mesma não acreditava no que estava acontecendo com Herald. Quem disse que o ardor de um homem termina antes dos quarenta anos? Como ela errou, errou tanto quanto aquele que anunciou que a superfície da Terra era plana. Nem mesmo o falecido marido de trinta anos era tão insaciável. Herald não apenas se aproveitava de qualquer situação em que estivessem sozinhos para roubar mil beijos ou apalpá-la, mas, quando a noite chegava e enquanto todos descansavam em seus quartos, ele aparecia com um sorriso no rosto e estava tão ansioso de possuí-la que poderia parti-la em dois.

—Sabe se a carruagem está esperando por nós ou se esse incidente na cozinha também te impediu de informar a Herald que eu estava planejando sair hoje de manhã? —Ela perguntou, mordaz.

—Na minha adorada Espanha —apontou Ângela, ajudando-a a vestir o casaco —temos um ditado muito antigo que diz: *gato bravo, arranha até a cauda.*

—O que quer dizer? —A condessa estalou, erguendo uma sobrancelha.

—Quer dizer, senhora, que é bom deixar Lambergury por algumas horas, caminhar pela cidade e conversar com outras pessoas além daquelas que vivem sob esse teto.

—Acha que esse desconforto que eu sofro desaparecerá quando eu sair daqui? —Ela perguntou, estreitando os olhos.

—Isso e a avaliação do médico. Lembre-se de que precisamos ir ao seu consultório para esclarecer se todos os sintomas que tem são devidos aos líquidos que usamos para limpar. Se bem me lembro, seu marido avisou que eram muito perigosos —acrescentou enquanto caminhava ao lado dela em direção à saída.

—Desde que me entendo por gente, minha mãe os usou e nada aconteceu com ela —respondeu secamente.

—Mas ela fez isso depois que a senhora nasceu ou antes? —Ângela perguntou, olhando para ela sem piscar, já que temia o que estava acontecendo com Tricia, mas não podia dizer nada até que o médico confirmasse sua opinião.

—Depois, é claro. —Caso contrário, como eu saberia?

—Tem toda a razão. Desculpe, milady —ela respondeu, depois de ajudá-la a entrar na carruagem.

Como o médico pode não ter notado a doença que ela sofria na mesma manhã em que o visitara? Por que não lhe fizera as perguntas certas? Será que ele não seria capaz de notar uma gravidez até que chegasse a hora do parto? Só os ingleses poderiam deixar passar algo assim! Na aldeia onde viveu, não se devia fazer testes de urina para adicionar sementes de trigo nela ou meter uma cebola no útero de uma mulher para averiguar se ao despertar o hálito cheirava a cebola. Que absurdo! Tudo o que tinham que fazer era observar o tamanho dos seios da mulher e ouvir seu grunhido para confirmar que estava grávida. Mas é claro... como o médico poderia receber seu salário generoso se confirmasse o diagnóstico pela primeira vez?

—O que quer fazer primeiro? —Ela perguntou depois de ficar em silêncio por mais de dez minutos e olhando para o vidro da janela.

—Se o que disse é verdade, eu gostaria de andar antes de ir visitar o Sr. Rickley.

—Parece uma decisão muito sábia —ela assegurou, sem tirar os olhos da jovem.

Pelo amor de Deus! A moça não tinha notado como seu busto apertava seu vestido? Ela nem conseguia respirar normalmente! Ângela só esperava que o anúncio da gravidez, se o médico assim nomeasse, a relaxasse a ponto de não arranhar o próprio rabo, como o gato de que ela havia falado.

Quando o cocheiro parou, Ângela saiu primeiro para ajudá-la a descer. Também era verdade que não podia fazer isso sozinha porque estava muito fraca, mas tudo era causado pelo mesmo problema. Quanto mais ela comia, mais vomitava e a condessa acabava não comendo nada para evitar aqueles enjoos matinais. No entanto, a jovem teria de se acostumar com eles, pois muitas mulheres não paravam de sentir isso até o nascimento do ser que crescia dentro delas.

—Acho que devemos ir a uma alfaiataria —disse Tricia, enquanto caminhava por uma das principais ruas da cidade. —Quero pedir vários ternos para o Herald.

—Para o mordomo? —Ela estalou, virando-se para ela. —Por quê? Ele pediu para comprá-los...?

—Não! Ele não me pediu nada! —Ela respondeu com um sorriso, o primeiro que ela havia mostrado em uma semana. —Mas não gosto da imagem que ela apresenta. Isso me lembra a tristeza na qual Lambergury viveu por anos e não quero que os convidados, aqueles que nos visitarão quando meu marido voltar, pensem que a crueldade do conde de Burkes continua reinando em minha casa.

—Que cor a senhora pensou para esses novos trajes? —Ela continuou interessada.

—O que acha de azul marinho ou vermelho? Poderia adicionar coletes cinza, gravatas pretas e camisas brancas.

—Não parece melhor vesti-lo de rosa? —Ela deixou escapar, divertida. «Pobre Herald», pensou. Só faltava que sua senhora insistisse em fazê-lo mudar também sua imagem para acrescentar outra obsessão à sua nova atitude.

—Está tirando sarro de mim? —Ela estalou, a olhando com uma careta.

—Deus me livre de cometer um ato tão imprudente, senhora! Mas não acha que, para tal decisão, ele deveria estar presente? Além disso, não conhecemos suas medidas, exceto que é muito grande, e o pobre alfaiate, a quem confiar essa tarefa, ficará histérico quando não puder atendê-la prontamente.

—Está certa —ela admitiu, voltando a caminhar.

Ela ficou em silêncio novamente, profundamente pensativa. Ângela doaria as poucas economias que tinha para descobrir no que estava pensando, embora receasse amplamente que o conde fosse o motivo de todos aqueles pensamentos. Ele não tinha escrito para ela desde que a última correspondência chegou. Não sabia o que ele havia dito, mas a senhora parecia mais triste e mais lânguida desde então. Durante as noites, falava com Herald e ele apenas lhe dizia que o jovem conde teria um bom motivo para não voltar a escrever. Que motivo seria esse? Ele não teria conseguido conter a raiva dos trabalhadores? Estaria em perigo? Eles o teriam agredido? Seus braços teriam sido quebrados? Porque essa foi a melhor e única razão que ela encontrou para que ele não pudesse escrever para Tricia.

—Lady Burkes! —Exclamou uma mulher com dois filhos nos braços, se aproximando da jovem. —Que Deus a proteja e lhe dê uma ótima saúde!

—Não! —Tricia gritou com Ângela no momento em que a mulher se colocou entre elas.

—Milady —Ângela respondeu, olhando-a estranhamente.

—Garanto-lhe que não quero machucá-la —comentou a mulher, deslizando o filho mais velho por seu corpo até que ele tocou o chão. —Só preciso agradecer por tudo o que fez por nós.

—Eu não... eu não fiz nada —disse Tricia, perplexa.

—Eu garanto que sim —ela insistiu.

—O que disse que Lady Burkes fez? —Ângela estalou, sem se separar da condessa.

—Com sua bondade e piedade, ela ajudou as pessoas da cidade —ressaltou, oferecendo-lhe o bebê que estava carregando. —Eu a batizei em homenagem a senhora, Lady Burkes.

—Como? —Ela estalou, pegando a menininha.

—O nome dela é Tricia, em sua homenagem, porque, graças a senhora, não faltará um prato quente de comida para meus filhos na mesa.

—Eu ainda não entendo... —a condessa apontou sem poder tirar os olhos daquele rosto corado. Uma menina. —Tinha uma recém-nascida de cabelos escuros sobre seus braços e esta seguia dormindo placidamente.

—Lorde Burkes, depois de voltar de Londres, enviou um de seus criados à cidade para penhorar as joias que sempre pertenceram às Condessas. De acordo com o que o servo nos disse, tanto o conde quanto sua esposa decidiram que deveriam pagar as taxas que o falecido conde não pagava em seu tempo.

—Santo Deus! —Ângela exclamou, colocando as mãos no peito.

—Muitos foram afetados? —A condessa perguntou com uma voz estrangulada pela emoção.

—Eu devo lhe dizer que a maioria da cidade, minha senhora. O primeiro conde nos forçou a viver uma terrível miséria. As crianças choravam porque não conseguiam encher os estômagos e os pais também, ao vermos nossos filhos desnutridos. Mas agora nossos armários estão cheios e não pode ouvir choro nas ruas, mas risos, que são expressos por crianças felizes e alimentadas.

—Senhora? —Ângela perguntou quando viu Tricia começar a dobrar as pernas.

—Está bem, minha senhora? —A mulher retrucou, estendendo a mão para a condessa devolver sua filha.

—Eu nunca me senti melhor —respondeu ela. Depois que entregou o bebê à mãe, estendeu a mão para Ângela.

—Se precisar da minha ajuda ou da ajuda de qualquer pessoa ao seu redor, peça. Estamos ansiosos para ajudá-la em tudo o que precisar —disse a mulher.

Quando Tricia olhou para os dois lados da rua, viu que muitas pessoas estavam de pé e olhando para ela. Todos foram ajudados pelo marido? Foi por isso que ele não lhe ofereceu as joias da família? Por que não lhe contou o que pretendia fazer com elas? Ele acreditaria que ela se oporia à sua amável decisão?

—Obrigado por vir até mim —disse a condessa, apertando o braço de Ângela com mais força.

—Não me agradeça milady. Somos nós que devemos agradecê-la por se casar com o conde e libertá-lo da crueldade que sofrera. Garanto-lhe que sempre soubemos o que estava acontecendo em Lambergury, mas por medo de retaliação futura, não fizemos nada.

—Eu sei —ela respondeu com um suspiro.

—Não lhe atrasarei mais, minha senhora. Tenha um bom dia —disse a mulher, curvando-se um pouco.

—Desejo o mesmo —declarou ela antes de continuar seu caminho.

—Senhora, quer que voltemos? Não tem forças para dar sequer dois passos seguidos —a dama sussurrou.

—Preciso falar com o médico primeiro. Mais tarde, teremos uma conversa interessante com Herald. Certamente ele sabe o que mais meu marido fez desde que chegamos e eu quero saber todos os detalhes —afirmou ela com firmeza.

—E se ele não quiser falar? —Ângela contestou.

—Você encontrará uma maneira de bater na cabeça dele para deixá-lo inconsciente. Então vai amordaçá-lo e sacar a adaga que guarda na bota do pé direito. Certamente ele nos dirá tudo o que queremos descobrir quando souber da sua destreza em decapitar galinhas.

E a espanhola apertou seus lábios com força...

XXXII

—Abra sua boca e tire sua língua para fora, milady —o médico pediu quando estava na frente dela. —Teve dor de garganta ultimamente? Parece estar um pouco vermelha.

—Não acha que o vômito pode ser a causa dessa vermelhidão? —Ângela interveio, colocando as mãos na cintura e pisando firmemente no chão com a ponta do sapato direito.

—A senhora tem tido vômitos com frequência? —Perguntou o médico depois de levantar os óculos e olhar para a mulher como se quisesse matá-la.

—Ultimamente, sim. Antes, eu só tinha quando me levantava, mas desde alguns dias, qualquer cheiro que me pareça desagradável me faz vomitar —explicou ela, dando a Ângela um olhar de aviso.

—Recomendo que tome infusões de *Valeriana officinalis* para aliviar a dor de garganta. Se quiser, tenho algumas raízes na gaveta —comentou o médico depois de se sentar. —Espero que...

—Pelo amor de Deus! O senhor não vai perguntar mais nada? —Ângela intercedeu novamente. —Não quer saber quando ela teve seu último período? Não parece apropriado perguntar se ela notou certas mudanças em seu corpo?

—O que está sugerindo? —Tricia estalou, olhando para ela sem piscar.

—Senhora, lembre-se de que terminou seu ciclo cinco dias antes de conhecer seu marido e que está quatro dias atrasado.

—Isso não significa nada! —interveio o médico. —Os períodos femininos podem ser alterados por novas experiências e emoções. O fato de Lady Burkes estar casada, fazer uma viagem e morar em um lugar diferente pode alterar esse ciclo —disse Rickley com orgulho, enquanto pegava uma sacola com o que havia indicado que levassem.

—Ângela! —Exclamou a condessa, levantando-se da cadeira. —Desde quando tem essa suspeita? Por que não me disse nada? É por isso que está tão inquieta ultimamente? Não quis se atrever a me dizer que eu poderia estar grávida?

—Não é isso, senhora —disse ela, olhando para o médico. —Eu esperava que um homem com estudos e várias décadas de experiência em medicina explicasse o que estava acontecendo com a senhora com um pouco mais de habilidade.

—Não fique animada, Lady Burkes. É possível que não seja. Como expliquei antes, tudo o que causa estresse às mulheres pode afetar seu ciclo —afirmou o médico, deslizando a bolsa em direção à condessa.

—Quando vou saber com mais precisão? —Ela retrucou, virando-se para o Sr. Rickley.

—Quando estiver em trabalho de parto —Ângela rosnou, cruzando os braços.

—Vamos deixar passar mais algumas semanas. Se os sintomas não desaparecerem, vou visitá-la e fazer um teste para confirmar.

—Sim, da cebola e do trigo —a dama murmurou.

—Muito obrigado, Sr. Rickley. Foi muito gentil e compreensivo —disse Tricia, levantando-se da cadeira e não pegando a bolsa que o médico lhe ofereceu. —Vou informá-lo sobre como estou nos próximos dias —acrescentou, estendendo a mão.

—Milady, foi um prazer atendê-la. Só peço paciência e que não se deixe levar por ilusões absurdas. Pratico minha profissão há mais de trinta anos e vi mulheres que, depois de descobrirem que não estavam grávidas, mergulharam em uma depressão horrível —ele comentou antes de pegar sua mão e beijar-lhe as juntas dos dedos.

—Vou manter isso em mente —respondeu Tricia. —Ângela, você sabe o que fazer —ela avisou, porque pelo rosto que sua dama mostrava, em vez de pagar ao médico os honorários acordados, podia bater nele com a bolsa que estava segurando com força. —Enquanto isso, eu vou lá fora, preciso tomar um pouco de ar fresco.

—Sim, milady —ela respondeu com os dentes cerrados.

Grávida! Estava grávida! Ela não podia acreditar que isso era possível! Bem, podia imaginar o porquê, já que, desde que se casou, não houve uma única noite em que não tivessem ficado juntos. Mas... tão rápido? Isso poderia ser realizado tão facilmente? Em uma ocasião, ela ouviu sua tia Anais falar que levou um ano para engravidar de Hope, sua tia Evelyn mais tempo ainda, apesar de o tio Roger ser muito apaixonado e a sua mãe... oh, meu Deus, ela pensou: Ela teria de contar a todos! Assim que ouvissem a notícia, viriam a Lambergury para cuidar dela até a chegada do pequeno. E George? Como reagiria quando descobrisse que logo seria pai? Ficaria tão feliz quanto ela?

Animada, ela colocou as mãos na barriga quando saiu para a rua, como se sentisse a necessidade de proteger aquele ser minúsculo de algo ou alguém...

—Lady Burkes? Pode nos dar alguns minutos da sua atenção?

Duas mulheres de meia idade pararam na frente dela enquanto descia os dois degraus da casa do médico. Tricia olhou para elas alarmada. Seriam outras esposas generosas que a procuraram para agradecê-la pelo ato piedoso do marido?

—Desculpe-nos, milady —disse a mais baixa, cujas bochechas estavam vermelhas, como se ela tivesse percorrido um longo caminho. —Sou a Sra. Clarke e esta é a Sra. Madden.

—O que posso servi-las? —Tricia perguntou com um sorriso enorme.

—Nós não viemos pedir sua ajuda, milady, mas ajudá-la —disse a Sra. Madden.

—A mim? —A condessa estalou de surpresa. —Como poderiam me ajudar?

—Precisa saber que se casou com um homem muito cruel e que ele não foi honesto com a senhora —respondeu a Sra. Clarke.

—Eu acho que estão enganadas. Não me casei com o velho conde, mas com o sobrinho —ela declarou, desenhando um sorriso largo.

—Com George Laxton, certo? —A senhora Madden interrompeu.

—Sim —afirmou Tricia, olhando primeiro para uma e depois para a outra.

—Senhora. Ninguém teve a decência de explicar o que realmente aconteceu em Lambergury. Mas temos o dever moral de fazê-lo. —Antes que Tricia pudesse responder, ela continuou: —O falecido conde cuidava do sobrinho desde que ficou órfão. Seus pais insolentes apenas lhe mostraram uma vida cheia de imoralidade, desonra e pecado. Apesar das tentativas do conde de salvar sua alma corrompida, morreu sem consegui-lo —a esposa do reverendo falou sem respirar.

—O que disse? —A condessa deixou escapar, protegendo ainda mais a barriga.

—Sabia que ele usou uma criada para realizar suas perversões sexuais? Ele a compartilhou com o visconde Devon! Não falaríamos de tanta atrocidade se nossos maridos não tivessem visto com seus próprios olhos —acrescentou a esposa do juiz.

—Eles mentem! Meu marido é um homem gentil e fiel! —Tricia exclamou dando um passo à frente. —Não compreendo o propósito que as trouxe diante de mim, mas se querem que eu deixe meu marido, não terão sucesso!

—Eu sei que não acredita em nós, milady, mas é verdade. O seu marido não é fiel e nunca cumprirá os votos que jurou em seu casamento. Sabemos que ele se foi, está em Brighton há um tempo e não escreve há uma semana.

—Como sabem disso? —Tricia trovejou, virando-se para elas. Podia sentir seu coração batendo na garganta, como suas mãos estavam suando e como sua raiva a dominava tanto a ponto de ela querer dar um tapa para silenciá-las.

—Porque é o mesmo tempo que a antiga amante de seu marido leva fora desta cidade —disse a esposa do reverendo.

—Estão mentindo! —Ela gritou com as duas. —Estão mentindo!

—O que diabos está acontecendo aqui? —Ângela gritou ao aparecer com a faca nas mãos.

—Querem nos matar! —Exclamou a reverenda dando alguns passos para trás.

—Quem são? Por que estão assediando a condessa? —Perguntou a dama, apontando com a ponta da adaga primeiro em uma e depois na outra.

—Somos a sra. Clarke e a sra. Madden —disse a esposa do juiz, arrogantemente —e nós apenas...

—Filhas do diabo!! —Ângela berrou quando descobriu quem eram. Ela se aproximou com a adaga na mão. —Vou cortar suas gargantas como se fossem galinhas miseráveis!

—Corra, Bertha! Corra! —A reverenda exclamou, depois de se virar. —Vão nos degolar! —Levantou as saias do vestido e se afastou dali o mais rápido que as pernas permitiam.

—Senhora? —Ângela perguntou quando confirmou que haviam ido embora. —O que te disseram? Não acredite em nenhuma dessas putas!

—Simplesmente falaram muita besteira —disse a condessa. —Mas me fizeram pensar no futuro... —ela concluiu, caminhando em direção à carruagem. —Não permitirei que meu filho cresça naquele lugar horrível, nem descubra o mal que seu pai suportou. Hoje vou resolver esse passado nojento!

—Como vai fazer isso? Senhora, lembre-se de que seu marido lhe pediu... Por favor, está me assustando. Nunca fica com raiva e seus olhos estão vermelhos.

—Vamos voltar para Lambergury! —ela ordenou em voz alta ao cocheiro quando ela mesma abriu a porta.

—Senhora! Tenha piedade! —A dama insistiu.

—Para o que pretendo fazer, não preciso ter piedade, Ângela, mas decisão —declarou ela antes de entrar na carruagem sem ajuda.

XXXIII

Se forçou a ficar dentro da carruagem até o veículo estacionar na frente de sua casa. Mas assim que o cocheiro abriu a porta, pulou sobre as pernas de Ângela e disparou em direção à entrada da residência.

—Milady? —Herald perguntou surpreso quando a viu com a saia do vestido erguida até os joelhos e cruzando a soleira da porta com tanta pressa que, se ele não tivesse se virado, teria colidido com ele. —O que está acontecendo? Onde está a senhora Domínguez?

—Herald, preciso que envie um de nossos criados para a cidade agora. Quero que descubra quantas cartas eu deveria ter recebido durante a última semana do meu marido —comentou ela, jogando o casaco para ele. —Quando terminar, encontre-me na biblioteca. Temos que conversar —afirmou antes de ir para lá. Enquanto caminhava pelo corredor onde estavam as pinturas dos antepassados de George, ela riu alto, enquanto olhava para elas, a mesma risada que soltaria um doente mental em um hospital psiquiátrico. Têm alguns minutos restantes nessa parede! —Ela disse apontando o dedo para eles. —Aproveite enquanto isso! —Ela acrescentou, antes de abrir a porta da biblioteca.

—O que houve? —Herald perguntou a Ângela quando ela se aproximou.

—Muitas coisas —ela suspirou. —Entre elas, descobrimos que o conde penhorou as joias das condessas para pagar os salários que aqueles que trabalhavam para o tio dele mereciam ter recebido. Embora eu suspeite que você já saiba disso —ela disse, estreitando os olhos.

—O senhor me pediu para não... —ele tentou se desculpar, mas ela levantou a mão direita para que não continuasse falando.

—Agora não me importo se você considera o que temos é sério o suficiente para me manter informada sobre tais eventos —ela murmurou com raiva. —O que realmente me preocupa é que a senhora está grávida e que, infelizmente, conheceu a sra. Clarke e a sra. Madden.

—O que diabos está dizendo? —Ele trovejou, agarrando o braço dela e rapidamente removendo a culpa que sentia pela falta de sinceridade entre eles. —O senhor não confiou a você a missão de protegê-la? O que estava fazendo enquanto isso acontecia? —Ele a repreendeu.

—Nem pense que eu não fui capaz de fazer bem meu trabalho! Mas essas harpias a atacaram enquanto eu pagava a conta do médico. Eu teria saído mais cedo se aquele idiota que têm nesta cidade como médico não tivesse me repreendido por ter dito à condessa que...

Ela se soltou daquele forte aperto, mordeu os lábios, estreitou os olhos até formarem minúsculas fendas verdes, moveu as narinas ao ritmo de sua respiração inquieta, e até Herald pôde ouvir o pesado ruído do seu coração enquanto batia.

—Ângela! —A chamou para fazê-la voltar ao aqui e ao agora.

—Maldito filho da puta! —Ela trovejou em espanhol, enquanto caminhava de um lado para o outro.

—O quê? O que você pensou? Por que blasfema no seu idioma? —Ele estalou, andando atrás dela.

—Agora eu entendo tudo! Maldito bastardo! Eu deveria ter cortado a garganta dele! —Ela bradou novamente em inglês, acenando com as mãos, como se estivesse lutando contra o ar.

—Por favor, Ângela, acalme-se e me conte o que aconteceu —ele pediu, pegando-a pelos pulsos para que ela não se machucasse ao acertar qualquer coisa que encontrasse em seu caminho, inclusive ele.

—Você não me disse que todos os servos sabiam as condições que o conde impôs em seu testamento? —Ela perguntou olhando nos olhos dele.

—Exatamente o que lhe disse —ele a lembrou sarcasticamente, não gostando que questionasse o relacionamento deles. —Ele mesmo os leu para nos avisar que nossos empregos estariam em risco se o sobrinho não os cumprisse —admitiu Herald.

—Entre eles estava a necessidade de ter um herdeiro?

—Sim. O senhor teria um período de três anos para que isso acontecesse —afirmou.

—Aí está! —Ela exclamou com tanta alegria que Herald ficou atordoado.

—O que descobriu, Ângela? —Ele queria saber.

—Você não acha que essa revolta nas fábricas, o fato de o médico ter aparecido em Lambergury sem ser notificado e de que essas bruxas encontraram tempo para se aproximar da condessa, não poderiam ter sido parte de um plano para destruir o casamento? —Ela continuou deduzindo.

—Não sei o que lhe dizer. É certo que o Sr. Rickley, o juiz Clarke, o reverendo Madden e o ex-conde tiveram um relacionamento bastante cordial. Além disso, foi o médico quem cuidou da condessa em seus partos e veio confirmar sua morte —disse ele com dificuldade, pois um nó na garganta surgiu ao se lembrar do dia fatídico.

—Viu? Estavam de conluio! —Ela continuou, eufórica. —Eu apostaria que esses dois patifes e suas mulheres azedas conversaram com o médico e lhe prometeram uma recompensa se ele os ajudasse —concluiu Ângela.

—Mas como sabiam que a condessa estava no consultório se a senhora só decidiu levá-la depois que ela vomitou o café da manhã? —Herald estalou com alguma incerteza.

—Ele repassou essas informações —pensou Ângela. —Fomos recebidos por um menino, com cerca de quinze anos, e então não o vi quando saímos —lembrou. —Foi por isso que me distraiu com acusações absurdas, porque sabia que aquelas duas estariam na rua e que conversariam com a condessa —ela disse, cerrando os punhos.

—Eu quero matá-lo! Quero arrancar-lhe a garganta com minhas próprias mãos! —Ela trovejou, caminhando em direção à porta. Mas não chegou a tocar na maçaneta desta, porque Herald a pegou pela cintura e a levantou do chão. —Me solte! Eu quero dar a ele o que merece! Não disse à senhora que sua doença passaria com uma infusão de *Valeriana oficialis*? Bem, vou fazê-lo beber uma banheira inteira para ver se ele pode curar sua vida miserável!

—Você quer dizer infusões de *Valeriana officinalis*? —Ele perguntou, apoiando-a no chão e virando-a em sua direção.

—Acho que é assim que se chama, mas não tenho certeza porque não entendo latim. O que há de errado com você? Por que você está com essa cara?

—Você a pegou? O médico lhe deu um chá dessa raiz? —Ele insistiu com angústia, enquanto segurava seus antebraços com força.

—Claro que não! Eu nunca permitiria que a senhora bebesse algo que eu não tinha verificado primeiro!

—Graças a Deus! —Herald disse, suspirando de alívio e finalmente relaxando a pressão que suas mãos exerciam nos braços de Ângela. —Sabe para que serve o chá dessa planta?

—Não.

—Causa abortos. Muitas criadas as usam... Ângela! Maldita mulher! Onde diabos está indo —ele gritou, impedindo-a novamente de sair.

—Agora eu vou matá-lo! —Ela trovejou nos braços dele. —Me solte! Esse desgraçado merece morrer por ajudar aqueles filhos do diabo!

—Ângela, por favor, acalme-se. Juro que, se você quiser visitá-lo, eu também a acompanharei. Dessa maneira, entenderá de uma vez por todas que eu não a trato como amante, mas como esposa. Mas primeiro, vamos nos concentrar em descobrir o que foram capazes de dizer à condessa. Se importaria de ir à biblioteca e descobrir o que ela está fazendo enquanto converso com Chris? —Ele disse, pegando a cabeça dela nas mãos para olhá-la nos olhos.

—Por que tem que falar com Chris? —Ela perguntou, colocando as mãos sobre a de Herald e relaxando tanto, ouvindo-o falar assim sobre eles, que sentiu fraqueza nas pernas.

—Milady quer que eu envie uma das criadas para a cidade e descubra quantas cartas ela recebeu esta semana. Mas não entendo o que está tentando descobrir, porque se o senhor tivesse escrito... —ele tentou dizer.

—Herald, se ela ordenou, não a questione e faça isso —ela interrompeu, afastando-se dele muito lentamente. —Sei que a condessa é muito jovem, quase uma menina, mas garanto que é muito inteligente. Ela nunca faz algo sem ter uma boa razão para isso.

—E sobre o que ela quer conversar comigo? Porque também me pediu para encontrá-la na biblioteca quando mandar o lacaio para a cidade —disse ele, intrigado.

—Sobre isso, eu não posso responder, mas se estivesse no seu lugar, responderia a todas as suas perguntas com sinceridade —afirmou, antes de beijá-lo na bochecha e seguir em direção à biblioteca, rezando para que a senhora não pedisse para ela bater nele, amordaçá-lo e colocar-lhe a adaga no pescoço.

XXXIV

Ela jogou todos os livros da prateleira no chão, e nenhum deles fez a parede se mover. Onde estaria o mecanismo que ela precisava? Tricia limpou o suor da testa com uma manga do vestido e depois olhou em volta.

—Pense, pense —disse em voz alta.

Ela andou sobre os livros, pisando neles enquanto passava e foi em direção à mesa. Moveu os papéis, pegou os tinteiros, abriu as gavetas e as vasculhou, mas não encontrou nenhuma chave pequena.

—Senhora? O que aconteceu aqui? —Ângela perguntou quando entrou na biblioteca. —Não gostou dos livros do senhor? É por isso que estão no chão?

—Não é hora de brincadeiras —ela murmurou, dando-lhe um olhar ameaçador. —Quero descobrir como essa prateleira é removida —ela afirmou, apontando um dedo para ela.

—O que normalmente fazemos, quando queremos mudar as coisas, é arrastá-las ou movê-las —comentou a dama assustada, aproximando-se da prateleira vazia. —Embora este pareça ser muito pesada para nós —ela acrescentou depois de agarrá-la e puxá-la.

—Ela não se mexe assim —declarou Tricia orgulhosa. —Temos que encontrar uma chave secreta. Na Idade Média, os senhores dos castelos contratavam ferreiros para fazerem fechaduras que eram abertas por mecanismos secretos —explicou Tricia, caminhando em direção à espanhola.

—Acha que há algo por trás dessa peça de mobiliário? —Ela perguntou, afastando-se do mesmo para olhá-lo de cima a baixo. —E onde podem estar as âncoras?

—É o que estou tentando descobrir —ela admitiu depois de respirar fundo. —Eu pensei que algum livro iria movê-lo, mas não aconteceu. Também não vi uma fechadura para colocar uma chave —acrescentou.

—Tem certeza disso? Porque talvez essa mesa tenha uma gaveta falsa e só precisamos pegar um machado, parti-la em mil pedaços e...

—Herald! —A condessa exclamou quando viu o mordomo chegar. —Diga-me como posso separar a estante da parede! —Ela gritou com ele.

—Milady, como...? —Ele ficou em silêncio rapidamente por ser tão imprudente. —Desculpe, senhora. Esta é a biblioteca do senhor e ele não ficará satisfeito em saber que...

—Eu não perguntei se meu marido gostaria ou não da minha decisão de descobrir o que está por trás dessa parede, eu ordenei que a abrisse! —Ela trovejou, até ficar sem voz.

—Por favor, Herald, faça o que ela está pedindo —disse Ângela, olhando-o com compaixão, pois notou em seu rosto a luta entre o dever de proteger o que estava escondido no gabinete e a ordem que a condessa ditava.

Enquanto Ângela se movia para o lado de Tricia, Herald foi até a lareira em silêncio e com a cabeça baixa. Só esperava que sua excelência entendesse sua decisão. Uma vez na frente dela, pegou um lustre pregado na parede e o virou. De repente, um barulho estridente removeu o silêncio da sala. Os três olharam para a estante e permaneceram em silêncio até que a estante parou no meio do caminho.

—O que é isso? —Ângela perguntou.

—A masmorra do finado conde —respondeu ele.

—Uma mas... masmorra? —A dama de companhia continuou. —Por que diabos um conde quer ter um lugar assim na residência? Ele achou que o tempo da escravidão retornaria?

—Milady? —Disse o mordomo, esperando que ela tivesse mudado de ideia, sentindo o cheiro que vinha de dentro.

—Ângela, pegue lenha de dentro da lareira para servir como tocha e fique ao meu lado —ordenou Tricia, dando um passo à frente.

—Senhora, por favor, você não deveria entrar lá. Vossa Excelência... —Herald apertou os lábios quando Tricia levantou a mão para silenciá-lo.

Sem demorar sequer um segundo, quando viu que a jovem estava decidida a entrar naquele lugar escuro, Ângela procurou dentro da lareira a tora de madeira com mais chamas e voltou. Uma vez que estava ao seu lado, olhou para Tricia esperando uma nova ordem.

—A senhora tem certeza? —A espanhola perguntou.

—Sim —afirmou Tricia, olhando para a masmorra. —Quero descobrir o que tem lá dentro.

—Vai ficar aí? —Ângela perguntou a Herald.

Este, depois de balançar a cabeça, caminhou em direção a elas.

—Você se importaria de ir na frente para iluminá-la? —A condessa perguntou à dama.

—Fique atrás de mim —ela indicou.

Quando confirmou que Herald havia chegado perto o suficiente da jovem para pegá-la se ela desmaiasse, deu vários passos para dentro. Então, moveu a tocha de um lado para o outro.

—Deus bendito! Que diabos foi feito aqui? —Ângela estalou antes de cobrir a boca com a outra mão. Ela se virou para os dois e não conseguiu determinar qual rosto mostrava mais surpresa ou medo.

—O que é isto? —Tricia perguntou ao mordomo.

—O falecido conde usava isto para aplicar os castigos —explicou.

—Os castigos? A quem? Meu marido? Aos criados? —A jovem perguntou, incapaz de desviar os olhos daquelas grossas correntes mofadas, dos chicotes, dos paus e das cordas ainda penduradas na parede. Então, focou o olhar na mesa de madeira da direita e um arrepio percorreu seu corpo.

—Para todos —admitiu Herald.

—Ele os trancava aqui e os maltratava?! —Ângela gritou de espanto.

—Sim —disse o mordomo.

—Quantas vezes ele castigou meu marido? Quantas vezes o deixou trancado aqui? —Tricia perguntou ao criado, com os olhos se enchendo de lágrimas.

—Muitas, milady. Tantas que eu não posso lhe dar um número aproximado —respondeu ele, com pesar.

—Ele o chicoteou com esses chicotes? O amarrou com aquelas correntes e cordas?

—Sim, milady —ele confirmou.

—Para que ele usava a mesa? —a jovem perseverou em averiguar.

—A mesa ele usava para imobilizá-lo. Enquanto o senhor era uma criança pequena e indefesa, ele o açoitava onde quer que o encontrasse, mas quando ficou mais velho e mais forte, ele nos pedia para arrastá-lo até aqui, virá-lo de bruços e amarrá-lo à mesa pelas mãos e os pés. Então ele...

—Pelo amor de nosso Cristo! Como você não pôde fazer algo para detê-lo? —Ângela perguntou, alarmada. —Você era mais forte e mais alto que ele! Poderia tê-lo sufocado com suas mãos grandes! —Ela repreendeu.

—Se lembra da ferida que viu no meu abdômen na primeira noite em que estivemos juntos? —Disse Herald, olhando-a sem piscar e revelando à condessa que eles tinham um relacionamento. Aquele que Ângela havia questionado antes de entrar na biblioteca.

—Sim —ela respondeu, enquanto Tricia os observava com ainda mais perplexidade, se é que isso era possível. —Você me disse que a cicatriz o fazia lembrar quem você era e em que posição está no mundo.

—Foi o que o conde gritou comigo quando me feriu, depois de me pegar tentando tirar a condessa dali —admitiu.

—Por que Blanche foi trancada? —A jovem interveio.

—A senhora não suportou os maus-tratos do conde e naquele dia implorou para que ele não continuasse batendo no senhor. O conde deu um tapa nela, sacudiu-a e jogou-a escada abaixo. Como ela estava grávida, ela perdeu o bebê e ele a trancou lá como punição até...

—Até? —Ângela estalou, levando a mão livre à garganta.

—Sangrar até a morte —concluiu o mordomo com um suspiro longo e profundo.

—E como ele te feriu? —A senhora gritou, notando o calor das lágrimas escorrendo pelo seu rosto.

—Me cravou a lança que tem no armário das armas. Aquela em que o retrato do primeiro Conde de Burkes usa —ele disse, cerrando os punhos. —Felizmente para mim, ele não tinha muita força e minha pele estava dura pelo trabalho braçal que nos forçava a fazer. Caso contrário, eu não estaria aqui hoje.

—Maldito bastardo! —rugiu a espanhola. —Como ele pôde ser tão cruel? E você continuou trabalhando para ele? —Ela o repreendeu. —Não tem um pingo de dignidade? —Ela acrescentou, com raiva.

—Minha mãe ainda não era casada, Ângela. Ela ainda estava dependendo de mim —disse Herald, olhando tristemente para ela.

—Toda essa miséria acaba aqui! —Tricia trovejou, se virando. —Vou pôr um fim ao mal que foi sofrido nesta casa! Não permitirei que meu filho cresça em tal lugar! —Ela acrescentou antes de sair da masmorra.

—Não fique aí parado! —Ângela exclamou, correndo atrás da moça. - Senhora, por favor. Respire e se acalme. Lembre-se de que tem um bebê na barriga e precisa cuidar dele —ela disse, vendo-a vasculhar a mesa do escritório.

—É exatamente o que vou fazer —ela murmurou com o abridor de cartas em uma mão. —Siga-me! —Ela ordenou quando pisou nos livros caídos no chão novamente e saiu da biblioteca.

—Espere-me, senhora. Assim que eu deixar a lenha dentro da lareira, eu vou...

—Não! Traga a tocha! —Ela continuou a dar ordens, enquanto corria para ficar diante dos retratos dos condes antigos. —Preciso dela!

—Ai, Santo Deus! —exclamou a dama de companhia, correndo atrás da condessa.

—Maldito seja! —Tricia gritou enquanto rasgava a tela do tio de George. —Eu amaldiçoo sua vida e sua morte! —Ela continuou a rasgar o retrato até a imagem de Oliver estar em frangalhos. —Espero que queime no inferno e que sua alma sofra tanta dor quanto a que você lhes infligiu.

Depois que destruiu a pintura, ela caminhou para ficar na frente do retrato de Blanche.

—Senhora, pare! —Ângela pediu, segurando a tora de madeira em chamas com uma mão. —Não, por favor! Não faça isso com a condessa!

—Ela não merece continuar sofrendo com essa escravidão —comentou Tricia, abrindo a mão para que o abridor de cartas caísse no chão. —Precisa libertar sua alma de tudo o que a rodeia há tantos anos e eu vou lhe conceder essa libertação —disse ela, tirando o quadro. Com ela em suas mãos, Tricia caminhou pelo corredor até chegar à entrada. Lá, todos os criados a esperavam, alarmados com o escândalo, eles se reuniram. —Pegue tudo o que puder queimar e jogue no jardim!

—Milady? —Herald estalou atrás dela.

—Vou salvar meu marido, Blanche e todos os que viveram nesta residência obscura e que sofreram aqui durante séculos —disse ela, antes de sair.

«E aquele que não estava inscrito no livro da vida foi jogado no lago de fogo.» **Apocalipse 20:15**

Quando ela se colocou no centro do que supunha ser um belo jardim, esperou que sua dama se aproximasse dela com a tora em chamas. Quando Ângela chegou e o colocou no chão, os galhos das plantas secas começaram a queimar. Tricia olhou para a pintura de Blanche e chorou inconsolavelmente. A suspeita que teve na primeira vez que a viu foi confirmada. Aquela mulher faleceu, juntamente com o décimo de seus filhos, para salvar George. Mas nunca imaginou que morreria dessa maneira abominável. Como o falecido conde pôde ter sido tão cruel deixando-a lá sozinha, cercada pela escuridão e sangrando até a morte? Ele não tinha um pingo de dó da mulher com quem se casara? Não, claro que não. Este homem não poderia ter nada nisso, exceto o ódio contra todos ao seu redor.

—Eu liberto você desta prisão e da crueldade que este homem a obrigou a viver —ela murmurou, colocando a pintura nas chamas.

—Espero que sua alma finalmente descanse com a de seus filhos —acrescentou, antes de ver como o fogo enrugava a tela pelo calor das chamas e a transformava em cinzas negras.

—O que quer que façamos com tudo isso, minha senhora? —Uma das novas criadas perguntou-lhe, segurando nas mãos tudo o que considerava inflamável.

Jogue tudo no fogo e traga mais toras. Tenho que queimar tantas coisas que não terei o suficiente com os galhos que estão neste jardim seco - afirmou antes de retornar ao interior de Lambergury e tirar as cortinas que odiava tanto.

XXXV

George voltou para a carruagem, colocou o buquê de flores ao lado dele e bateu no teto para sinalizar ao cocheiro que poderia continuar. Depois que a viagem começou, se recostou no banco e sorriu. Finalmente, voltaria para casa...

Nunca pensou que chegaria o dia em que nomearia Lambergury de maneira tão afetuosa. Embora fosse verdade que não tinha esperança de encontrar uma esposa muito mais nova que ele e com sangue dos Rutland, que mudaria tanto sua vida que não se importaria mais com a podridão que o cercava e com o passado que sofreu naquele lugar desde os 13 anos. Sem dúvidas, o amor de Tricia era tudo o que precisava para fazer a escuridão desaparecer de sua cabeça e de sua vida. Esfregou as mãos, devido à emoção e vontade de chegar. Precisava vê-la, beijá-la, abraçá-la, encher seus pulmões com seu perfume de amora e amá-la novamente. Só Deus sabia o quanto sentia sua falta!

Nas quatorze noites em que dormiu na poltrona que comprou para o escritório, porque não queria ficar em nenhum hotel, não houve um segundo sequer em que não se perguntasse sobre o que sua amada esposa estava fazendo naquele momento. Não precisaria mais imaginar onde, com quem ou como Tricia estava, porque, ao entrar na residência, obteria a resposta apenas olhando para ela.

Lentamente, virou a cabeça para a direita e olhou para o buquê de flores. Esperava que ela gostasse tanto deles que pudesse esquecer a raiva que provavelmente passou desde que anunciara que teria que adiar seu retorno. A teimosia dos Rutland e as adversidades sofridas por aqueles que os machucavam eram bem conhecidas, embora esperasse que sua esposa fosse diferente com ele. Talvez, quando confessou ter sofrido muito quando não recebeu uma resposta às suas últimas três cartas e que vivia em agonia por não receber notícias dela há uma semana, tenha se apiedado dele e, por isso, não o afastaria. George apagou o sorriso ainda nos lábios e cerrou os punhos ao se lembrar do motivo de sua estadia em Brighton. Mas não podia perder uma oportunidade como essa. Quem escaparia da única chance de desmascarar os dois maiores bastardos de Londres? Ele não. Então, quando Sebastian descobriu que o emissário do juiz e do reverendo, aquele empregado que contrataram para criar a revolta nas fábricas, ainda estava na cidade, não hesitou nem por um segundo e foi procurá-lo.

Sua boca voltou a um sorriso ao se lembrar daquele dia. Qualquer malfeitor eficiente teria deixado a cidade assim que a missão a ele atribuída fosse concluída, mas esse homem não tinha a capacidade de pensar coerentemente. O próprio tolo decidiu gastar o pagamento que obteve para visitar bordéis e pernoitar neles. Logicamente, uma vez que sabiam onde ele estava, fez todo o possível para que o empregado desatinado não escapasse. Quatro policiais apareceram no bordel onde ele ficou naquela noite e o levaram à delegacia sem lhe dar tempo para se vestir adequadamente. Até então, tudo parecia perfeito. Mas o mal de Clark e Madden chegou ao magistrado que tinha que julgar o homem. Antes de ser considerado inocente, ele pediu ajuda à única pessoa que podia dar justiça honesta: Federith Cooper. Três dias se passaram desde que lhe escreveu, apareceu e pôde atuar como advogado acusador. Quando o prisioneiro levantou o rosto e descobriu a figura do Barão de Sheiton atrás das grossas barras de aço, confessou a trama inteira sem sequer fazer uma pergunta.

—De agora em diante, eu me ocupo —disse Federith, colocando a mão em seu ombro.

E assim ele fez. A partir daquele momento, ele trouxe ordem ao caos das fábricas. Assinou vários acordos com o exército, que lhe pediu para construir mais três navios, convocou várias reuniões com os arquitetos e diretores encarregados da ferrovia para oferecer-lhes materiais mais alinhados com as demandas modernas, contratou mais pessoal e visitou as casas daqueles que estavam doentes ou sofriam de pobreza. Enquanto isso, Sebastian estava responsável pelo pagamento dos medicamentos dos trabalhadores e de seus familiares, além de pagar as taxas que lhes foram negadas. Ele não parou de trabalhar até a manhã de hoje, quando assinou o último contrato que estava sobre a mesa do escritório e conversou com o novo administrador sobre o futuro das duas empresas. Tudo estava resolvido algumas horas depois do amanhecer, quando ele entrou na carruagem e ordenou ao cocheiro que partisse para Lambergury. O futuro que Tricia merecia tinha se tornado possível...

—Milorde, olhe para a residência! —O cocheiro gritou quando o veículo virou à direita para acessar o caminho curto que levava a ela.

George inclinou-se para a frente e, quando seus olhos descobriram uma imensa colina de fumaça negra, quase conectando o céu à terra, ficou tão chocado que não conseguiu pensar ou reagir. Fogo? Era mesmo fogo? De onde vinha? Da sua casa? Lambergury estava queimando? De repente, sua mente foi ativada e seu corpo começou a despertar do choque. Sem esperar que o cocheiro parasse, ele abriu a porta, pulou e correu para sua casa gritando com todas as suas forças o nome de sua esposa.

—Coloque isso também! —A condessa ordenou ao criado que estava olhando o lustre em suas mãos. —O fogo certamente o consumirá como todos os outros —acrescentou ela antes de soltar as últimas cortinas que arrancou das janelas do corredor.

—Tricia! Tricia! —Ela ouviu à distância.

—George?! —Ela gritou, olhando em volta, como se acreditasse que o esforço e o cansaço estavam causando uma alucinação na qual ela podia ouvir a voz do marido por perto. Mas quando viu que era real, que seu marido estava correndo em sua direção, ela saiu ao seu encontro sem levantar o vestido. —Você veio! Já está aqui! —Ela exclamou, com uma mistura de alegria e lágrimas.

Quando a viu correndo em sua direção, George sentiu seu corpo voltar à vida e seu coração bater novamente.

—Meu amor! —Ele soluçou quando a pegou nos braços.

—Graças a Deus você está bem!

—Estou —ela assegurou, sem soltar aqueles braços fortes e quentes.

George não se importava que as chamas estivessem tão grandes que pudessem alcançar as folhas das árvores, que grande parte dos móveis, que estavam em Lambergury por décadas ou séculos, queimavam naquela enorme fogueira, que os servos estavam por perto. Ele não se importava para o fato de que sua esposa não cheirasse a frutas, mas a fumaça. Tudo em que pensou foi que sua esposa estava viva e em seus braços.

—Querida, o que aconteceu? Por que há um incêndio no jardim? —Ele perguntou, separando-a muito lentamente dele.

—*Mantenha o fogo aceso. Nunca o deixe apagar, para que as almas pérfidas possam se dirigir ao inferno* —ela recitou.

—O que você quer dizer com isso, querida? —Ele perguntou, segurando seu rosto nas mãos, ainda tremendo pela agonia que sofreu.

—George, estou salvando você de tudo o que passou. Quero que tenhamos um futuro cheio de luz e prosperidade —disse ela sem fôlego, pois a exaustão, que aumentara devido ao esforço, estava começando a dominar seu corpo.

—Libertando? Tricia, meu amor, você ficou nervosa a esse ponto por eu ter me atrasado? —Ele estalou, sem tirar os olhos daquele rosto corado pela proximidade do fogo. —Eu posso explicar tudo para você.

—George, não é sobre isso —disse ela com um leve sorriso.

—Eu descobri o que ele fez com você... –ela tentou dizer, mas de repente suas pernas se dobraram e sua visão ficou embaçada. Em um ato desesperado para não cair, ela estendeu a mão para ele segurá-la.

—Tricia? O que há de errado com você? —George estalou, afastando as mãos do rosto para envolver a cintura dela. —O que diabos aconteceu? —Ele trovejou, olhando para Herald e Ângela, que se aproximavam deles.

—George... —Tricia sussurrou, antes de desmaiar.

—Maldita seja, Tricia! —Ele trovejou, pegando-a. —Alguém vai à cidade e chame o Sr. Rickey! —Ele pediu, enquanto caminhava com ela em direção à entrada da casa.

—Não! —Ângela gritou atrás dele. —Se esse homem aparecer por aqui, ele não sairá vivo!

—Porque diz isso? —George retrucou, parando para olhá-la.

—Milorde —disse o mordomo —é uma longa história. É melhor que leve a senhora para o seu quarto e, quando ela estiver descansando na cama, conversaremos sobre tudo o que aconteceu.

Mais atordoado do que já estava, e com centenas de perguntas surgindo em sua mente, ele caminhou até chegar ao interior da residência. Depois que passou pela entrada e observou o que havia nela, sua confusão se transformou em raiva. Aquele lugar, onde o ódio e o mal exalavam no ar, destruíra sua esposa a ponto de deixá-la louca. Como ele esperava que ela fosse feliz ali? Ninguém poderia ser!

—Continue queimando! —Ele ordenou antes de pisar no primeiro degrau. —Que não reste mais nada além dos colchões onde vocês dormirão até adquirirmos novos —acrescentou.

George não ouviu as respostas dos criados, nem o rangido dos degraus de madeira ao pisar neles. Tudo em que se concentrou foi continuar ouvindo a respiração de Tricia e sentindo o coração de sua esposa bater em seu peito. Quando entrou no quarto, foi direto para a cama. Nem percebeu a mudança que ocorreu nesta. Ele a deitou com muito cuidado na colcha, a acomodou e cobriu seus pés com a manta que ali estava.

—O que aconteceu aqui? —Ele perguntou a Herald e Ângela quando os viu aparecer. —Qual a razão pela qual minha esposa queimou tudo na residência? —Ele insistiu, afastando os fios de cabelo que ainda estavam presos nas bochechas com suor. —Por que não quiseram chamar Rickley?

—Milorde —disse o mordomo, dando um passo à frente —descobrimos que Rickley conspirou com Clarke e Madden.

—Mas... o que você diz? Por que essa acusação? —Ele estalou, virando-se para eles abruptamente.

—Senhor —intercedeu Ângela, —garanto-lhe que a condessa não correu nenhum perigo e que a protegemos conforme solicitado.

—Tricia esteve em perigo? —Ele estalou, arregalando os olhos e apertando a mandíbula. —Explique-me de uma vez por todas o que aconteceu durante a minha ausência! —Trovejou.

—Sua esposa não tem se sentido bem ultimamente, excelência —falou Herald. —Nós pensamos que era devido à tristeza que a dominou quando descobriu que o senhor demoraria mais a chegar.

—Isso aumentou com o passar dos dias e ela não tinha informações suas —apontou Ângela.

—Três cartas! —George trovejou, distanciando-se da cama. —Escrevi três benditas cartas para minha esposa na semana passada e para as quais não obtive resposta. —Vocês não as receberam?

—Eu te disse —Ângela apontou para Herald.

—Não, excelência. A senhora não recebeu nada nestes últimos sete dias —confessou o mordomo.

—Mas nós sabemos quem pode tê-las roubado —disse Ângela, estreitando os olhos.

—Roubar? Para que fim? —O conde insistiu.

—Destruir seu casamento —determinou a dama de companhia.

—Por favor, peço que me conte tudo o que aconteceu aqui desde que parti —comentou George, fixando o olhar em Tricia novamente.

—Sim, milorde — responderam em uníssono.

XXXVI

Encostado na moldura da janela, ele acariciou a barba, a que havia crescido durante os dias em que esteve ausente e olhou para fora. O fogo ainda estava vivo e continuaria assim até que não restasse mais nada dentro de Lambergury que pudesse queimar. Ele havia tomado uma decisão e não mudaria de ideia por nada ou ninguém. Como Tricia disse a ele, ambos precisavam iniciar uma nova etapa e, nessa situação, não havia lugar para o passado que havia sido vivido ali. Ele se virou para ela e sorriu. Apesar de tudo, tinha que admitir que sua coragem e bravura o deixavam tão atordoado quanto orgulhoso. Ela foi capaz de começar algo que ele nunca poderia fazer por medo do que aconteceria no futuro. No entanto, ela não ponderou se suas atitudes levariam à ruína precoce. A única coisa com a qual sua jovem esposa se importava era salvá-lo do mal que ele sofria. Mas graças a Deus, e a ela, ele encontrou um homem que lutaria para que o juiz e o pároco não alcançassem seu objetivo. Assim que Sebastian falasse com o barão novamente, ele encontraria uma maneira de ajudá-los.

«Você entrou na minha vida para me tornar um homem forte» pensou ele, afastando-se da janela e caminhando até o pé da cama. Como ela podia transmitir tanto valor a ele? Como foi capaz de enfrentar todo mundo por ele? Porque desde que a conheceu, ela fez todo o possível para tirá-lo do abismo em que ele estava. As palavras de Ângela seriam verdadeiras? O amor dela era tão grande e poderoso que não haveria barreiras intransponíveis para Tricia?

—Milorde, não tenho que lhe dizer a sorte que teve em se casar com uma mulher como a senhora, não é? —*Ela lançou, durante a conversa que mantinham. Uma que começou pelo motivo pelo qual ela não recebera as cartas e terminou com as incríveis notícias da gravidez de sua esposa.*

—Não, senhora Dominguez —respondeu ele. —Não há necessidade de me explicar, estou ciente disso.

—Então só resta ao senhor ser sincero de uma vez. Não foi algo muito atencioso da sua parte tê-la mantido à parte de tudo. A esposa deve ser para o bem e para o mal, porque se tudo no casamento fosse bonito, feliz e livre de problemas, onde estaria a essência do perdão, do conforto e carinho?

Infelizmente, admitia que a dama de companhia de sua esposa estava certa. Mas ele não podia voltar no tempo e encontrar o momento certo para fazê-lo. Tudo o que precisava fazer era esperar que ela acordasse e então, falaria com ela com a franqueza que merecia.

—Por que está me olhando assim? —Tricia perguntou quando abriu os olhos. —Estou assim tão horrível? —Ela acrescentou tentando se levantar.

—Não se mova! —Ele pulou, rodeando a cama até se sentar na beira dela. —Ângela me disse que precisa descansar.

—Ela também contou que estou grávida? —Ela disse estendendo as mãos em direção a ele.

—Sim —disse ele, tomando suas mãos e beijando aqueles dedos delicados uma e outra vez.

—Desculpe, gostaria que recebesse a notícia por mim mesma. Eu queria ver qual expressão seu rosto mostrava ao descobrir que se tornará pai —comentou, com um pouco de raiva.

—Você achou que eu não gostaria de saber que vou ter um filho? —Ele estalou de surpresa, colocando as mãos na cama e olhando para ela confuso.

—Eu não sei... —ela sussurrou. —A verdade é que não conversamos sobre isso e como tudo foi tão rápido —acrescentou, abaixando o olhar e movendo os dedos das duas mãos no lençol.

—Eu sou, pela primeira vez, o homem mais sortudo do mundo! —Ele exclamou, abraçando-a. —Você é a melhor coisa que me aconteceu, Tricia, e, desde que entrou na minha vida, só me deu luz e felicidade —ele admitiu sem soltá-la.

—Então, por que seus olhos continuam mostrando sombras?

—Porque me machuca não ser honesto com você... —ele afirmou, antes de se separar dela muito lentamente. —Você sofreu muito por descobrir coisas que eu deveria ter lhe contado —ele afirmou, pegando as mãos dela novamente para colocá-las em seu peito. —Sua dor me machucou mais do que aquilo que me fizeram na masmorra.

—Herald te disse que eu a vi? —Ela se atreveu a perguntar, descansando mais as mãos naquele peito agitado, cujo batimento cardíaco podia sentir vibrando nas palmas das mãos.

—Sim —ele admitiu, abaixando a cabeça. —E sinto muito por não ter destruído antes que você pudesse ver aquela abominação...

—Olhe para mim, George! —Ela ordenou.

Como ele não a encarou, afastou as mãos de seu peito e as colocou em ambos os lados do rosto do marido, para levantá-lo e forçá-lo a olhá-la.

—Eu não posso fazer isso, Tricia. Eu me sinto tão envergonhado...

—Você não tem motivos para se sentir assim —ela falou com ternura, enquanto o abraçava novamente. —Não é culpado de nada, não é nada além de uma vítima —ela insistiu em fazê-lo entender.

—Não é verdade. Há coisas na minha vida que eu poderia... —ele ficou em silêncio, lentamente se afastou dela e a olhou desesperadamente.

Tricia observou, através de seus olhos cinzentos, a luta que George tinha em sua alma. Ele queria confessar, precisava se libertar desse arrependimento, mas algo o estava segurando. Medo? Do que seu marido poderia ter medo se não estava mais em perigo? «De me perder», ela refletiu com uma mistura de alegria e tristeza. Mas nunca se afastaria dele porque, durante os quinze dias que passou sem George, descobriu como era viver no inferno.

—Na noite anterior à sua partida, você me disse que, se eu conhecesse seu passado, concluiria que não me merece —disse ela, movendo-se na cama até encontrar as almofadas. Ela se recostou nelas e continuou: —Agora quero saber se suas palavras são verdadeiras —disse ela, com firmeza, porque foi a única maneira que encontrou para o marido reagir de uma vez.

—E se forem? —Ele estalou, levantando-se rapidamente. —O que você vai fazer? Vai embora à procura do amante de quem falou? —Ele acrescentou, com raiva.

—Fale primeiro e depois eu responderei a essas perguntas —ela continuou severamente enquanto sentia o coração bater forte, quando George confirmou, com essas palavras, que ele a amava tanto que temia perdê-la.

—Por onde quer que eu comece, minha senhora? —Ele lançou, mordaz.

Ele se afastou da cama e começou a andar pelo quarto, tocando a barba, esfregando o rosto e os cabelos.

—Comece do começo, meu senhor —disse ela, cruzando os braços.

—Eu já expliquei que meus pais fugiram juntos e que meu pai foi declarado filho ilegítimo —ele começou a dizer, indo em direção à janela, para o lugar mais distante dela. —Mas me faltou acrescentar à história que meu avô acabou me nomeando seu único herdeiro.

—Ele te reconheceu? Por que ele fez isso? —Tricia estalou, surpresa.

—Eu odiava meu pai por ter desobedecido meu avô, mas ainda odiava mais Oliver, porque sabia que o mal dele era mais destrutivo que o do meu pai —disse ele com os dentes cerrados.

—O que seu tio fez para garantir que o último desejo de seu avô não fosse realizado? —Ela continuou.

—Ele precisava da ajuda do juiz Clarke e do reverendo Madden para anular o testamento —admitiu. —A partir daquele dia, os três se tornaram inseparáveis.

—Eu entendo... —ela refletiu.

—Como supõe, ele rapidamente precisava de um herdeiro, porque se recusava a deixar o título retornar para mim ou para meu pai, por isso pediu a Madden que encontrasse uma jovem esposa com quem pudesse ter muitos filhos. Foi o reverendo quem arranjou o casamento entre Oliver e Blanche. —Ele se apoiou no vidro da janela, virou-se para ela e cruzou os braços. —Um dia, Blanche me confessou que não sabia como era o marido até encontrá-lo no altar e que, quando olhou nos olhos dele, intuiu que viveria no inferno.

—Ela não estava errada —Tricia apontou, descruzando os braços. Então, olhou para as paredes, onde antes estavam as paisagens de Blanche, e disse: —Por que ela não tentou escapar? Ninguém poderia ajudá-la?

—Quando um ser como meu tio tem o apoio do juiz e do reverendo, ninguém tem coragem de enfrentá-los. Blanche sabia que mais cedo ou mais tarde, a encontrariam e que a punição a que ela seria submetida seria a mais terrível que pudesse suportar —George admitiu tristemente.

—Mais cruel do que deixá-la sangrar até a morte naquela horrível masmorra? —Tricia trovejou.

—Deus! —George exclamou, descruzando os braços para esfregar o rosto. —Se eu pudesse voltar no tempo... —Naquele momento, ele começou a andar da direita para a esquerda, como faria um leão trancado em uma pequena jaula. —Se eu pudesse voltar ao instante em que ele a empurrou escada abaixo... Se tivesse tido coragem... ela não teria morrido! —Ele exclamou, olhando para Tricia.

—Quantos anos você tinha? —Ela perguntou.

Vendo seus olhos brilhando com as lágrimas que continham, ela se moveu lentamente sobre a cama até chegar ao pé dela.

—Dezesseis, —ele respondeu secamente. —Eu tinha idade suficiente para...

—Você era um menino, George! —Ela repreendeu.

—Um menino covarde —ele admitiu, apertando a mandíbula.

—Estava vivendo com um monstro, você mesmo admitiu no dia em que chegamos a esta casa. O que um garoto de dezesseis anos de idade pode fazer para combater um ser tão cruel? —Ela insistiu, desesperadamente.

—Nada. Eu não fiz nada... —ele murmurou, olhando para o chão.

—O que aconteceu após a morte de Blanche? —Ela continuou a investigar, enquanto seus pés balançavam no chão, porque a cama que havia comprado era tão alta que ela tinha de pular para subir e descer.

—Eu me rebelei —declarou ele, erguendo o rosto.

Tricia ficou surpresa ao perceber a transformação daquele rosto. As lágrimas desapareceram e deram lugar a uma expressão de raiva. Ela até sentiu calafrios quando contemplou o sorriso que ele esboçou. Quanto ódio uma pessoa poderia ter por outra?

—Como fez isso? —Ela perguntou, com uma voz trêmula.

—Desde aquele dia, encontrei prazer e diversão em tudo o que ele chamava de imoral, pecado, desonra ou perversão —assegurou ele, sem diminuir a raiva.

—Como fazer sexo com uma criada... —ela disse, liberando todo o ar que seus pulmões continham.

—Como... elas te contaram, certo? Falaram sobre isso quando te abordaram na rua? —Ele perguntou com mais ódio no rosto, se é que isso era possível.

—Me disseram que seu tio tentou salvar sua alma, mas que ele não teve sucesso. Me contaram sobre seu idílio com a criada e que o visconde de Devon participou dessa orgia —explicou ela, sentindo o peito apertar com a dor causada pelo ciúme que não deveria ter, porque agora ele era só dela.

—Eu não vou negar que até os vinte e três anos eu usava o sexo como meio de salvação, mas tudo mudou quando Oliver apareceu com Clarke e Madden no quarto da criada e nos pegou. Até aquele dia, eu era responsável por minhas ações e assumia a culpa. No entanto, quando descobri que meu tio estava chantageando Logan, entendi que minhas más decisões poderiam ter sérias consequências para aqueles que eu respeitava e apreciava. Isso não significa que eu tenha sido casto desde então, mas eu juro a você que, desde que te conheci, não houve outra mulher —ele disse decididamente.

—Eu sei. Então, quando insistiram que não tinha escrito para mim porque estava com aquela criada, eu sabia que não eram pessoas boas e que queriam nos prejudicar —afirmou, orgulhosamente.

—Você é tão inteligente —ele comentou, dando vários passos até que ela estivesse na frente dele. —Agora você entende por que eu insisto que não te mereço? Você tem apenas vinte anos e é mais inteligente e mais adulta do que eu. —Ele pegou o rosto dela e a olhou com tanta adoração e admiração que o coração de Tricia bateu forte.

—Se isso é tudo o que você tinha para me dizer, eu ainda não entendo por que não me merece. Até agora, a única coisa que ouvi é que sofreu a raiva de um louco e que teve aventuras com mulheres. Você tem mais alguma coisa a acrescentar? —Ela disse, seriamente, esperando que o marido finalmente revelasse a razão pela qual ele não conseguiu se despir com o quarto iluminado.

—Os Rutland são as pessoas mais teimosas do mundo! —Ele exclamou, afastando-se dela.

—Sim, dizem isso. Mas não consideramos isso um defeito, sim uma virtude —disse ela cruzando os braços.

—Quer ver com seus próprios olhos por que eu não mereço você? —Ele deixou escapar, com as mãos nos botões da camisa.

—Vá em frente! Explique-me de uma vez por todas por que você não é uma pessoa que eu possa amar —ela insistiu, tentando mostrar uma atitude serena quando, na realidade, tremia de medo.

—Você não pode me amar —disse ele, tirando a camisa de dentro da calça. —Ninguém pode realmente amar alguém desfigurado como eu —ele acrescentou antes de se virar e tirar a camisa.

—Deus bendito! —Tricia exclamou, colocando as mãos na boca quando viu centenas e centenas de marcas nas costas do marido.

Algumas tão profundas que se tornaram sulcos grossos e outras tão grandes que cruzavam suas costas. Todas elas formavam uma rede esbranquiçada e monstruosa em sua pele.

—Quando eu era criança, ele me punia ajoelhado em frente à mesa do escritório e, enquanto eu lia as passagens da Bíblia, me chicoteava com um graveto. Não ficava satisfeito até que o sangue manchasse o chão. Então me forçava a dormir nu em frente a uma janela aberta. Dizia que dessa maneira minha alma deixava de ter o fogo do inferno e alcançaria o frio da paz divina. Então, quando cresci, e fiquei mais forte e maior, ele precisou da ajuda dos servos para impor essas penitências... —ele murmurou.

—Herald me explicou essa parte da sua vida —ela interrompeu, não querendo ouvir uma segunda vez sobre as atrocidades que seu tio havia lhe causado. —Por que você não pediu ajuda? Não tinha ninguém a quem recorrer? —Ela perguntou saindo da cama.

—Pude pedir ajuda a Logan, além do mais, em muitas ocasiões ele queria conversar com seu irmão para poder mediar a situação, mas eu o parei porque não podia sair daqui —respondeu ele, abaixando a cabeça.

—Por quê? —Ela insistiu, em pé na frente dele. Ela colocou as mãos em seu rosto e o forçou a olhar para ela.

—Prometi a Blanche que me tornaria o próximo conde de Burkes e que faria desaparecer a maldade que perdurou neles desde antigamente —admitiu ele, com os olhos cheios de lágrimas novamente. —Eu devia isso a ela —ele soluçou, porque já não se importava que sua esposa o visse chorar como ele fazia quando criança. —Ela deu a vida para me salvar, ela perdeu...

—George, meu amor! —Tricia exclamou, abraçando-o e oferecendo-lhe o conforto que ele precisava. —Manteve sua promessa! Você sabia que, durante minha visita à cidade, uma mulher se aproximou de mim com uma menininha nos braços? —Ele balançou a cabeça. —Ela queria me explicar que, graças à bondade de meu marido, seus filhos não passavam fome e que corriam felizes pelas ruas. Ela até nomeou a pequena criatura com meu nome! As pessoas te amam, George, porque descobriram que você não é como seu tio e que está reparando toda a atrocidade que ele fez.

—Eu não fiz nada... —ele continuou dizendo, incapaz de parar de chorar.

—Sim, querido —disse ela, afastando-se dele. Ela o pegou pela mão e o levou até à janela. —Veja. Contemple seu trabalho com seus próprios olhos. Está recebendo tudo o que prometeu a Blanche e nós dois manteremos essa promessa pelo resto de nossas vidas.

—Eu não fiz isso —disse ele, puxando-a pela mão até tê-la por perto. —Foi você, Tricia.

—Mas eu fiz isso pensando em você —disse ela, com um leve sorriso.

—*Mantenha-a longe do fogo, senhor. Milady tem uma predileção por ver coisas que não a agradam queimar* —recitou George, abraçando-a com força. —E pelo que vi, o Sr. Stone estava certo.

—Para cumprir a promessa que fez a Blanche, você deveria começar se livrando de tudo aquilo que o faz lembrar do passado —disse ela, orgulhosa, por acreditar que as palavras de George eram uma censura.

—Você sabe o que Cooper me disse antes de viajarmos para cá? —Ele lançou, desenhando um pequeno sorriso, finalmente.

—Não.

—*Ela acabará descobrindo a verdade e, nesse momento, você terá que encontrar outra residência para morar, porque ela a incendiará* —disse, lembrando as palavras que ouvira de Cooper.

—Bem, ele estava errado, eu só queimei o que estava dentro porque sei que podemos reconstruir uma bela casa aqui.

—Você ainda quer morar comigo, apesar de tudo que lhe contei, apesar de descobrir que se casou com um covarde? —Ele disse, pegando o rosto dela para que não se afastasse.

—Você realmente pensou que depois de ouvi-lo, eu fugiria de Lambergury clamando por alguém para salvar minha alma corrompida?

—Você faria isso? —Ele lançou, erguendo uma sobrancelha.

—Não, porque os Rutland, além de teimosos, são propensos à imoralidade —disse ela, com orgulho. —Minha resposta é muito simples, George. Eu te amo e nunca vou me separar de você. Quero viver uma vida...

Ela não terminou de falar, já que George a beijou com tanta necessidade e ternura que Tricia teve que estender as mãos e enrolá-las em volta do pescoço do marido para não cair.

—Eu te amo, Tricia.

—Hum... —ela respondeu com os olhos fechados. —É a primeira vez que você me diz isso. Desde que nos casamos, só me disse meu amor, minha senhora, querida, mas nunca *te amo* —ela comentou, abrindo os olhos e desenhando um sorriso caloroso.

—Bem, você vai me ouvir dizer isso todos os dias da minha vida —disse ele, antes de beijá-la novamente.

Epílogo

«**Porque** tudo o que nasceu de Deus vence o mundo. Esta é a vitória que triunfa sobre o mundo: a nossa fé ». **1 João 5: 4**

Oito meses depois...

Ela estendeu as mãos para o lado da cama onde George estava descansando e, percebendo o frio do lençol, abriu os olhos. Que motivo ele teria, dessa vez, para se levantar antes do amanhecer? O que seu pai e tios teriam planejado para mantê-lo longe dela novamente? Desde que chegaram, seu pobre marido subia ao quarto sempre tão cansado que só podia dizer o quanto a amava e o quanto odiava sua nova família, antes de adormecer. Embora fosse mentira. Ele os adorava porque, uma vez que foram informados das intenções do juiz e do reverendo, fizeram tudo o que estava ao seu alcance para libertá-lo das cláusulas do testamento. Enquanto tio Roger trabalhava com o marido de sua irmã, o Sr. Lawford, sobrinho de Arthur Lawford, para encontrar maneiras de restaurar a legitimidade do pai de George, o tio Federith e seu pai investigaram a vida do juiz Clarke, do Rev. Madden e do Sr. Rickley. Eles descobriram tantos atos criminosos que os malfeitores não conseguiram fugir à justiça implacável do barão. No dia em que os três foram presos, George, o pai de Tricia e seus tios ficaram tão bêbados que adormeceram no tapete da biblioteca. Como sua mãe bem disse: eles começaram uma nova vida.

Tricia sentou-se, olhou pela janela e sorriu. Desde o dia em que o marido abriu o coração e lhe revelou seus segredos, as cortinas estavam sempre abertas. Dessa maneira, a escuridão que a casa havia abrigado por séculos desapareceu para sempre. Lentamente, já que sua barriga inchada não lhe permitia se mover plenamente, se virou, colocou os pés no chão e bocejou. Naquele momento, o bebê que crescia dentro dela começou a se mover. Tricia colocou as mãos na barriga e sorriu novamente. Fome. Como ela, seu filho precisava se alimentar e, se quisesse fazê-lo parar, tinha que saciar seu desejo o mais rápido possível. George não podia duvidar de sua paternidade, porque a criança, embora ainda não tivesse nascido, lutava para satisfazer seu apetite da mesma maneira que o pai fazia: incansavelmente. Ela só esperava que o filho não gostasse tanto de mel...

Ela foi até a poltrona, pegou o roupão de seda branca, vestiu-o e, enquanto se dirigia ao corredor, atou seu laço. Andando sobre o enorme carpete, comprado para silenciar os passos barulhentos de todos os que residiam em Lambergury ao longo dos seis últimos meses, ela descobriu que a casa estava sob um estranho silêncio, como se apenas ela permanecesse lá dentro. Onde eles estariam? Não teriam sido tão imprudentes a ponto de deixá-la sozinha na situação em que estava, certo?

Ela se apoiou no corrimão do parapeito de madeira e desceu as escadas tão lentamente que o tempo lhe parecia eterno. Enquanto pousava os pés descalços nos degraus frios, olhou em volta e apreciou a mudança ocorrida em Lambergury. Não havia vestígios da residência que encontrou na primeira vez em que entrou. No passado ficaram o vidro quebrado, as paredes amareladas, as cortinas remendadas, os móveis desgastados, os ratos correndo e, felizmente para ela e seu filho, o forte cheiro de miséria não era mais respirado, mas agora, ali, eram apenas inspirados os aromas emitidos pelas flores recém cortadas. Lambergury tornou-se um verdadeiro lar e tudo graças à solidariedade humana.

Tricia suspirou profundamente ao se lembrar da manhã em que Herald os informou, enquanto tomavam café da manhã, que havia cerca de vinte homens e mulheres na entrada da residência e que exigiam a presença do conde. George jogou o guardanapo sobre a mesa, empurrou a cadeira para trás com as panturrilhas e correu para a porta da frente. Ao descobrir que ela o estava seguindo, ele a forçou a se colocar atrás dele, temendo que uma forte discussão fosse criada entre eles, já que quase todos os presentes eram trabalhadores de seu tio. No entanto, quando soube que depois do incêndio, eles vieram para ajudá-los a transformar Lambergury em um lar adequado para eles e seus filhos, suas pernas tremeram tanto, com emoção e felicidade, que ele se sentou no chão e começou a chorar. Quando ela se aproximou dele para consolá-lo, parou no meio do caminho, porque aqueles que estavam em pé na frente do marido em colapso foram até ele para lhe oferecer o amparo que tanto precisava. Não importava que George fosse um aristocrata e que o homem que o abraçou havia dedicado toda sua vida a arar o campo. Naquele momento, o que prevaleceu foi que dois seres humanos, unidos pela crueldade do mesmo homem, concordaram em abraçar um futuro diferente para todos.

—Milady? —Herald perguntou, quando a encontrou descendo o último degrau. —Por que se levantou? Se sente mal de novo?

—Bom Dia. Não, por enquanto a dor parou. Só desci para descobrir que tarefa meu marido recebeu hoje e acalmar a gula que esse pequeno travesso parece ter —ela esclareceu, desenhando um enorme sorriso. —E por falar em travessos, como está Ângela esta manhã? Ontem me disse que não parou de vomitar e que tudo a incomodava, até o suave bater de asas de uma mosca —acrescentou ela, divertida.

—Minha esposa está muito bem, senhora —respondeu ele, mostrando um sorriso cheio de orgulho e satisfação. —É verdade que ontem ele acordou odiando tudo o que tinha ao seu redor, mas hoje acordou querendo degolar um faisão. Acho que ela pretende preparar um de seus famosos ensopados espanhóis para deliciar o paladar de suas excelências.

—Seja paciente, Herald. Nenhuma punição dura para sempre —ela afirmou, colocando gentilmente a mão no ombro esquerdo do mordomo para confortá-lo.

—Sim, minha senhora. É o que dizem. E o meu, se Deus quiser, terminará em seis meses. Só espero que, quando esse pequeno ser nascer e descobrir que caráter herdou dos pais, não reze para voltar ao ventre de sua mãe.

Tricia riu alto ao ouvi-lo e olhar para a expressão de Herald. Apesar de mostrar alguma consternação em sua voz e rosto, seus olhos brilhavam com a felicidade que sentia por ter se casado com Ângela e por estar próximo de ter um filho, porque ele já havia perdido a esperança de ser pai aos quase cinquenta e três anos.

—Sabe onde meu marido está agora? —Ela perguntou, balançando a cabeça para a direita e para a esquerda.

—No salão de dança, senhora. Deseja que eu informe a sua excelência que a senhora saiu do quarto? —Ele ofereceu.

—Não, eu mesmo darei a notícia. Obrigado por tudo, Herald.

—Às suas ordens, milady —disse ele, antes de fazer uma ligeira reverência e se dirigir à cozinha para encontrar sua amada e teimosa espanhola.

Com as mãos na barriga, ela caminhou até o salão onde estava o marido. Ao passar pela área onde estavam pendurados os retratos dos antepassados de George, ela retirou as mãos da barriga, colocou-as nos antebraços e esfregou-as como se estivesse com frio. Como o marido prometeu, os rostos malignos e pioneiros da destruição dos Burkes desapareceram. Graças a Deus, seus filhos nunca conheceriam aquele ramo familiar cruel, mas sim o ramo bondoso e caridoso. Em passos curtos, ela chegou ao local onde permanecia o velho retrato de Blanche. Agora havia um novo para ela, já que George encomendou outro ao pintor que a havia retratado pela primeira vez. No entanto, neste, apesar de usar um vestido preto, a expressão da mulher era diferente. Os olhos dela não mostravam dor ou medo, mas a felicidade e o carinho com que ela havia tratado George quando ele era criança. Tricia levantou a mão e, muito lentamente, acariciou seu dedo, no qual toda esposa deveria usar a aliança. Dez fios. Ela lembrou a George que o pintor deveria acrescentar dez fios pretos ao redor do dedo, pois simbolizavam as crianças que ela realmente havia perdido. Inconscientemente, ela levou as mãos à barriga e deixou as lágrimas que saiam dos seus olhos deslizarem por suas bochechas. Terrível. O que ela sofreu em cada perda teria sido tão terrível que não compreendia como Blanche tinha sido capaz de continuar vivendo e mantendo a sanidade por tantos anos. Só de pensar que algo iria acontecer com o bebê que crescia dentro dela, a quem amava mesmo sem ver, ela chorava sem consolo.

—Espero que você esteja orgulhosa da pessoa que meu marido se tornou por sua causa... —ela sussurrou, antes de continuar.

Com as mãos na barriga, ela seguiu em frente, até parar diante de outra imagem: os pais do marido. Eles realmente eram assim? Ele se lembrava deles tal como indicou ao pintor, apesar do passar dos anos? Porque, se a descrição que fizera ao retratista estivesse correta, não havia dúvida de que George era a imagem viva de sua mãe e ela também entendia por que o pai se recusou a continuar com a vida que seu nascimento lhe impunha, quando a encontrou. Sem dúvidas, o amor entre eles surgiu no mesmo momento em que os olhos escuros do jovem Laxton e os cinzentos da donzela se encontraram. A mesma coisa aconteceu com ela e o marido...

Ela seguiu pela passagem limpa e iluminada, até que outro retrato a detivesse. Tricia riu tão alto que sua risada correu pelo longo e largo corredor. Inicialmente, o objetivo era que os dois fossem retratados juntos para demonstrar que uma nova era havia nascido para os Burkes e que o amor em um casamento era a base dessa mudança. No entanto, quando o pai, tios, mãe e tias descobriram o que iriam fazer e com que finalidade, decidiram que também deveriam aparecer nessa imagem. Segundo o longo argumento do tio Federith, o futuro se baseava não apenas no amor conjugal, mas também no amor da família. Por mais que George lhes prometesse que os retrataria separadamente, ninguém aceitou essa alternativa e, por dois meses intermináveis, os quatro casais passaram longas horas no jardim e aceitaram sem questionar as ordens da viscondessa de Devon, porque foi Anne quem os pintou.

Com um sorriso enorme, ela retomou o passo até chegar à porta do salão de baile. Este também foi substituído por um de melhor qualidade. No passado ficaram os calafrios que ela sentia toda vez que ouvia as velhas dobradiças chiarem. Deu um passo à frente e colocou as mãos na boca, expressando seu espanto ao contemplar a maravilhosa reconstrução do salão. George manteve isso em segredo durante todo o tempo, porque, para ele, esse lugar afiançava a mudança que haviam iniciado. Ao proibi-la de ver o salão antes que as obras terminassem, ele disse que a primeira dança seria celebrada pela chegada de seu filho e que, a partir desse momento, celebrariam tudo. Como o primeiro aniversário da criança, a próxima gravidez ou o surgimento repentino dos Rutland, Riderland e Sheiton, que provavelmente não avisariam de suas visitas até baterem na porta de Lambergury. Tudo. Ele queria comemorar tudo o que conseguissem no futuro e convidar aqueles que se tornaram seus amigos, independentemente da classe social à qual pertencessem.

Lágrimas brotaram de seus olhos novamente e, quando as enxugou com piscadas rápidas, ela se perguntou se o choro contínuo se devia à sensibilidade causada pela gravidez ou à felicidade de se casar com um homem tão maravilhoso. Com ternura, ela concluiu que era uma mistura de ambos. Uma vez que seus olhos estavam livres de lágrimas, podia ver claramente a silhueta de George que, desde o início das reformas, usava sempre roupas informais. Ela o encarou em choque, extasiada com a mudança que seu corpo havia sofrido. As pernas haviam ganhado força, assim como os ombros. Seus braços dobraram de tamanho e as costas ficaram tão largas que tiveram que tirar as camisas antigas do guarda-roupas e comprar outras que não estourassem botões quando fossem abotoadas. Como ele explicou, com o típico orgulho masculino, toda essa amplitude foi proporcionada pelo trabalho que ele fez em Lambergury. E a verdade é que ele nunca ficou impassível nessa reconstrução. Suas mãos fortes arrastaram escombros, caixas de areia, telhados fixos, destruíram a masmorra e ajudaram a colocar novas vigas de madeira para os telhados. George mudava ao mesmo tempo que o fazia a residência.

A primeira vez que ela o viu, pela janela do quarto, sem camisa e gargalhando junto daqueles que faziam comentários sarcásticos sobre sua fraqueza, ela se ajoelhou e rezou para agradecer a Deus, por tê-lo liberto completamente da escuridão.

—É... magnífico —disse ela, descendo o primeiro degrau. —Há muita luz, não há vidros quebrados... não temos morcegos! Quantos convidados podemos reunir? Quantas cadeiras cabem? Quando você trouxe esses três candelabros? Temos novos lustres? São a gás? Que cortinas lindas! Oh George, tudo está lindo! —Ela concluiu, colocando as mãos no peito.

—Tricia! —George exclamou, virando-se para ela. —O que você faz aqui? Está se sentindo mal? —Ele perguntou, alarmado enquanto caminhava para encontrá-la. —O bebê... ele está bem? —Ele acrescentou, colocando as mãos grandes ao redor da barriga para sentir o movimento do filho.

—Está tudo bem —ela respondeu, estendendo a mão para beijá-lo nos lábios e acalmar sua inquietação.

—Graças a Deus —disse ele, exalando todo o ar que continha nos pulmões. —Então o que está fazendo aqui? —Ele retrucou, mudando rapidamente de tom. —Eu não te disse que queria te fazer uma surpresa?

—Não seja bobo, George. Eu juro que me deu —argumentou. Ela o tomou pela mão e o forçou a caminhar até o centro. —Quem escolheu a cor das cortinas?

—Sua mãe e suas tias —ele respondeu, com um longo suspiro. —Por mais que eu tenha implorado para que não fossem cor de mel, elas não mudaram de ideia. De acordo com essas excelentíssimas mentes, é o tom que melhor define o nosso casamento —explicou ele, sem tirar os olhos da esposa.

E Tricia deu outra risada alta ao entender que sua tia Evelyn, uma mulher acostumada a agradar o exigente e apaixonado marquês, ficou tão escandalizada quando ela lhe narrou o que eles haviam feito com o mel que contou a sua mãe e a Anais.

—Bem, deve admitir que essa escolha é bastante adequada para nós —respondeu ela, depois de se recuperar do riso.

—Não seria tão malvada a ponto de contar a elas que...? Para quem você contou? Por favor, jure para mim que não contou para sua mãe —ele disse, desesperadamente.

—Eu disse à tia Evelyn. Ela sempre se gabou de como o tio Roger é apaixonado por ela e, naquele dia, eu queria silenciá-la, informando que meu marido também tem a capacidade de me deixar louca na cama —disse ela com orgulho.

—Não foi você, minha senhora, que uma vez me lembrou que o orgulho é um pecado mortal?

—E você me respondeu, meu senhor, *que o bom Deus me condene por esse pecado horrível quando eu morrer* —disse ela, ironicamente.

—Temos muitos pecados em nossos ombros, minha querida... —ele comentou, abraçando-a.

—Tantos que nossas almas dançarão juntas no inferno —afirmou ela, colocando a testa no peito do marido.

—Sim, e por esse motivo devemos praticar. Não seria apropriado passar o resto da eternidade dando voltas sem ritmo. —disse ele, afastando-se dela.

—Praticar? —Ela deixou escapar, com espanto. —O quê? —Nossa dança infernal —declarou ele, pegando uma mão de Tricia para colocá-la em um ombro. Então, ele circulou sua cintura e pegou a outra. —O que você acha se inaugurarmos este novo salão de dança?

—E a música? —Ela perguntou, com uma risada.

—Eu vou cantarolar para você. —E George começou a cantarolar os acordes de uma valsa, enquanto os dois dançavam em seu novo salão.

Voando. Foi assim que Tricia se sentiu novamente ao dançar com o marido. Ela fechou os olhos e lembrou-se do primeiro dia em que se conheceram, do momento em que ouviu Sarah Preston falar sobre o iminente noivado com o Sr. Laxton, o encontro na varanda, o primeiro beijo, a motivo que George deu ao seu pai para se casar com ela, o casamento, a primeira noite juntos, a segunda, o dia em que ele ficou totalmente nu e lhe contou seus segredos... eles haviam sofrido muitas dificuldades juntos, mas as coisas boas, aquelas que realmente importavam, seriam tantas que fariam os maus momentos desaparecem para sempre.

—Tricia? —Ele perguntou quando ela parou abruptamente. —O que há de errado com você

—Acho que nosso filho não gostou da nossa dança —disse ela, olhando para os pés.

—O que... o que é isso? —Lançou aterrorizado ao ver uma poça de água e sangue no chão.

—Isso, meu querido, é o primeiro pedido de atenção do nosso filho para os pais —disse ela, alegremente.

—Meu Deus! —Ele exclamou, tomando-a nos braços. —Por favor, não deixe que ele saia agora. Mantenha-o aí até chegarmos ao quarto e o médico chegar.

—Calma, George, isso não é tão fácil quanto você pensa —ela respondeu, enquanto o marido corria pelo corredor e gritava para alguém chamar o Dr. Dohan.

George levou as mãos até a gola da camisa e desabotoou mais dois botões. Cinco horas se passaram desde que ele colocou Tricia na cama e o bebê ainda não havia saído.

—Calma —Federith disse a ele quando viu o futuro pai enrugar a testa e apertar a mandíbula. —Isso pode levar alguns minutos ou vários dias.

—Federith, você pretende matá-lo? Porque, se continuar preocupando-o assim, ele terá um ataque cardíaco —disse Roger, divertido.

—Você se lembra do nascimento dela? —William interrompeu, levantando-se do sofá de couro preto no qual permanecera em silêncio pelas últimas duas horas.

—Sim —o barão expirou, enchendo outro copo de vinho do porto.

George olhou para os três homens e seu nervosismo aumentou ao perceber um certo desespero em seus rostos.

—O que aconteceu com ela? —Ele perguntou, com medo. —É algo que eu deveria saber? Isso pode afetar a ela e ao nosso filho? É por isso que está demorando tanto para a criança nascer? —Ele acrescentou, desesperadamente.

—A pequena Tricia nasceu muito fraca —disse Roger, depois de beber o resto do líquido que havia no copo. —Ela nos manteve acordados por três dias. O médico nos disse que poderia morrer a qualquer momento.

—Beatrice sofreu muito durante a gravidez e eu sempre pensei que sua fraqueza pudesse ser passada para a menina —disse o duque.

—Ela também teve febre muito alta —acrescentou Federith, aproximando-se de William.

—Como ela se recuperou? —George quis saber ao arregaçar as mangas da camisa, como se isso abrandasse o aumento de calor causado pela informação.

—A opinião do médico que a tratou foi que seu corpinho estava tão ansioso para viver que lutou para consegui-lo —William falou, enquanto olhava o líquido âmbar em seu copo. —De acordo com o reverendo Klaus, foi um milagre de Deus. Aparentemente, minha filha tinha de viver para cumprir uma missão importante —acrescentou, olhando desconfiado para o genro.

—Seja qual for o motivo —resmungou Roger, porque não acreditava em Deus ou em milagres absurdos. —Quando aquela menininha abriu os olhos pela primeira vez, tudo o que encontrou foram três homens chorando de alegria e que juraram proteção a ela e a seus filhos até o fim de nossos dias. —E o nó que surgiu em sua garganta fez com que suas últimas palavras saíssem fracas.

—Sou testemunha de que o amor que sentem por minha esposa é recíproco e também prometo que darei minha vida para protegê-la de qualquer mal —comentou George, olhando-os um a um.

—Se você tivesse partido o coração da minha menina —disse William, aproximando-se do genro —teríamos arrancado o seu...

—Sem matá-lo primeiro —acrescentou Roger.

—Relaxem! —Federith disse rapidamente. —Tricia escolheu um bom marido. Como viram durante esse tempo, ele fez todo o possível para lhe dar a vida que merece. Devo também lembrá-los que estamos trancados aqui porque, em breve, se tornarão país e...

—E vamos visitá-la para confirmar que nossa pequena e o bebê estão felizes, certo, amigo? —Roger dirigiu a pergunta a William.

—Claro. Sempre que quisermos, chegaremos a Lambergury sem precisar anunciar nossa chegada.

—Minha casa é sua casa —afirmou George, com firmeza. —Podem vir quando quiserem.

—Eu virei —disse o duque, olhando para ele sem piscar.

—Nasceu! Nasceu! —Evelyn gritou, depois de abrir a porta do quarto bruscamente.

—Meu filho! —George gritou, correndo em direção à saída. —Tenho um filho!

—O que é? —O duque perguntou à marquesa.

—Um menino. William, Tricia teve um filho saudável, perfeito e bonito.

—Como ela está? —Ele insistiu em descobrir, com tanta emoção que começou a chorar depois de fazer a pergunta.

—Eu garanto que está tudo bem —ela relatou, colocando a mão no ombro dele. —Ela foi muito corajosa e em momento algum perdeu sua força ou consciência.

—Graças a Deus! —Federith exclamou.

—Enquanto vocês assumem o próximo conde de Burkes, vou para a cozinha. Preciso que Herald continue a ferver água —comentou Evelyn, depois de olhar nos olhos do marido e descobrir que eles também estavam brilhando com as lágrimas que continham.

—Vamos permitir a eles mais alguns minutos de privacidade? —Roger perguntou uma vez que sua esposa saiu e ele pousou o copo sobre a mesa.

—Seria apropriado, você não acha Federith? —Disse o duque, enxugando as lágrimas com as costas da mão.

—De fato, devemos conceder isso a eles. O nascimento de um filho é um momento muito importante para o casal. Lembro-me disso... —o barão tentou dizer, mas ficou calado quando viu seus dois amigos saírem do escritório tão rapidamente quanto o novo pai. —Se já sabiam o que iriam fazer, por que me perguntaram? —Ele rosnou quando saiu.

—Porque gostamos de ouvir, de tempos em tempos, a voz de nossas consciências para fazer exatamente o oposto —Roger desceu as escadas o mais rápido que pôde.

Ninguém poderia tê-lo avisado da emoção que sentiria percorrer seu corpo no momento da chegada do seu filho ao mundo. Como seu pai teria agido? Ele teria sentido a mesma emoção? E sua mãe? Ela também teria passado inúmeras horas dando à luz? Quando esses pensamentos surgiram em sua mente, não parou de correr até chegar ao quarto. Ao entrar, encontrou a baronesa abraçando a duquesa, como se ela precisasse de conforto. Ele rapidamente desviou o olhar e se concentrou na mulher que amava. Estava bem. Parecia cansada, seu cabelo brilhava com a umidade, as bochechas ainda estavam vermelhas pelo esforço, mas ela estava sã e salva.

—Não fique aí parado. Venha conhecer seu filho —disse Tricia quando o descobriu imóvel na porta, observando-os.

—Estava apenas me deliciando com a maravilhosa imagem que tenho diante de mim —disse George, enquanto caminhava em sua direção.

Quando ele se colocou ao lado da cama, olhou para o pequeno ser que ela estava segurando em seus braços e, toda a força que manteve durante as cinco horas angustiantes do parto, se foi. Agora, dominado por uma imensa fraqueza, ele se ajoelhou e chorou de emoção.

—George, meu amor, acalme-se. Nós dois estamos bem —ela sussurrou.

—Tricia, estou chorando de felicidade, de prazer, de satisfação —disse ele, olhando para ela. —Apesar de ter me feito passar pelas piores horas da minha vida, sou um homem feliz e sortudo por ter

você e... ele - acrescentou, olhando para aquele pequeno ser humano envolto em um cobertor branco.
—Nós dois temos muita sorte em ter você —ela respondeu, animadamente. —Venha, se levante e suba na cama. Seu filho quer te conhecer.
George enxugou as lágrimas com as duas mãos, levantou-se e sentou-se ao lado dela.
—Ele é realmente um menino? —Ele perguntou depois de puxar um pouco o tecido para o lado para se encher ainda mais de alegria, quando viu que seus cabelos eram tão claros quanto o dele.
—Sim, exatamente como você queria, um menino —ela disse, oferecendo o recém-nascido ao marido. —Que nome você vai lhe dar?
—Vai me dar esse privilégio depois de tudo o que sofreu? —Ele lançou, pegando o menino nos braços.
—Sim, embora eu prometa que no próximo teremos que discutir isso, porque meu pai quer que um dos netos tenha o seu nome —disse ela, divertida.
—Não é justo que esse sem-vergonha tenha a satisfação de ter outro Roger Bennett na família e eu morra sem ter esse prazer —interrompeu William, quando entrou no quarto. —Ele circulou a cama, aproximou-se da jovem mãe, beijou-a na testa e olhou desconfiado para o recém-nascido. —Você também deve me prometer que o próximo será mais parecido com os Rutland do que com os Laxton. Esse menino nasceu com cabelos tão loiros que parece um albino.
—O que você tem contra os loiros —Roger estalou, ao ficar ao pé da cama. —Olá, querida. Você está bem? —Tricia, incapaz de apagar o sorriso no rosto, assentiu.
—É inveja —interrompeu Federith. —Não percebem a passagem dos anos para nós, porque podemos esconder facilmente os cabelos grisalhos.

—Mas também ficam careca mais cedo —William retrucou, apalpando sua cabeleira grisalha.

—O nome dele será Angus William Laxton —George determinou, fazendo todos ficarem em silêncio e aquela disputa absurda cessou imediatamente. —Meu filho terá o nome de seus dois avós.

—Obrigada —disse Tricia, antes de lhe dar um beijo na bochecha. —Agora, você deve apresentá-lo.

—O que você quer dizer com apresentá-lo? —George perguntou, intrigado.

—Quando Tricia abriu os olhos, juramos proteção e fidelidade a ela e a seus filhos —lembrou-lhe Roger, porque William estava tão empolgado ao ouvir que seu primeiro neto barão teria seu nome que não podia falar.

—É verdade o que me pedem? —Ele retrucou, olhando para a esposa. Ela sorriu para ele e deu de ombros. – Está bem... —ele disse, se levantando da cama. Lentamente, se posicionou diante do duque de Rutland, o marquês de Riderland e o barão de Sheiton. —Aqui está o futuro conde de Burkes —disse ele em tom divertido.

Mas essa diversão desapareceu e se transformou em orgulho ao ver como os três aristocratas mais importantes de Londres ficaram diante dele e inclinaram a cabeça em respeito.

—Meu filho —George sussurrou. —Bem-vindo à família.

«*O que nasce da carne, é carne. Mas o que nasce do Espírito, é espírito*». *João 3: 6*

Fim desta novela.

Agradecimentos:

Com sua permissão, quero agradecer à minha família, antes de tudo, porque continuam a me apoiar e a se solidarizam comigo desde o dia em que confessei que queria me tornar uma escritora.

Em segundo lugar, agradeço a vocês, pois mesmo estando longe de mim, os sinto próximos. Nunca pensei que algum romance meu fosse publicado em outro idioma e vocês fizeram o impossível se tornar possível.

Finalmente, agradeço à minha tradutora, por todo o esforço e paciência que ela sempre tem. Obrigado por tudo!

Um grande beijo da sua Dama.

Próximo livro:

O verdadeiro amor de Lorde Westlin (2024)

Outros títulos
Romances de época

- **Série os cavalheiros:**

A solidão do duque (Cavaleiros I)
A surpresa do marquês (Cavalheiro II)
A tristeza do barão (Cavaleiros III)
O coração do inspetor O'Brian (Cavaleiros IV)
Minha amada trapaceira (Cavaleiros V)

- **Saga as irmãs Moore**

A maldição de Anne (As irmãs Moore I)
O desejo de Mary (As irmãs Moore II)
A Batalha de Elizabeth (As Irmãs Moore III)
A coragem de Josephine (As irmãs Moore IV)
O Despertar de Madeleine (As Irmãs Moore V)

- **Série: As filhas:**

A Filha do Marquês (livro 1)
A filha do Barão (livro 2)
A filha do Duque (livro 3)

Romance histórico independente:
O segredo de Lorde Besta
O verdadeiro amor de Lorde Westlin (2024)

Romances contemporâneos.
Série Old-Quarter:
Meu Anjo (Old-Quarter 1)

Meu Inferno (Old-Quarter 2)
Meu Sangue Índio (Old-Quarter 3)
Minha liberdade (Old-Quarter 4)
Meu lado selvagem (Old-Quarter 5) (2024)

- **Títulos independentes**

#PinkLove (comédia romântica)
Enganada (thriller)
Crônica de um desejo (thriller romântico)
Apaixonado por ela (romance erótico)

Segue-me

—**Facebook:** Ediciones Beltrán L.C/Dama Beltrán
—**Twitter :** @edi_dbeltranLC / @EscritDamaBeltr
—**Instagram:** @edicionesbeltranlc /@dama.beltrán.novelista

Obrigada!!

[1] O espinélio é uma pedra que contém óxido de alumínio e magnésio vítreo duro. Nos tempos antigos, era adorado por comerciantes e colecionadores porque o definiam como uma joia rara e bonita.

[2] Na mitologia grega, é o deus olímpico da guerra

[3] Efésios 4:29

[4] Baco em Roma e Dionísio na Grécia, respectivamente, são conhecidos como o deus do vinho, do êxtase e da devassidão

[5] Também conhecida como **A morte doce**, faz referência ao período refratário que acontece depois do orgasmo.

[6] Tiago 1: 13 - 15. Bíblia Sagrada

[7] Em 1844, Isaac Ray, em seu tratado sobre a jurisprudência médica da loucura, definiu a alegação de buscar prazer colocando fogo como uma forma diferenciada de demência que anula a responsabilidade pelos atos que leva a cometer.

[8] É uma criatura feminina da mitologia e do folclore greco-latinos, caracterizada por ser uma terrível sedutora.

Milton Keynes UK
Ingram Content Group UK Ltd.
UKHW040337150224
437844UK00001B/102

9 798223 857662